傅雷译文集

# 天真汉 查第格 老实人

[法] 伏尔泰◎著

傅 雷◎译

吉林出版集团股份有限公司

图书在版编目（C I P）数据

天真汉；查第格；老实人 /（法）伏尔泰著；傅雷译 . —长春：吉林出版集团股份有限公司 , 2017.6（2022.8 重印）
（名家名译 / 杜贞霞主编 . 傅雷系列）
ISBN 978-7-5581-2759-5

Ⅰ . ①天⋯ Ⅱ . ①服⋯ ②傅⋯ Ⅲ . ①小说集－法国－近代 Ⅳ . ① I565.44

中国版本图书馆 CIP 数据核字（2017）第 137205 号

天真汉　查第格　老实人

著　　者　[ 法 ] 伏尔泰
译　　者　傅　雷
策划编辑　杜贞霞
责任编辑　陈瑞瑞
封面设计　老　刀
开　　本　650mm × 960mm　1/16
字　　数　212 千
印　　张　16
版　　次　2017 年 7 月第 1 版
印　　次　2022 年 8 月第 3 次印刷

出版发行　吉林出版集团股份有限公司
电　　话　总编办：010-63109269
　　　　　发行部：010-63109269
印　　刷　天津画中画印刷有限公司

ISBN 978-7-5581-2759-5　　定价：42.80 元

# 目　录

## 天真汉

## 查第格

## 老实人

# 天真汉

Tian Zhen Han

# 第一章　小山圣母修院的院长兄妹怎样的遇到一个休隆人

从前有个圣·邓斯顿，爱尔兰是他的本邦，圣徒是他的本行①，有一天搭着一座向法国海岸飘去的小山，从爱尔兰出发。他坐了这条渡船一径来到圣·马罗海湾；上了岸，给小山祝福了；小山向他深深鞠了一躬，又从原路回爱尔兰去了。

圣斯顿在当地创办一个小修院，命名为小山修院，大家知道，这名字一直传到如今。

一六八九年②七月十五日傍晚，小山圣母修院院长特·甘嘉篷神甫，陪着他妹妹特·甘喜蓬小姐，在海滨散步纳凉。上了年纪的院长是个挺和善的教士，当年颇得一般邻女欢心，如今又很受邻人爱戴。他的可敬特别因为地方上只有他一个教士，和同僚饱餐之后，无须别人扛抬上床。他还算通晓神学；圣·奥古斯丁

① 圣·邓斯顿为历史上实有的人物，生存于十世纪，为英国主教兼政治家；死后被奉为圣者。

② 该时法王路易十四为支援雅各二世夺回英国王位，方与英国宣战。

的著作念得没劲了，便拿拉勃雷消遣：因此人人都说他好话①。

特·甘嘉篷小姐从来没嫁过人，虽则心里十分有意；年纪已经四十五，还是很娇嫩；她生性柔和，感情丰富，喜欢娱乐，同时也热心宗教。

院长望着海景对妹子说："唉！我们的好哥哥好嫂子，一六六九年上搭着飞燕号兵船到加拿大去从军，便是在这儿上船的。要是他没有阵亡，我们还能希望和他相会呢。"

特·甘嘉篷小姐道："你可相信，我们的嫂子果真像人家说的，是被伊罗夸人吃掉的吗？的确，要不吃掉，她早回国了。为了这嫂子，我一辈子都要伤心；她多可爱啊；至于我们的哥哥，聪明绝顶，不死一定能发大财的。"

两人正为了旧事伤感，忽然看见一条小船，趁着潮水驶进朗斯湾；原来是些英国人来卖土产的。他们跳上岸来，对院长先生和他的令妹瞧都没瞧一眼；特·甘嘉篷小姐因为受人冷淡，好生气恼。

可是有一个长得很体面的年轻人，态度大不相同；他把身子一纵，从同伴头上直跳过来，正好站在小姐面前。他没有鞠躬的习惯，只向小姐点点头。他的脸和装束引起了教士兄妹的注意。他光着头，光着腿，脚踏芒鞋，头上盘着很长的发辫，身上穿着短袄，显得腰身细软；神气威武而善良。他一手提着一小瓶巴巴杜酒②，一手提着一只袋，里面装着一个杯子和一些香美的硬饼干。他法文讲得很通顺，请甘嘉篷小姐和她的哥哥喝巴巴杜酒，

---

① 圣·奥古斯丁（354—430）为基督旧教中最伟大的宗教家，神学家。拉勃雷为十六世纪法国大文豪，所作小说多批评时事，发掘人性，揭露教会黑暗，讽刺教士，不遗余力；又出以诙谐滑稽的文笔，为高卢式幽默之典型。

② 巴巴杜酒是一种以柠檬皮与橘皮浸的酒。

自己也陪着一起喝；让过一杯又是一杯，态度那么朴实那么自然，兄妹俩看了很中意。他们问他可有什么事需要帮忙，打听他是什么人，上哪儿去。年轻人回答说没有什么目的，只是为了好奇，来看看法国的海岸，就要回去的。

院长先生听他的口音，认为他不是英国人，便问他是哪里人氏。年轻人答道："我是休隆人①。"

甘嘉篷小姐发见一个休隆人对她如此有礼，又惊奇又高兴。邀他吃晚饭；他不用三邀四请，立即答应；三人便同往小山修院。

矮胖的小姐，拼命睁着她的小眼睛打量年轻人，再三对院长说："这高大的小伙子兼有百合和蔷薇的色调。想不到一个休隆人皮肤这样好看!"院长道："妹妹，你说得不错。"她接二连三提了上百个问题，客人的回答都很中肯。

一会儿，外面纷纷说，修院里来了一个休隆人。乡里的上流人物便全部赶到修院来吃晚饭。特·圣·伊佛神甫带着他的妹妹同来，那是一个下布勒塔尼②姑娘，长得极美，很有教养。法官，税务官，和他们的太太也来了。陌生人坐在甘嘉篷小姐和圣·伊佛小姐之间。大家不胜赞叹的瞧着他，争先恐后的和他攀谈，向他发问，休隆人不慌不忙，他好像采取了菩林布鲁克爵士③的见怪不怪的箴言。但后来也受不了众人的聒噪，便很和气的，但带着坚决的意味，说道："诸位，敝乡的人说话是一个挨着一个的；你们教我听不见你们的话，我怎么能回答呢?"听到讲理，人总

① 北美印第安族有一支名阿尔工金人，内有分支名休隆人，居于加拿大翁泰利俄省之半岛上，为棕色人种最文明的一族。十七世纪，欧洲人以休隆人泛指加拿大的某种野蛮人。

② 布勒塔尼为法国古行省名，下布勒塔尼为该省中地形较低的一部分。

③ 菩林布鲁克子爵（1678—1751）为英国政治家。

是会想一想的。当下便寂静无声。法官先生是全省第一位盘问大家，无论在什么人家遇到生客，总死盯着问个不休；他把嘴张到半尺大，说道："先生，请问你叫什么名字？"休隆人回答："人家一向叫我天真汉，到了英国。大家还是这样称呼我，因为我老是很天真的想什么说什么，想作什么就作什么。"

"先生既然是休隆人，怎么会到英国的？"——"我是被人带去的。我跟英国人打架，竭力抵抗了一番，终于做了俘虏；他们喜欢勇敢的人，因为他们自己很勇敢，也和我们一样公平交易；他们问我愿意回家还是愿意上英国；我挑了第二个办法，因为我天性极喜欢游览。"

法官口气很严厉，问道："你怎么能这样的抛下父母？"陌生人道："我从来没见过爸爸，也没见过妈妈。"在座的人听了很感动，一齐说道："噢！没见过爸爸，也没见过妈妈！"甘嘉篷小姐对她哥哥说："那末咱们可以做他的爹妈啊！这位休隆先生真有意思！"天真汉向她道谢，客气之中带些高傲，表示他并不需要。

庄严的法官说道："天真汉先生，我觉得你法文讲得很好，不像一个休隆人讲的。"他说："我很小的时候，我们在休隆捉到一个法国人，我跟他做了好朋友，法文就是他教我的；我喜欢的东西学得很快。后来在普利穆斯，又遇到一些逃亡的法国人，不知为什么你们叫做迂葛奴党①；其中有一位帮我进修法文；等到我说话能达意了，就来游历贵国，因为我喜欢法国人，只要他们不多发问。"

虽然客人话中有因，圣·伊佛神甫依旧问他休隆话，英国话，法国话三种语言，最喜欢哪一种。天真汉回答："不消说得，当然是休隆话了。"甘嘉篷小姐嚷道："真的？我一向以为天下最

---

① 法国从宗教改革时代起，即称新教徒为迂葛奴（Huguenots）。

好听的语言，除了下布勒塔尼话，就是法国话。”

于是大家抢着问天真汉，烟草在休隆话里是怎么说的，他回答说：塔耶；吃饭怎么讲的？他回答说：埃桑当。甘嘉篷小姐定要知道恋爱两字怎么说，他回答：脱罗王台①。天真汉振振有辞，说这些字和英法文中的同义字一样的妙。在座的人都觉得脱罗王台很好听。

院长先生书房里藏着一本休隆语文法，是有名的传教师，芳济会修士萨迦·丹沃达送的。他离开饭桌去翻了一翻；从书房回来，欣喜与感动几乎使他气都喘不过来。他承认天真汉是个货真价实的休隆人。随后谈锋转到世界上语言的庞杂，他们一致同意，要不是当初出了巴别塔的事②，普天下一定都讲法文的。

好问的法官原来还不大相信天真汉，此刻才十分佩服，说话也比前客气了些，但天真汉并没发觉。

圣·伊佛小姐渴想知道，休隆地方的人怎么样恋爱的。他答道：“我们拿高尚的行为，去讨好一个像你这样的人物。”同桌的人听了，惊叹叫好。圣·伊佛小姐红了红脸，心里好不舒服。甘嘉篷小姐也红了红脸，可并不那么舒服；那句奉承话不是对自己说的，未免有点儿气恼。但她心肠太好了，对休隆人的感情并不因之冷淡。她一团和气的问，他在休隆有过多少情人。天真汉答道：“只有过一个，叫做阿巴加巴小姐，是我奶妈的好朋友。哎，她呀，灯芯草不比她身体更挺拔，鼬鼠不比她皮肤更白皙，绵羊不及她和顺，老鹰不及她英俊，麋鹿不及她轻灵。有一天她在我

① （原注）以上各字确系休隆语。

② 圣经载：洪水之后，挪亚方舟的遗民要造一座通天的塔；耶和华怒其狂妄，变乱造塔的人的口音，使他们彼此言语不通，无法合作。今欧洲人以此譬喻，作为天下方言不一的原因。“巴别”即变乱之意。事见《创世纪》第十一章。

们附近，离开我们住处两百里的地方，追一头野兔，一个住在四百里外的，没教育的阿尔工金人，抢掉了她的野兔；我知道了，赶去把阿尔工金人一棍打翻，绑着拖到我情人脚下。阿巴加巴家里的人想吃掉他；我可从来不喜欢这一类的大菜，把他放了，跟他交了朋友。阿巴加巴被我的行为感动得不得了，在许多情人里头挑中了我。要不给熊吃掉的话，她至今还爱我呢。我杀了熊，拿它的皮披在身上，披了好些时候，可是没用，我始终很伤心。”

圣·伊佛小姐听着故事，听到天真汉只有过一个情人，而且阿巴加巴已经死了，不由得暗中欣喜，但说不出为什么。众人目不转睛的望着天真汉，因为他不让同乡吃掉一个阿尔工金人，把他着实称赞了一番。

无情的法官追问不休的脾气，好比一股怒潮，简直按捺不住：他问休隆先生信的什么教，是英国国教呢，是迦里甘教呢①，还是迂葛奴教？他回答：“我信我的教，正像你们信你们的教。”甘嘉篷小姐叫道：“唉！我断定那些糊涂的英国人根本没想到给他行洗礼。”圣·伊佛小姐道：“啊，天哪！怎么休隆人不是逆特力教徒呢？难道耶稣会的神甫们没有把他们全部感化吗？”天真汉回答说，在他本乡，谁也休想感化谁；一个真正的休隆人从来不改变意见的，他们的语言中间没有朝三暮四这句话。听到这里，圣·伊佛小姐快活极了。

甘嘉篷小姐对院长道：“那末咱们来给他行洗礼罢。亲爱的哥哥，这是你的光荣啊；我一定要做他的干妈②；带往圣洗缸的职司归圣·伊佛神甫：你瞧着罢，那个盛大的典礼一定会轰动全下布勒塔尼。那咱们脸上才光彩呢。”在场的人都附和女主人的

① 法国旧教徒中抵制教皇干涉法国王权的派，叫做迦里甘派。

② 基督徒受洗，均有教父教母为之护法，但教父、教母、教子的称呼，对吾国读者毫无印象，故改译为干爸、干妈、干儿子。

意见，嚷着："咱们来给他行洗礼罢！"天真汉回答说，英国从来没人干涉别人的生活。他表示不欢迎他们的提议，休隆人的礼法至少和下布勒塔尼人的一样高明；最后他声明第二天就要动身回去的。众人把他的一瓶巴巴杜酒喝完，分头睡觉去了。

天真汉进了卧房，甘嘉篷小姐和她的朋友圣·伊佛小姐忍不住把眼睛凑在一个很大的锁眼上，要瞧瞧休隆人怎么睡觉的。她们看见他把床上的被褥铺在地板上，摆着世界上最好看的姿势躺下了。

# 第二章　叫做天真汉的休隆人认了本家

英国人和休隆人都把鸡鸣叫作白天的讯号；天真汉照例听到鸡鸣就跟着太阳一同醒来。他不像上流人，太阳已经走了一半路，还懒洋洋的躺在床上，既瞧不着，也起不来，在那个阴阳交界地带浪费了多少宝贵的光明，倒还慨叹人生太短促。

他已经走了八九里地，打了三十来件野味回来，看见圣母修院院长和他稳重的妹子，戴着睡帽在小园中散步。他把打来的鸟兽尽数送给他们，又从衬衣内摘下一条符咒般的小东西，平时老挂在脖子里的，要他们接受，表示答谢他们招待的盛意。他说："这是我独一无二的宝贝；据说只要把这小玩艺儿带在身上，就能百事如意；我送给你们，希望你们百事如意。"

院长和小姐看到天真汉这样天真，感动之下，笑了一笑。那礼物是两幅很拙劣的小型画像，用一根油腻的皮带拴在一起的。

甘嘉篷小姐问休隆地方可有画家。天真汉答道："没有的。从前加拿大的法国人和我们打仗，我奶公从死人身上拿到一些遗物，内中就有这件稀罕物儿，后来奶妈给了我；别的我都不知道。"

院长细细瞧着画像，忽然脸色变了，紧张起来，双手发抖。

他叫道："啊，小山圣母在上！这不就是我那个当上尉的哥哥和他的女人吗？"小姐同样兴奋地端详了一会，下了同样的断语。两人又惊，又喜，又伤心，都动了感情，哭了，心忐忑的乱跳，叫着嚷着；把两幅肖像抢来抢去，一秒钟之内，两人拿过来，递过去，直有一二十回。他们直瞪着眼，瞅着肖像和休隆人，恨不得连人带画一齐吞下肚去。他们轮流问他，又同时问他，什么时候，什么地方，这两幅像落到他奶妈手里的。他们想起上尉离家的时间，计算了一下，记得收到过他的信，说是到了休隆地方；从此就没有消息了。

天真汉告诉过他们，从来没见过父亲或是母亲。院长是个有见识的人，留意到天真汉长着一些胡子；他知道休隆人是没有胡子的。他想："他下巴上有一层绒毛，准是欧洲人的儿子。我的兄嫂从一六六九年出征休隆以后就失踪了，当时我的侄子应当还在吃奶；一定是休隆的奶妈救了他的命，做了他的养娘。"总之，经过了无数问答，院长和他的妹妹断定这休隆人就是他们的嫡亲侄儿。他们流着泪拥抱他，天真汉却哈哈大笑，觉得一个休隆人竟会是下布勒塔尼地方一个修院院长的侄子，简直不能想象。

客人都下楼了；圣·伊佛神甫是个骨相学大家，把两幅画像和天真汉的脸比来比去，很巧妙的指出，他眼睛像母亲，鼻子和脑门像已故的甘嘉篷上尉，脸颊却又像父亲又像母亲。

圣·伊佛小姐从来没见过天真汉的父母，也一口咬定天真汉的长相跟他的爸爸妈妈一模一样。大家觉得冥冥之中自有天意，万事皆如连索，不免赞叹了一番。临了，他们把天真汉的身世肯定了又肯定，连天真汉本人也应允做院长先生的侄儿了；他说认院长做叔父或是认别人做叔父，他都一样的乐意。

院长他们到小山修院的教堂里去向上帝谢恩，休隆人却满不在乎的留在屋里喝酒。

带他来的英国人预备开船回去，跑来催他动身。他说："大概你们没有找到什么叔父什么姑母；我可是留在这儿了。你们回普利穆斯罢；我的行李全部奉送；作了院长先生的侄儿，我应有尽有，不会短少什么的了。"那些英国人便扬帆而去，天真汉在下布勒塔尼有没有家属，根本不在他们心上。

等到叔父姑母一行人唱完了吾主上帝；等到法官把天真汉重新盘问了半天；等到惊奇，喜悦，感动，所能引起的话都说尽了；小山修院院长和圣·伊佛神甫决定教天真汉受洗，越早越好。无奈对付一个二十二岁的休隆人，不比超渡一个听人摆布的儿童。第一先要他懂得教理，这就很不容易：因为据圣·伊佛神甫的想法，一个不生在法国的人是没有头脑的。

院长提醒众人，他的侄子天真汉先生虽则没福气生在下布勒塔尼，却并不缺少下布勒塔尼人的灵性；只要听他所有的答话就可证明，而他凭着父系母系双方的遗传，一定是个得天独厚的人物。

他们先问他可曾念过什么书。他说念过拉勃雷的英译本，念过而且能背得莎士比亚的几本戏；那是从美洲搭船往普利穆斯的时候，在船主那儿看到的，他读了很满意。法官少不得考问他书中的内容。天真汉道："老实说，我只懂得书中的一部分，余下的可不明白。"

圣·伊佛神甫发表意见说，他自己看书也是这样的，多数人看书也很少不是这样的。接着他问休隆人："你一定念过圣经罢？"——"没念过，船主的藏书中间没有这一本，我也从来没听人提到过。"甘嘉篷小姐嚷道："那些该死的英国人就是这样！他们把莎士比亚，李子布丁，甘蔗酒，看得比《前五经》[①] 还

① 《旧约》中的《创世纪》《出埃及记》《利未记》《民数记》《申命记》称为前五经，昔时特别受人敬重。

重。难怪他们在美洲从来没感化过一个人。英国人一定是被上帝诅咒的；等着瞧罢，他们的牙买加和弗基尼阿，咱们很快就会拿过来的①。”

不管怎么样，他们找了圣·马罗最有本领的裁缝来，给天真汉从头到脚做衣服。客人散了，法官到旁的地方发问题去了。圣·伊佛小姐临行，频频回头望着天真汉，天真汉对她深深的鞠躬；至此为止，他对谁也没行过这样的大礼。

法官告辞之前，把他一个才从中学出来的大戆儿子，介绍给圣·伊佛小姐；圣·伊佛小姐连瞧都没瞧，因为一心只想着休隆人对她的礼貌。

---

① 牙买加为中美洲安提耳群中最大的岛，弗基尼阿为北美东部一大洲，当时均系英属地。

# 第三章　天真汉皈依正教

院长先生眼看自己岁数大了，如今上帝给了他一个侄子，让他有个安慰，便决意把教职传给侄儿，只要能使他受洗，劝他进教会。

天真汉记性极好。下布勒塔尼人的头脑天生就坚固，再经加拿大水土的锻炼，越发敲上去毫无知觉；而一朝有什么东西刻了上去，又永远磨不掉；他样样牢记在心。童年时代不像我们装满了许多废物和谬论，所以他的思想特别明确，有力；外界的印象进到他脑里都清清楚楚，没有半点儿云翳。院长想了想，决定教他念《新约》。天真汉挺高兴的吞下去了；但不知道书中的事发生在何时何地，以为就在下布勒塔尼，便赌咒要把该亚法和彼拉多的鼻子耳朵一齐割掉，万一碰到那些坏蛋的话。

叔父看他有这种心愿，十分快慰，随即把事情向他解释清楚；他赞美天真汉的热诚，但告诉他这热诚是没用的，那批人①已经死了大约有一千六百九十年了。不久，天真汉差不多整本书都背得了，有时提出些疑问，使院长发窘，不得不常去请教圣·伊佛神甫；他也不知如何解答，又找一个下布勒塔尼的耶稣会士

① 该亚法为犹太人的大祭司，即审讯耶稣的人；彼拉多为派驻犹太国的罗马总督，虽认为耶稣无罪，仍将耶稣交给犹太教的法官判刑。

来帮忙，领导休隆人皈依正教。

终于天真汉受了上帝感应，答应做基督徒了，并且深信第一要从割体做起。他说："他们要我看的那本书里，没有一个人不行割体的；可见我的包皮非牺牲不可，而且愈早愈好。"他决不左思右想，就叫人把村里的外科医生找来，要他施行手术，以为这件事办妥了，准能使甘嘉篷小姐和她周围的人皆大欢喜。从未作过这手术的理发匠①，通知了家属，家属听了直叫起来。好心的甘喜篷小姐急坏了，她觉得侄儿是个坚决与性急的人，深怕他自己动手，冒冒失失地造成一些悲惨的后果；那是妇女们因为心地慈悲，一向最关切的。

院长纠正了休隆人的思想；说明割体已经不时行了，洗礼比这个温和得多，卫生得多，《新约》里的教规不像《旧约》里的教规。天真汉通情达理，秉性正直，争辩了一番，承认自己错了；欧洲人辩论的时候可不大肯认错的。最后他应允受洗，无论哪一天都可以。

受洗之前，必须经过忏悔；这件事可难办了。天真汉把叔父给的书老带在身边。他找来找去没看到有使徒忏悔的事，便固执起来。院长翻出《圣·雅各书》中，你们应当互相认罪那句使邪教最难堪的话，堵住了天真汉的嘴。休隆人便一声不出，向一个芳济会神甫去忏悔。忏悔完毕，他把芳济会神甫拖出忏悔亭，一把揪着，自己往亭子里坐了，叫他跪在地下，说道："朋友，书上写的：你们应当互相认罪；我已经把罪孽告诉了你，你不把你的罪孽告诉我，休想出去。"这么说着，他把粗大的膝盖顶着对方的胸脯。神甫大叫大嚷，声震屋宇，大家起来，看见预备受洗的人正用着圣·雅各的名义殴打教士。只因为替一个下布勒塔尼

① 自中古时代起，欧洲的外科手术大多操于理发匠之手；法国直至一七四三年，路易十五始下诏将外科医生与理发匠二业完全分离。

人兼休隆人兼英国人行洗礼，是件天大的喜事，所以出了这些岔子，谁也不以为意。甚至很多神学家认为，忏悔也是多此一举，洗礼就可以包括一切了。

他们和圣·马罗的主教约了日期。主教听说要给一个休隆人行洗礼，得意非凡，便大排仪仗，带着全班执事到了。圣·伊佛小姐一边祝福上帝，一边穿上她最漂亮的衣衫，从圣·马罗叫了一个梳头的老妈子来，准备在典礼中大大炫耀一番。好问的法官和地方上全体名流都赶到了。教堂布置得十分华丽。但等到要把休隆人带往圣洗缸去的时候，休隆人却不知去向了。

叔叔和姑母到处寻找。众人以为他像平时一样打猎去了。来宾全体出动，跑遍了附近的树林村子，休隆人竟是影踪全无。

大家不免担心他回英国去了，他亲口说过非常喜欢那个国家。院长先生兄妹深信英国是从来不替人行洗礼的，不禁为侄儿的灵魂提心吊胆。主教心烦意乱，预备回去了；院长和圣·伊佛神甫慌做一团；法官照例拿出一本正经的神气，把路上的人一个一个盘问过来。甘嘉篷小姐哭了。圣·伊佛小姐没有哭，可是长吁短叹，表示她对于圣礼的关切。她们俩闷闷不乐，沿着朗斯小河边上的杨柳和芦苇走去，忽然瞥见河中有一个白白的高大的人影，两手抱着胸部。她们大叫一声，急忙掉过头去。但一忽儿好奇心战胜了所有的顾虑，两人轻轻地溜入芦苇，等到确实知道人家看不见她们了，她们就想瞧个究竟。

# 第四章　天真汉受洗

院长和神甫都赶来了，问天真汉呆在那里干什么。“哎，诸位，我等着受洗啊。我全身泡在水里，浸到脖子，已经有一个钟点了，你们让我着凉真是太不客气了。”

院长柔声柔气的对他说：“亲爱的侄儿，我们下布勒塔尼人受洗不是这样的；穿上衣服，跟我们来罢。”圣·伊佛小姐听了，轻轻的对她的女伴说：“小姐，你想他会不会马上穿衣服呢？”

不料休隆人回答院长说：“这回不比上回，你哄不倒我了；我仔细研究过，知道得清清楚楚，受洗没有第二种办法。干大基王后的太监便是在溪水中受洗的①；倘若另有一种洗礼，你得在书里找出证据来。要不在河中受洗，我就不受洗了。”众人向他解释，习惯改变了，只是枉费唇舌。天真汉固执得厉害，因为他又是下布勒塔尼人，又是休隆人。他口口声声提到干大基王后的太监。躲在杨柳中觑着他的姑母和圣·伊佛小姐，明明应当告诉他不该拿这种人自比，但他们觉得体统攸关，不便出口。主教亲自来和他谈话，那当然很郑重了；但也毫无用处；休隆人居然跟

---

① 见《新约·使徒行传》第八章。

主教都争论起来。

他说："只要在叔父给我的书里，找出一个不在河中受洗的人，我就依你们。"

姑母绝望之下，记得侄儿第一次行礼，对圣·伊佛小姐的鞠躬比对谁都鞠得深；他对主教行礼，也不及向这位美丽的小姐那样恭敬而亲热。为了打开僵局，她决意向圣·伊佛小姐求救，想借重她的面子劝休隆人依照下布勒塔尼人的办法受洗；她相信倘若侄儿坚持在流水中受洗，就永远做不了基督徒。

圣·伊佛小姐受到这样重要的使命，不由得暗中欣喜，脸都红了，她羞答答的走近天真汉，十分庄重的握着他的手："我要求你作点儿事，难道你不愿意吗?"说着她拿出妩媚动人的风度，把眼睛低下去又抬起来。"噢！小姐，你的要求，你的命令，我无有不依；水的洗礼也行，火的洗礼也行，血的洗礼也行，只要你吩咐下来，我决不拒绝。"院长的热诚，法官反复不已的问话，甚至主教的谆谆劝导都办不到的事，圣·伊佛小姐好大面子，一句话就解决了。她感觉到自己的胜利，可还没有估计到这胜利的范围。

在主持的方面和受洗的方面，洗礼的进行都极其得体，堂皇，愉快。叔父和姑母，把带往圣洗缸的荣誉让给了圣·伊佛神甫兄妹。圣·伊佛小姐做了干妈，眉飞色舞。她不知道这个煊赫的头衔会给她什么束缚；他接受了荣誉，没想到可怕的后果。

照例大典之后必有盛宴，所以洗礼完毕就入席。几个爱取笑的下布勒塔尼人，认为酒是不能受洗礼的①。院长先生引证所罗门的话，说酒是使人开怀的。主教又补充一番，说古时的犹大长老②把驴子拴在葡萄园里，把大氅浸在葡萄汁内；可惜上帝没有

① 俗语有替酒或牛奶行洗礼的话。就是羼水的意思。

② 此处的犹大长老是《创世纪》所载雅各十二子之一。

把葡萄藤赏赐下布勒塔尼，我们不能学犹大的样。每人争着对天真汉的受洗说几句笑话，对干妈说几句奉承话。好问的法官问休隆人在教堂里发的愿，是否能信守不渝，休隆人答道："在圣·伊佛小姐手中发的愿，我怎么会翻悔呢?"

休隆人兴奋起来，为他的干妈一连干了好几杯。他说："要是你替我行洗礼，我会觉得浇在头发上的水变做开水，把我烫坏的。"法官觉得这句话诗意太浓了，殊不知这个譬喻在加拿大普通得很。并且干妈听了，说不出的高兴。大家替受洗的人取了一个圣名，叫做赫格利斯。圣·马罗的主教再三打听这个本名神是谁，他从来没听见过①。博学的耶稣会士告诉他，那是一位有过十二奇迹的圣者。还有一个抵得上十二奇迹的第十三奇迹，不便从耶稣会士的嘴里说出来；就是赫格利斯一夜之间把五十个少女都变了妇人。在座有一位爱说笑的人，道破了这个奇迹，说得有声有色。所有的妇女都低下头去，觉得照天真汉的相貌看来，他决不会辱没那圣者的名字的。

---

① 赫格利斯为希腊神话中以神勇著称的人物，与基督教里的圣者风马牛不相及。

# 第五章　天真汉堕入情网

行过洗礼，吃过酒席，圣·伊佛小姐很热切的希望主教再举行个把盛大的典礼，好让她和天真汉－赫格利斯一同参加。但是她知书识礼，极有廉耻，虽然动了柔情，也不敢对自己承认；偶尔在一瞥一视，一言半语，一举一动之间有所流露，她也要用羞怯动人的表情，像帷幕一般的遮盖起来。总而言之，她又多情，又活泼，又稳重。

主教刚走，天真汉和圣·伊佛小姐就不约而同的碰在一起。他们谈着话，也没想过有什么可谈。天真汉先诉说他一往情深的爱，说他在本乡爱得如醉若狂的，美丽的阿巴加巴，万万比不上她。圣·伊佛小姐拿出平日端庄娴雅的态度，回答说这件事应该赶快告诉他的叔叔院长先生，和他的姑母甘嘉篷小姐；她那方面要和她亲爱的哥哥圣·伊佛神甫去谈；预料他们都会同意的。

天真汉回答，他不需要征求谁的同意；把自己分内的事去问别人，太可笑了；只要双方自愿，就无须第三者撮合。他说："我想吃饭，打猎，睡觉的时候，从来不跟别人商量；我知道为了爱情的事，不妨征求对方同意；但我既不爱上我的叔父，也不爱上我的姑母，当然不用去请教他们；倘若相信我这个话，你也不必去问圣·伊佛神甫。”

我们不难想象，为了要休隆人遵守礼法，那位下布勒塔尼美人简直用尽了她的聪明才智。他甚至一忽儿着恼，一忽儿回嗔作喜。总之，要不是傍晚时分，圣·伊佛神甫带着妹子回去，两人的谈话竟不知如何结束呢。天真汉让叔父姑母先睡了，他们俩办了喜事，吃了酒席，已经有点支持不住。他却花了半夜功夫，用休隆文为爱人写情诗。世界上无论什么地方，一个人有了爱情未有不成为诗人的。

第二天，吃过早点，叔父当着极端感动的甘嘉篷小姐的面，对天真汉说道：“亲爱的侄儿，靠上帝保佑，你居然很荣幸的做了基督徒，做了下布勒塔尼人；可是事情还没圆满；我年纪大了，我哥哥只留下一块很小的地，没有多大出息；我修院的产业，收入还可观；只要你像我所希望的，肯做修士，我日后就把修院移交给你，一则我老来有了安慰，二则你生活也可以过得不错。”

天真汉答道：“叔父在上，但愿你福躬康健，长命百岁！我不知道什么叫做修士，什么叫做移交；但是我都可以接受，只要圣·伊佛小姐能归我支配。”——“噢，天哪！你说什么？难道你爱上那位美丽的小姐，为她风魔了吗？”——“是的，叔叔。”——“唉！侄儿，你要娶她是不可能的。”——“很可能，叔叔；她不但临走握了我的手，还答应托人向我说亲；我一定要娶她的。”——“告诉你，这是不可能的；她是你的干妈；干妈握干儿子的手就犯了天大的罪孽；并且一个人不能跟他的干妈结婚；教内教外的法律都禁止的。”——“哎唷，叔叔，你这是跟我开玩笑了；干妈既年轻貌美，为什么不能娶她？你给我的那本书，从来没说跟帮助人家受洗的姑娘结婚是不好的。我每天都发觉，那本书里不叫人做的事，大家做了不知多多少少，叫人做的，大家倒一件没做。老实告诉你，这种情形使我看了奇怪，看了生气。倘若你们拿受洗做借口，不许我娶美丽的圣·伊佛，我就把她抢走，把我的洗礼作废。”

院长心里慌了，他的妹妹哭了。她道：“亲爱的哥哥，我们万万不能让侄儿堕入地狱；我们的教皇圣父可以替他开脱，那他就能和他的爱人快快活活的过日子，而仍旧不失其为基督徒了。”天真汉把姑母拥抱了，问：“这个多么可爱，多么慈悲，肯成全青年男女的婚姻的人是谁啊？我马上去跟他商量。”

他们给他解释什么叫做教皇；天真汉听了更诧异不置。“亲爱的叔叔，你的书里一句都没提到这种事；我出过门，识得海路；我们这儿是在大西洋边上，你们要我离开了圣·伊佛小姐，跑到一千六百里以外的地中海那边，向一个跟我言语不通的人，要求准许我爱圣·伊佛小姐？这简直可笑得莫名其妙了。我马上去见圣·伊佛神甫，他离此不过四里地，我向你们担保，不到天黑，我一定和我的爱人结婚了。”

说话之间，法官闯进来，照例问他上哪儿去。天真汉一边奔一边回答：“结婚去。”一刻钟以后，他已经到了他心爱的，美丽的下布勒塔尼姑娘府上。她还睡着。甘嘉篷小姐对院长道：“啊！哥哥，你永远没法教我们的侄儿当修士的。”

法官对于这次旅行大不高兴；因为他一厢情愿，要圣·伊佛小姐嫁给他儿子；那儿子却比老子还要愚蠢，还要讨厌。

# 第六章　天真汉跑到爱人家里，大发疯劲

天真汉一到，向老妈子打听他爱人的房间；房门没有关严，他猛力推开了，直奔卧床。圣·伊佛小姐惊醒过来，叫道："怎么！是你！啊！是你！站住！你来干什么？"他答道："我来跟你做夫妻。"真的，要不是她把一个有教育的人的礼义廉耻，全部拿出来抗拒，他当场就做了她的丈夫了。

天真汉看事情非常认真，认为对方的抗拒是蛮不讲理。他道："我的第一个情人阿巴加巴小姐就不是这样的；你不老实；你答应嫁给我，却不肯结婚；失信是违反荣誉的第一条规则；我要来教你守信，教你敦品修德。"

天真汉富有刚强勇猛的德性，不愧为赫格利斯的寄名弟子；他正要把德性全部施展出来，那小姐却凭着更文雅的德性大叫大喊，惊动了稳重的圣·伊佛神甫。他带着一个女管家，一个虔诚的老当差和教区里的一位神甫，赶来了。看到这些人，天真汉进攻的锐气不禁为之稍挫。神甫说："哎，天哪！亲爱的邻居，你这是干什么？"年轻人回答："尽我的责任啊；我是来履行我神圣的诺言的。"

圣·伊佛小姐红着脸整理衣衫。天真汉被带往另外一间屋

子。神甫责备他行为非礼。天真汉抬出自然界的规律替自己辩护，那是他知道得很清楚的。神甫竭力解释，说人为的法律高于一切，人与人之间倘没有习惯约束，自然律不过是一种天然的强盗行为。他告诉天真汉："结婚要有公证人，教士，证人，婚书，教皇的特许状。"天真汉的感想和所有的野蛮人一样，他答道："你们之间要防这个，防那个，可见你们都不是好人。"

神甫很不容易解答这个难题。他道："我承认，我们中间有的是反复的小人，卑鄙的流氓；倘若休隆人聚居在大城市里，这种人也不会太少；但我们也有安分，老实，明理的人；定法律的便是这等人。你越是正人君子，越应当守法，给坏蛋们一个榜样；看到有德的人如何以礼自防，他们也会有所顾忌了。"

这一席话引起了天真汉的注意。大家早已看出他理路很清楚。当下便用好言相慰，让他存着希望：这两个圈套，东半球西半球的人都逃不过的；圣·伊佛小姐梳洗完毕以后，他们还让他见面。他所有的举动都很斯文了。但圣·伊佛小姐看到天真汉-赫格利斯明晃晃的眼睛，仍不免低下头去，在场的人也不免提心吊胆。

他们千方百计哄他回家，只是没用。临了还得借重美人圣·伊佛的力量。圣·伊佛越觉得他对自己百依百顺，心里越爱他。她叫他走了，可是说不出的难过。她的哥哥不但比她年纪大了很多，并且是她的监护人。休隆人去后，圣·伊佛神甫决计不让强项的情人再用那种激烈手段追求他的妹妹。他去找法官商量。法官一向有心把自己的儿子配给神甫的妹妹，便主张把可怜的姑娘送往修道院。这一下可真的辣手了：普通女子送进修院，尚且要大哭大闹；一个动了爱情的，又贤慧又温柔的姑娘，当然更痛不欲生了。

天真汉回到叔父家里，凭着他的天真脾气把事情全说了。他受了一顿同样的教训，对他的思想略微有些作用，对他的情感却毫无影响。第二大他正想到美丽的情人家中，和她讨论自然的规律和人为的法律；法官却摆着一副教人难堪的得意样儿，向他宣布她已经进了修道院。天真汉道："好，我就到修道院去跟她讨论。"法官道："那是办不到的；"然后长篇大论的解释修道院的性质，说这个名称是从一个拉丁字来的，那拉丁字的意义是集会。休隆人弄不明白为什么他不能参加这个集会。最后他懂得，所谓集会是幽禁少女的监狱，是一种在休隆和英国都闻所未闻的残酷的手段。他登时大发雷霆，那股疯劲不亚于他的本名神赫格利斯。因为当年奥加里王欧利德的女儿伊奥莱，和圣·伊佛小姐一样美，奥加里王又和圣·伊佛神甫一样残酷，不肯把女儿嫁给赫格利斯①。天真汉竟想放火烧修道院，不是把情人抢走，便是和她一同烧死。甘嘉篷小姐惊骇之下，从此死心塌地，不敢再希望侄儿当修士了；她哭着说，自从他受洗之后，魔鬼就上了他的身。

① 赫格利斯因此率领大军攻打奥加里，杀其国王，将伊奥莱劫走。

# 第七章　天真汉击退英国人

天真汉垂头丧气，郁闷不堪；他沿着海滨散步。肩上背着双膛枪，腰里插着短刀，偶尔朝着飞鸟放几枪，常常想把自己当作枪靶；但为了圣·伊佛小姐，还不愿意轻生。他一忽儿把叔父，姑母，下布勒塔尼，洗礼，都咒骂一顿；一忽儿又祝福他们，因为没有他们，他不会认识他的爱人的。他立意到修道院去放火，才下了决心又马上打消，生怕烧坏了爱人。多少矛盾的思潮在他胸中骚动，便是英吉利海峡中受东风西风激荡的浪潮也不过如此。

他茫无目的，迈着大步走去，忽然听见一阵鼓声，看见远远的一大群人，一半奔向海边，一半逃往内地。

西面八方喊成一片，受了好奇心与冒险心鼓动，他立即向人声鼎沸的方面奔去，连窜带跑，飞也似的赶到了。民团司令在院长家和他同过席，马上认得是他，张着手臂迎上来，嚷道："啊！天真汉来了，他一定帮我们的。"吓得半死的民兵放了心，也叫道："天真汉来了！天真汉来了！"

他道："诸位，怎么回事呀？为什么慌成这样？是不是人家把你们的爱人送进了修道院？"几十个人乱哄哄的嚷道："你不看见英国人靠岸了吗?”休隆人回答:“那有什么关系?他们都是好人,从来没要我做修士,也没架走我的爱人。”

民团司令告诉他,英国人要来抢劫小山修院,喝他叔父的酒,说不定还要架走圣·伊佛小姐;又说他上回搭着到下布勒塔尼来的小船,原是来刺探虚实的;他们并没和法国宣战,却先来骚扰地方;全省都受到危险了。天真汉道:“啊!要是真的,他们就是不守自然规律;我有办法;我在他们国内住过很久,懂得他们的话,让我去交涉;我不信他们会有这样恶毒的用意。”

说话之间,一小队英国兵船驶近了;休隆人便迎上前去,跳进一条小船,划到司令的旗舰旁边,上去问他们,可是真的不正式宣战,就来骚扰地方。司令官和舰上的人员哈哈大笑,请他喝了甜酒,把他打发走了。

天真汉禁不起众人一激,一心只想帮着同乡和院长,跟他以前的朋友们大杀一场。附近的乡绅从四下里赶到;他和他们合在一起;手头有几尊炮,他忙着上弹药,拨准方向。一尊一尊的放起来。英国人下船了,他迎上去亲手杀了三个,把取笑他的司令官也打伤了。他的勇敢替整个民团壮了胆子;英国人退回船上;沿海只听见一片胜利的呼声:“王上万岁!天真汉万岁!”人人都来拥抱他;他受了几处轻伤,大家都抢着替他止血。他道:“啊!要是圣·伊佛小姐在这儿,她一定替我包扎得好好的。”

法官在厮杀的当口躲在家中地窖里,这时也跟别人一起来恭维他。不料赫格利斯－天真汉身边围着十来个跃跃欲试的小伙子,他对他们说道:“弟兄们,咱们救了小山修院还不够,还得去救一位姑娘。”激烈的青年人,单单听了这两句,火气就来了。法官在旁不由得大吃一惊。一大群人已经跟着他往修道院出发了。要不是法官立刻通知民团司令,要不是马上有人去追回那批疯疯癫癫的青年,事情就大了。众人把天真汉送回给他的叔叔和姑母，他们俩十分感动，把眼泪洒了他一身。

叔叔对他道："我看明白了，你永远做不成修士，做不成院长；你要当了军官，比我当上尉的哥哥还要勇敢，说不定也和他一样是个穷光蛋。"甘嘉篷小姐哭个不停，搂着他说道："他要把性命送掉的，和我们的哥哥一样；还是让他做修士的好。"

天真汉在厮杀的时候捡到一个大荷包，满满的装着基尼亚①，大概是英国司令失落的。他以为这笔钱可以把下布勒塔尼全省都买下来，至少也能使圣·伊佛小姐一变而为贵妇人。个个人劝他到凡尔赛去受赏。民团司令，高级军官，纷纷给他出立证书。叔叔和姑母也赞成侄子去走一遭。他毫无困难，一定能见到王上。单是这一点，他在外省就是一个大人物了。两位好人拿出一大笔积蓄，加入那个英国荷包。天真汉心里想："等我见了王上，就要求他准许我和圣·伊佛小姐结婚，他决不会拒绝的。"于是他动身了，一乡的人都来送行，欢声雷动，把他拥抱得气都喘不过来，姑母把眼泪洒了他一身，叔父给他祝福了，他自己却是默默的向美人圣·伊佛致意。

① 基尼亚为英国昔时金币，值二十一先令。

# 第八章　天真汉到王宫去，路上和迂葛奴党人一同吃饭

天真汉取道萨缪，搭的是驿车；当时也没有别的车辆。到了萨缪，看看城里十室九空，好几份人家正在搬场，他心中很纳闷。有人告诉他，六年以前城里有一万五千人口，如今还不到六千。晚上在客店里吃饭，他少不得提起此事。同桌有好几个新教徒：有的满嘴牢骚，有的义愤填胸，有的一边哭一边说了两句拉丁文。天真汉不懂拉丁文，问了人家，才知道那两句话的意思是：田园温暖，不得不抛；故乡虽好，不得不逃。

“诸位，干么你们要逃出家乡呢？”——“因为人家要我们承认教皇。”——“你们为什么不肯承认他？难道你们不想要你们的干妈吗？听说他可以发特许状的。”——“啊！先生，教皇自称为国王领土的主人翁。”——“你们是干哪一行的？”——“我们多半是做布生意的和办工厂的。”——“倘若教皇自称为你们的布匹和工厂的主人，那末不承认他是应该的；但王上的领土是王上的事，你们管它做什么？”于是有一个穿黑衣服的矮个子，头头是道的说出众人的怨恨；慷慨激昂的提到《南德敕令》的撤消；替五万个逃亡的家庭，还有五万个被龙骑兵强迫改宗的家庭

叫屈；连天真汉也为之流泪了①。他道：“一个这样伟大的国王，声威远播，连休隆人都久闻大名的，怎么会把成千累万愿意爱戴他的人，愿意为他出力的人，轻易放弃呢？”

穿黑衣服的人答道：“因为他像别的伟大的君王一样，受人蒙蔽。人家哄他，说只要他开一声口，所有的人都会跟他一般思想；他可以叫我们改变宗教，和他的乐师吕利一刹那间更换歌剧的布景一样。可是他不但丧失了五六十万的有用的国民，并且还逼他们与他为敌。如今在英国当政的威廉王，把原来乐意为本国拼命的法国人，编成了好几个联队。

“这样一桩祸国殃民的事特别令人奇怪：路易十四为了现任的教皇牺牲自己的一部分百姓，但这教皇明明是路易十四的死冤家。九年以来，他们俩还闹得很凶呢。法国甚至于希望，把这外国人几百年来套在它身上的枷锁完全摆脱，连世界上第一样要紧东西，金钱，也不再供给教皇。可见王上是受人欺骗，对自己的权力与利益都看不清了，他宽宏的度量也受到影响了。”

天真汉越来越感动，问究竟是哪些人，胆敢蒙蔽一个连休隆人都不胜爱戴的国王。人家回答说：“都是些耶稣会教士，尤其是王上的忏悔师拉·希士②神甫。希望有一天上帝会惩罚他们，把他们驱逐出境，像他们现在赶走我们一样。我们受着世界上最大的苦难。特·路伏先生派了耶稣会士和龙骑兵，到处来难为

① 法国宗教战争（1562—1593）告终以后，亨利四世于一五九八年颁布敕令，史称《南德敕令》，保障新教徒之信仰自由，与旧教徒受平等待遇。路易十四于一六八五年将此项敕令撤销，并听从特·路伏侯爵之计划，发动大批龙骑兵，至各处威逼新教徒改信旧教，致新教徒纷纷流亡国外。此项新教徒即所谓迂葛奴党，彼等之逃亡为法国史上最大的移民运动。

② 拉·希士（1624—1709）与特·路伏均为法国史上实有的人物。前者为路易十四的忏悔师；后者为路易十四的陆军大臣，以治军著名，但性情残忍，迫害新教徒之手段尤为残酷。

我们。”

天真汉再也按捺不住，说道：“诸位，我立了功劳，正要到凡尔赛去受赏；我可以跟那位特·路伏先生谈一谈：听说就是他在办公室里策划军事的。我能见到王上，要把真相告诉他；一个人知道了真相，不会不接受的。不久我得回来和圣·伊佛小姐结婚，请你们都来观礼。”那些老实人听了，以为他是个微服出游的大贵人，为了避人眼目，特意搭着驿车。也有人把他当作王上身边的小丑。

饭桌上有个便服乔装的耶稣会士，正是拉·希士神甫的间谍，事无大小，他都报告拉·希士，再由拉·希士转告特·路伏。当下他就动笔。那份报告书和天真汉差不多同时到达凡尔赛。

# 第九章　天真汉到了凡尔赛，宫廷对他的招待

天真汉搭的车停在御厨房外面的院子里。他问轿夫，几点钟可以见到王上。轿夫对他当面打个哈哈，像那个英国海军司令一样。天真汉用同样的方法对付，把他们打了；他们也预备回敬，差点儿大打出手；幸好有个当御前侍卫的布勒塔尼乡绅走过，把他们劝开了。天真汉对侍卫说："先生，我看你是个好人；我是小山圣母修院院长先生的侄子，杀了几个英国人，要跟王上说话。请你把我带到他屋里去。"侍卫遇到一个不识宫廷规矩的同乡人，大为高兴，告诉他觐见王上不能这么随便，必须由特·路伏大人带引。"那末，请你带我去见这位特·路伏大人，他准会把我引见的。"侍卫答道："要跟特·路伏大人说话，比跟王上说话还要难。让我带你去见陆军部秘书亚历山大先生，见他就等于见了陆军大臣。"两人说着，就到亚历山大府上，可是进不去；秘书正和一位内廷的太太商量公事，来宾一律挡驾。侍卫道："好罢，没有关系；咱们去找亚历山大先生的秘书；见了他就像见了亚历山大先生一样。"

天真汉不胜惊奇，只得跟着走；两人在一间小穿堂里等了半小时。天真汉问道："怎么的？这里所有的人都不见客吗？在下

布勒塔尼和英国人打仗，比到凡尔赛衙门里找人方便多了。”为了消磨时间，他把自己的恋爱故事讲给同乡听，可是时钟一响，侍卫要去上班了。两人约好第二天再见；天真汉在穿堂中又等了半小时，心里想着圣·伊佛小姐，也想着要见王上和秘书们多么不容易。

终于主人出现了。天真汉对他道：“我等了这么久才见到你，要是我也等这些时间去迎击英国人，他们此刻尽可以称心象意，把下布勒塔尼一抢而空。”这几句话使秘书怔了一怔，说道：“你来要求什么？”——“我要求酬劳；我的文书都带来了。”他把证件一齐摆在秘书面前。秘书看了，说也许可以准他买一个少尉的缺。“买一个少尉的缺！因为我打退了英国人，所以要我出钱吗？我得花了钱，才有权利去替你们拼命，让你们在这儿消消停停的会客，是不是？大概你是说笑话罢？我要不出一钱，带领一个骑兵连。我要王上把圣·伊佛小姐放出修道院，准许我和她结婚。我要跟王上谈谈五万个家庭的事，我打算劝他们回心转意，拥戴王上。总而言之；我要替国家出力；我要政府用我，提拔我。”

秘书问：“先生，你是谁？说话这样高声大气的？”天真汉答道：“噢！噢！你没有看过我的证件吗？原来你们是这样办事的！我名叫赫格利斯·特·甘嘉篷，受过洗礼，住在蓝钟饭店。我要在王上前面告你一状。”秘书和那些萨缪人一样，认为他头脑有点毛病，没把他放在心上。

当天，路易十四的忏悔师拉·希士神甫，收到间谍的信，指控布勒塔尼人甘嘉篷袒护迂葛奴党，痛骂耶稣会士的行为。特·路伏先生方面，也收到好问的法官来信，把天真汉形容做无赖光棍，图谋火烧修道院，绑架姑娘。

天真汉在凡尔赛花园中散了一会步，觉得很无聊；照着下布勒塔尼人和休隆人的款式吃过晚饭，睡觉了；他存着甜蜜的希望，以为第二天能见到王上，准他与圣・伊佛小姐结婚，至少给他带一个骑兵连；王上也会制止对迂葛奴党的迫害。他正想着这些念头自得其乐，忽然公安大队的几个骑兵闯进屋子，先把他的双膛枪和大刀没收了。

他们把他的现金点了数，带他到都奈尔城门口，圣・安多纳街旁边的宫堡中去，那是约翰二世的儿子，查理五世修盖的①。

天真汉一路怎样的诧异，读者不妨自己去想象。他先疑心是作梦，只觉得昏昏沉沉；过了一会，他突然疯劲发作，力气长了一倍，把车内两个押送的卫兵掐着脖子，摔出车厢，自己也跟着往外扑去；第三个卫兵过来拉他，连带滚下了。天真汉用劲过度，栽倒在地。大家把他捆起，重新扛上车。他道："哼，把英国人赶出下布勒塔尼，落得这个酬报！美丽的圣・伊佛，你要看到我这个情形，又怎么说呢？"

终于到了公家派定的住处。卫兵们一声不出，像抬一个死人进墓园似的，把他抬进牢房。房内有一个保尔－洛阿伊阿派②的老修士，叫做高尔同，已经不死不活的待了两年了。公安队长对老人道："喂，我给你带个同伴来了。"随即把大锁锁上，牢门十分厚实，装着粗大的栅栏。两个囚徒就此和整个世界隔绝了。

---

① 此即历史上有名的巴斯蒂监狱；建于十四世纪，原为防御英军而筑的碉堡。权相黎希留当政，始改为监狱；卒于一七八九年七月大革命爆发时，被民众焚毁。

② 保尔－洛阿伊阿派即扬山尼派。为旧教中的一个宗派。盛行于十七世纪，谓自亚当堕落以后，人类即无自由意志，个人的为善与灵魂得救均有赖于上帝的恩宠，非人力所能致。此派被教皇斥为异端，并与耶稣会明争暗斗，十七世纪时备受压迫。

# 第一〇章　天真汉和一个扬山尼派的教徒一同关在巴斯蒂监狱

高尔同先生是个精神矍铄，胸襟旷达的老人；他有两大德性：逆来顺受和安慰遭难的人。他神情坦白，态度慈祥的走过来，拥抱着同伴，说道："和我同居墓穴的人，不管你是谁，请你相信我一句话；在这个地狱般的深坑中，你要有什么苦恼，我一定忘了自己的苦恼来安慰你。我们应当热爱上帝，是他冥冥之中带我们到这儿来的。咱们心平气和的受难罢，希望罢。"在天真汉的心中，这些话好比起死回生的英国药酒①；他不胜惊异的把眼睛睁开了一半。

高尔同说完了开场白，并不急于打听天真汉遭难的原因；但由于老人温柔的言语，同病相怜的关切，天真汉自然而然想掏出心来，把精神上的重担放下来歇一歇；可是他猜不出倒楣的缘由，只觉得是祸从天降；高尔同老人也和他一样的诧异。

扬山尼派的信徒对休隆人道："上帝对你必有特别的用意，才把你从翁泰利俄湖边带到英国和法国，使你在下布勒塔尼受洗，又带你到这儿来，磨练你的灵魂。"天真汉答道："我认为我

① 此是十七世纪时流行的一种提神的药酒。

命里只有恶魔捣乱。美洲的同乡永远不会对我这样野蛮，他们连想还想不到呢。人家叫他们野蛮人，其实是粗鲁的好人；这里的却是文明的恶棍。我弄不明白，怎么我会从另一个世界到这儿来，跟一个教士一同关在牢里；我也细细想过，不知有多少人，从地球这一边特意赶到地球那一边去送死，或是在半路上履舟遇险，葬身鱼腹。我看不出上帝对这些人有什么大慈大悲的用意。”

狱卒从窗洞里送进饭来。他们俩谈着上帝，谈着王上的密诏①，谈着如何不让谁都会遭遇的忧患压倒。老人道：“我在这儿已经待了两年，除了自己譬解和书本以外。没有别的安慰；我可是从来不烦恼。”

天真汉嚷道：“啊，高尔同先生，你难道不爱你的干妈吗？要是你和我一样认识了圣·伊佛小姐，你准会伤心死的。”说到这里，他不由得流泪了；哭过一阵，心里倒觉得松动了些。他道：“咦！眼泪怎么能使人松动呢？不是应该相反吗？”老人回答：“孩子，我们身上一切都是物理现象；所有的分泌都使身体畅快，而能使肉体缓和的必然能使心灵缓和：我们是上帝造的机器。”

上文提过好几次，天真汉天赋极厚；他把这个观念细细想了想，觉得自己也仿佛有过的。然后他问同伴，为什么他那架机器在牢里关了两年。高尔同回答：“为了那个特殊的恩宠②。我是扬山尼派，认得阿尔诺和尼高尔③；我们受耶稣会的迫害。我们认为教皇不过是个主教，和别的主教一样；就因为此，拉·希士神甫请准王上，不经任何法律手续，把我剥夺了人类最宝贵的财

---

① 此系法国史上的专门名词。君主时代，王上只须下一道“密诏”，就可置人于狱，无须法律手续。

② 参看前三四页注②，“特殊的恩宠”为扬山尼派的术语，即指人类赖以得救的恩宠。

③ 阿尔诺（1591—1661）与尼高尔（1625—1695）都是扬山尼派有名的神学家。

产，自由。”天真汉道：“真怪，我遇到的几个倒楣人，都是为了教皇之故。至于你那个特殊的恩宠，老实说我莫名其妙；但我在患难之中碰到一个像你这样的人，给我意想不到的安慰，倒的确是上帝的恩典。”

日子一天天的过去，他们的谈话越来越有意思，越来越增进各人的智慧。两个囚徒友爱日笃。老人很博学，青年很好学。过了一个月，他研究几何，很快就学完了。高尔同教他念当时还很流行的罗奥的《物理学》，他极有头脑，觉得书中只有些不确不实的知识。

接着他念了《真理之探求》上编，颇有启发。他道：“怎么！我们的幻想和感觉会哄骗我们到这个程度！怎么！我们的思想不是由外物促成的。我们自己不能有思想的！”念完下编，他却不大满意，认为破坏比建设更容易①。

一个无知的青年，竟会跟深思饱学的人有同样的感想：高尔同为之惊异不置，觉得他才智过人，更喜欢他了。

一日，天真汉和他说：“据我看，你那个玛勒勃朗希写前半部书是用的理智，写后半部用的幻想和成见。”

过了几天，高尔同问他：“关于灵魂，关于我们接受思想的方式，关于我们的意志，关于神的恩宠，关于自由意志，你有什么意见？”天真汉答道：“毫无意见。我想到的只是我们都在上帝掌握之下，像星辰与原素一样；我们身上的一切都是他主动的，我们只是大机器中的小齿轮，大机器的灵魂就是那上帝；他的行动是依照一般的规律，而非个别的观点出发的。我所能了解的只此而已；其余只觉得黑漆一团。”

---

① 《真理之探求》为法国玛勒勃朗希（1638—1715）所著，上编论人的感官、幻想、理解、情欲等等所造成的错误。下编提出作者的哲学体系，大致不出笛卡儿的范围。

“可是，孩子，你这么说等于把上帝当作罪恶的主犯了。”——“唉，神甫，你所谓特殊的恩宠，也是把上帝当作罪恶的主犯啊；得不到恩宠的人必然要犯罪，那末把我们交给罪恶的人不就是主犯吗？”

这种天真的论据使老人非常为难；他觉得费尽心思也无以自解；说了一大堆话，似乎很有意义，其实空空洞洞，无非是人的意志有赖于神的恩宠等等；天真汉听了只觉得可怜。这问题当然牵涉到罪恶的根源；高尔同便搬出邦杜拉的宝匣，被阿里玛纳戳破的奥洛斯玛特的蛋，泰封与奥赛烈斯之间的敌意，最后又提到原始罪恶①。两人在无边的黑夜中奔逐，永远碰不到一处。但这种灵魂的探险转移了他们的目光，不再注意自身的忧患；充塞宇宙的浩劫，像符咒一般减少了他们痛苦的感觉：人人都在受罪，他们怎么还敢怨叹呢？

可是静寂的夜里，美丽的圣·伊佛的形象，把她爱人所有的玄学思想和道德思想都抹得干干净净。他含着眼泪惊醒过来；而那个扬山尼派老人也忘了他特殊的恩宠，忘了圣·西朗神甫和扬山尼斯②，忙着安慰一个他认为罪孽深重的青年。

看一会书，讨论一会，两人又提到自身的遭遇；空谈了一阵遭遇，又回到书本中去，或是一同看，或是分头看。青年人的智力日益加强。尤其在数学方面，若非为了圣·伊佛小姐而分心，

---

① 希腊神话载：宙斯以神匣赐与邦杜拉，内藏人间所有的罪恶及灾祸，邦杜拉为了好奇而揭开，匣中的罪恶灾祸乃全部逸出，布满大地。古代波斯传说：善神奥洛斯玛特与恶神阿里玛纳永远争战不已，奥洛斯玛特创造二十四个善的精灵，藏于蛋内，免受阿里玛纳之害。讵料阿里玛纳戳破蛋壳，以致世界上每一善事均与恶事相混。埃及宗教中有泰封与奥赛烈斯二神，泰封代表恶，奥赛烈斯代表善，生殖，繁荣。原始罪恶即指基督教传说中亚当与夏娃私食禁果事。

② 圣·西朗神甫与扬山尼斯均为扬山尼派的创始人。

他可以钻研得很深。

他读了历史，怏怏不乐。他觉得人太凶恶太可怜了。历史只是一连串罪恶与灾难的图画。安分守己与清白无辜的人，在广大的舞台上一向就没有立足之地。所谓大人物不过是一般恶毒的野心家。历史有如悲剧，要没有情欲、罪恶、灾难，在其中掀风作浪，就会显得毫无生气，令人厌倦。格里奥也得像美尔波美尼一样，手里拿一把匕首①。

法国史固然和别国的同样丑恶，天真汉却觉得开头的一部分那么可厌，中间的一部分那么枯索，后面的一部分那么渺小：到了亨利四世的朝代还没有伟大的建筑，别的民族已经有些奇妙的发现闻名世界，法国却毫不关心；史上记载的无非是发生在世界一角的，猥琐无聊的惨剧，天真汉直要捺着性子，才把那些细节读完。

高尔同和他一般见解。读到弗尚撒克，弗尚撒盖，阿斯泰拉②几个小诸侯的故事，两人只觉得可怜可笑。这段历史只配诸侯的后代去研究，倘若他们有后代的话。有个时期，天真汉为了罗马共和国几个辉煌灿烂的世纪，对别的国家都不感兴趣了。他只想着罗马战胜异族，为他们立法的史迹。他抱着满腔热忱，向往于这个追求自由与光荣，历七百年而不衰的民族。

多少日子，多少星期，多少岁月，都这样过去了，要不是有了爱人，天真汉也会在拘留生活中觉得幸福的。

他的笃厚的天性，还为了小山修院的院长和富于感情的甘嘉篷小姐难过。他常说："我这样毫无音讯，他们要作何感想呢？一定要认为我无情无义罢？"想到这里，他很痛苦；他哀怜他所爱的人，远过于哀怜自己。

① 希腊神话中有九个文艺女神，其中格里奥执掌史诗，美尔波美尼执掌悲剧。

② 三者均系法国南方小郡，中古时代为封建诸侯的产业。

# 第一一章　天真汉怎样发展他的天赋

博览群书扩大了他的心灵，一个有见识的朋友安慰了他的心灵。我们的囚徒占了这两项便宜，却是从来没想到的。他说：“我几乎要相信变形的学说了，因为我从野兽变做了人。”他有笔钱可以自由支配，便用来收集一批精心挑选的书。他的朋友鼓励他把感想记下来，以下便是他写的关于古代史的感想：

“据我想象，世界上的民族很久都像我一样，求知识是晚近的事；几百年中他们只顾着当前，很少想到过去，从来不想到将来。我在加拿大走过两千多里地方，没看到一所纪念建筑，大家都不知道自己的曾祖做过些什么。这不是人类的自然状态吗？这一洲上的种族似乎比那一洲上的优秀。他千百年来用艺术用知识扩充自己的生命。莫非因为他下巴上长着胡子，而上帝不给美洲人长胡子吗？我想不是的；我看到中国人也差不多没有胡子，但他们培植艺术已经有五千多年。既然他们有四千年以上的历史，整个民族的聚居和繁荣必有五十世纪以上。

“中国这段长久的历史有一点特别引起我注意，就是中国的一切几乎全是可能的，自然的。我佩服他们什么事都没有一点儿神奇的意味。

“为什么别的民族都要给自己造出一些荒诞不经的来源呢？法国最早的史家，其实也不怎么早，说法国人是埃克多①的儿子，法朗居斯之后。罗马人自称为夫赖尼人②之后，但他们的语言没有一个字和夫赖尼语有关。埃及被神道占据了一万年，魔鬼盘踞在大月氏族中，生下了匈奴。在修西提提斯③以前，我只看到些近乎阿玛提斯④一类的小说，还不及阿玛提斯有趣。到处只有神道的显形，诏谕，奇迹，巫术，变形，穿凿附会的梦境：最大的帝国和最小的城邦，根源都不出乎这几种。有时是会讲话的禽兽，有时是受人膜拜的禽兽，一忽儿神变了人，一忽儿人变了神。啊！我们即使需要寓言，至少得包含真理！哲学家的寓言，我看了喜欢；儿童的寓言，我看了发笑；骗子的寓言，我只有痛恨。”

有一天他读到于斯蒂尼安皇帝⑤的历史，述及君士坦丁堡教会中的博士，用极不通顺的希腊文下了一道法令，把当时一个最伟大的军人斥为邪道，因为他谈话之间很兴奋的说：真理自有光明，薪炭之火不足以照耀人心。博士们认为这两句是邪说，是异端，应当反过来说才合乎迦特力教义与希腊教义：唯薪炭之火方能照耀人心，真理自身并无光明。那般博士禁止了军人的好几篇演讲，并且下了一道法令。

天真汉叫道：“怎么！法令交给这种人颁布吗？”高尔同老人

① 根据希腊史诗，埃克多为脱洛阿战争中的英雄之一，以勇武著称。

② 夫赖尼为小亚细亚之古国，最后之王弥大斯，于纪元前七世纪末被外族战败，后为波斯、马其顿、罗马各国相继统治。

③ 修西提提斯为希腊最大的史家，生存于纪元前五世纪至前四世纪之间，所著《伯罗奔尼撒战役》（记雅典与斯巴达两邦间之战争，以叙事正确，立论公允著称）。

④ 阿玛提斯为十六世纪西班牙小说中的主角，故事源出法国之布勒塔尼，自十三世纪起即为人熟知。阿玛堤斯为英勇的流浪骑士之典型。

⑤ 于斯蒂尼安为六世纪时东罗马帝国之皇帝。

回答：“这不是法令，而是乱命；君士坦丁堡的人，自皇帝以下都引为笑谈；于斯蒂尼安是一个开明的君主，不让手下的教士胡作非为。他知道那几位先生和别的教士，遇到比这个更重大的事也乱发命令，前几任皇帝已经看得不耐烦了。”天真汉道：“皇帝的措置很得当。我们要拥护教士，也要限制教士。”

他还写了许多别的感想使高尔同老人暗暗吃惊，想道：“怎么！我孜孜为学，花了五十年工夫，反不能像这个半野蛮的孩子有这样自然而合理的见识。我战战兢兢，唯恐给了他成见；谁知他只听从淳朴的天性。”

老人有几本批评小册，几本期刊：一般不能生产的人借些抹煞别人的生产，维才之流侮辱西纳，番第之辈侮辱法奈龙。天真汉看了几本，说道：“这好比苍蝇蚊子在骏马的屁股上下蛋，并不能妨碍骏马的奔驰。”两位哲学家对这些垃圾文学简直不屑一看。

不久两人又研究初步的天文学；天真汉叫人买了几个浑天仪，一看那个伟大的景色，他高兴极了，叫道：“可怜！直到人家剥夺了我仰观天象的自由，我才认识天象。木星和土星在无垠的空间转动，几千百万的星球照耀着几千百万的世界？而在我偶然来到的一角土地上，竟有人把我这个有眼睛有头脑的生物，跟我视线所及的无量数的宇宙，跟上帝安放我的世界，完全隔绝！普照宇宙的日光，我竟无法享受。在我消磨童年和青年时代的北国，可没有人遮蔽我的天日。亲爱的高尔同，要没有你，我在这里就陷入一片虚无了。”

# 第一二章　天真汉对于剧本的意见

年轻的天真汉仿佛一些元气充足的树，长在贫瘠的土上，一朝移植到水土相宜的地方，很快就根须四展，枝叶扶疏了；而监狱竟会是这块有利的土地，也是意想不到之事。

两个囚徒用来消遣岁月的书籍中，还有诗歌，希腊悲剧的译本和几部法国戏。天真汉读了谈情说爱的诗，心里又快乐又痛苦。它们都提到他心爱的圣·伊佛。《两只鸽子》的寓言①使他心如刀割：何年何月他才能回到旧巢去呢？

他对莫利哀大为倾倒。从他的喜剧中，他认识了巴黎的和一般的人情风俗。——“你是爱他哪一本戏呢？”——“不消说，当然是《太丢狒》②。”——“我跟你一样。”高尔同说，“把我送进地牢来的就是一个太丢狒；使你倒楣的或许也是些太丢狒。”

“你觉得希腊悲剧怎么样！”——“那是适合希腊人的。”天真汉回答。但读到近代人写的《依斐日尼》《番特勒》《昂特洛

---

① 拉·风丹纳寓言第九卷第二篇，题名《两只鸽子》，描写一对友情深厚的鸽子，一只喜欢家居，一只喜欢旅行。旅行鸽不顾居家鸽苦劝。出外游历。途中先遇大风雨，狼狈不堪；继而堕入罗网，险被擒获；又遭鹰隼追迫，几乎丧命；终被儿童弹丸击中，折足丧翼，幸得回巢。

② 太丢狒为莫利哀喜剧中卑鄙无耻，阴险狠毒的小人典型；剧名即为《太丢狒》。

玛葛》《阿太里》[1]，他为之出神了，又是叹气，又是流泪，无意之间把剧词都记熟了。

高尔同说："你念念《洛陶瞿纳》罢[2]，据说那是戏剧中的杰作；比较之下，你多喜欢的别的作品都不足道了。"年轻人念了第一页就道："这是另外一个作家的。"——"你怎么知道？"——"我说不出道理；可是这些诗句既不动听，也不动心。"高尔同道："噢！那不过是诗句而已。"天真汉道："那末写它干什么？"

他仔细念完剧本，除了求快感以外并无别的用意；然后一滴泪水都没有，睁着惊奇的眼睛望着朋友，无话可说。临了，他被逼不过，只得说出他的感觉："开头一段我弄不清；中间一段我受不了；最后一场我很感动，虽然不大像事实。我对剧中人一个都不感兴趣，统共只记得一二十句诗，可是我喜欢的东西是全部背得的。"

"这个剧本是公认为最好的呢。"——"那说不定和许多没有本领而居于高位的一样。不过这是趣味问题；我的鉴赏力还没成熟，可能错的；但你知道我的习惯是把自己的思想，感觉，老老实实说出来。我疑心一般人的判断往往夹着幻想，时尚，意气。我只凭本性说话；可能我的本性缺点很多，但也可能多半的人不大肯听听本性的意见。"说着他背了几段《依斐日尼》，这些诗他满肚子都是；虽然念得不高明，那种真情实感和动人的声调，也使高尔同听着哭了。接着又读了《西那》，他并不流泪，只是佩服。

---

① 以上四悲剧均为十七世纪法国悲剧家拉西纳的作品。

② 《洛陶瞿纳》及下文之《西那》均为十七世纪法国悲剧家高乃伊的作品。

# 第一三章 美丽的圣·伊佛到凡尔赛去

我们这位遭难的人，思想上的进步远过于精神上的安慰；闭塞多年的聪明，一下子发展得那么迅速那么有力；他的天性给琢磨得越来越完满，仿佛替他对不幸的遭遇出了一口气。可是院长先生，他好心的妹妹，还有被幽禁的美人圣·伊佛，这个时期又怎样了呢？第一个月大家焦急不安，第三个月痛苦万分：胡乱的猜测，无稽的谣言，使他们着了慌；六个月之后，以为他死了。最后，甘嘉篷先生兄妹俩，从内廷侍卫写到下布勒塔尼的一封旧信中，知道有一个很像天真汉的青年，一天傍晚到过凡尔赛，当夜被人架走，从此没有消息。

甘嘉篷小姐道："唉，我们的侄儿恐怕作了什么傻事，出了乱子了。他年纪轻轻，又是下布勒塔尼人，不会知道宫中的规矩的。亲爱的哥哥，我从来没到过巴黎或是凡尔赛；这是一个好机会，说不定我们能把可怜的侄儿找回来：他是我们哥哥的儿子，我们责任所在，应当去救他。将来年轻人的火气退了，谁敢说我们就没法使他当修士呢？他读书很有天分。你该记得为了《旧约》与《新约》的辩论吧？他的灵魂是我们的责任；教他受洗的也是我们；他心爱的情人圣·伊佛，天天都从早哭到晚。真的，应当到巴黎去。倘使他躲在什么坏地方花天酒地的玩儿，像人家告诉过我的许多例子，那我们就把他救出来。”院长听了妹妹的话感动了，去见当初替休隆人行洗礼的圣·马罗主教，求他帮助，请他指教。主教赞成院长上巴黎走一遭，写了许多介绍信，一封给王上的忏悔师，国内第一位贵人拉·希士神甫，一封给巴黎的总主教哈莱，一封给摩城的主教鲍舒哀。

兄妹俩动身了；但一到巴黎，就像进了一座大迷宫，看不见进路，也看不见出路。他们并非富有，却每天都得坐着车出去寻访，又寻访不到一点踪迹。

院长去求见拉·希士神甫；拉·希士神甫正在招待杜·德隆小姐，对院长们一概不见。他到总主教门上；总主教正和美丽的特·来提几埃太太商量教会的公事。他赶到摩城主教的乡村别墅；这主教正和特·莫雷翁小姐翻阅琪雄太太的《神秘之爱》①。但他仍旧见到了两位主教；他们都回答说，他的侄子既非修士，他们就不便过问。

终于他见到了耶稣会士拉·希士神甫；拉·希士神甫张着臂抱迎接他；声明他素来特别敬重院长，其实他们从来没见过面。他赌咒说，耶稣会一向关切下布勒塔尼人：“可是，令侄是不是迂葛奴党呢？”——“绝对不是。”——“可是扬山尼派？”——“我敢向大人担保，他连基督徒还不大说得上。十一个月以前，我们才给他行了洗礼。”——“那好极了，好极了，我们一定照顾他。你的教职出息不错吗？”——“噢！微薄得很；舍侄又花了我们很多钱。”——“你们附近可有扬山尼派？你得注意，亲爱的院长先生，他们比迂葛奴党，比无神论者，还要危险。”——“大人，我

---

① 琪雄太太（1648—1717）提倡清静无为的虔修，著有《神秘之爱》一书，认为只要舍身忘我，热爱上帝。一切仪式皆为多余，即祈祷亦可不必。当时法奈龙赞成其说，鲍舒哀（即本文中所称摩城主教）则斥为异端。

们那儿没有扬山尼派；小山圣母修院的人根本不知道什么叫做扬山尼主义。”——“那才好呢；行啦，你有什么要求，我无不尽力。”他挺殷勤的送走了院长，把他忘得干干净净。

时间过得很快，院长和他的妹妹感到绝望了。

可是那该死的法官急于要替大戆儿子完婚，特意叫人把圣·伊佛接出修院。她始终热爱她的干儿子，正如她始终痛恨人家派给她的丈夫。送进修院的侮辱加增了她的热情。要她嫁给法官儿子的命令更是火上添油。怨恨，柔情，厌恶，搅乱了她的心。不用说，一个少女的爱情，比一个年老的院长和一个四十五岁以上的姑母的友谊，心思巧妙得多，胆子大得多。何况她在修院中私下偷看的小说，也把她训练成熟了。

美丽的圣·伊佛想起宫中侍卫写到下布勒塔尼的信，地方上曾经喧传一时。她决定亲自到凡尔赛去探听消息：要是她的丈夫真如人家所说的关在牢里，她就跪在大臣们的脚下替他伸冤。她不知怎么会感觉到，宫廷之中对一个美貌的姑娘是有求必应的，但没想到要付怎样的代价。

打定了主意，她觉得安慰了，放心了，便不再拒绝傻瓜的未婚夫；她也接待那可厌的公公，奉承她哥哥，在家里布满了愉快的空气；然后行礼那天，清早四点，她带着人家送的结婚礼物和手头所有的东西，偷偷的动身了。她布置周密，晌午时分已经走了四十多里，才有人走进她的卧房。大家吃了一惊，慌张到极点。法官那天所发的问题，超过了一星期的总数；傻新郎也比平时更傻了。圣·伊佛神甫大发雷霆，决意去追妹子。法官父子决意同行。于是大势所趋，下布勒塔尼那一郡的人物，几乎全体到了巴黎。

美丽的圣·伊佛料定有人追来，她骑着马，一路很巧妙的打听那些快差，可曾遇到一个大胖神甫，一个高大非凡的法官和一个傻头傻脑的青年，往巴黎进发。第三天，听说他们离得不远了，她就换了一条路；靠着聪明和运气，居然到了凡尔赛；追蹑的人却扑到巴黎去寻找。

可是在凡尔赛又怎么办呢？年轻，貌美，一无指导，一无依傍，人地生疏，危险重重，怎么敢去找一个宫中的侍卫呢？她想出一个主意，去找一个地位卑微的耶稣会士。社会上既有不同等级的人，也就有不同等级的耶稣会士，正如他们说的，上帝拿不同的食物给不同的禽兽。上帝供给王上的是他的忏悔师拉·希士，凡是钻谋教职的人都称之为迦里甘教会的领袖。其次是公主们的忏悔师；王公大臣是没有忏悔师的，他们才不这么傻呢。此外还有平民百姓的耶稣会士，尤其是女佣人们的耶稣会士，专向她们打听女主人的秘密的，而这就不是一件小差事。美丽的圣·伊佛去找的就是这样的一位，叫做万事灵神甫。她把事情和盘托出，说明身份，遭遇，眼前的危险，求他介绍一个虔诚的信女招留她住宿，免得歹人垂涎。

万事灵神甫带她到一个信女家里，是他最亲信的人，丈夫在御厨房当差的。圣·伊佛一到，立刻巴结女主人，赢得了她的信任和友谊。她打听那个当侍卫的布勒塔尼人，叫人把他请来。从他嘴里，她知道天真汉和秘书谈过话就被架走，便奔去见秘书：秘书一看见美人，心先就软了；的确，上帝造女人是专为制服男人的。

那官儿动了感情，把内情告诉她：“你的爱人已经在巴斯蒂监狱待了一年多，要没有你，可能待上一辈子的。”多情的圣·伊佛晕过去了；等她醒来，那官儿又道：“我没有力量做什么好事；我所有的权力只限于偶尔做几桩恶事。相信我的话，你应当去求能善能恶的圣·波安越先生，他是特·路伏大人的表弟和心腹。路伏大人有两个灵魂：一个是圣·波安越先生，另外一个是杜·勃洛阿太太；但她目前不在凡尔赛；你只能去央求我告诉你的那位大老。”

很少的一点快乐和无穷的痛苦，很少的一点希望和可怕的恐惧，把美人圣·伊佛的一颗心分做两半；她受着哥哥的追蹑，心里疼着爱人，眼泪抹掉了又淌下来，打着哆嗦，身子都软瘫了；但她还是鼓足勇气，急忙奔去见圣·波安越先生。

# 第一四章　天真汉思想的进步

天真汉的各种学问都进步很快，尤其是研究人的学问。他的思想发展迅速，一方面固由于他天生的性格，一方面也得力于他的野蛮人教育。因为从小失学，他没有学到一点儿偏见。见识不曾被错误的思想歪曲，至今很正确。他所看到的是事物的真相，不像我们由于从小接受的观念，终身都看到事物的幻象。他对他的朋友高尔同说："迫害你的人固然可恨，我为你受到压迫而惋惜，但也为你相信扬山尼主义而惋惜。我觉得一切宗派都是错误的结晶。你说几何学可有宗派吗？"高尔同叹道："没有的，亲爱的孩子；凡是有凭有据的真理，大家都毫无异议；但对于暗晦的真理，就意见分歧了。"——"暗晦的真理！还不如叫它作暗晦的错误。你们几百年来翻来覆去，搬弄一大堆论据；只要其中包含一项真理，便是单单一项吧，也早该发见了；全世界的人至少对这一点是应当同意的了。倘若这真理像太阳对土地一样不可缺少，那也会像太阳一样大放光明。谁要说有一项对人类极重要的真理，被上帝藏了起来，那简直是荒唐胡闹，简直是侮辱人类，侮辱那无穷无极，至高无上的主宰。"

这个无知的青年，完全是由良知良能教育出来的；他说的每句话，都在不幸的学者心中留下深刻的印象。他叫道："我果真为了一些空想在这儿受罪吗？我自己的苦难，比特殊的恩宠确实多了。我一生都在研究神与人的自由，结果却丧失了我自己的自由；圣·奥古斯丁也罢，圣·普罗斯班也罢，都没法把我救出这个深坑。"

天真汉逞着性子，答道："让我说句大胆的话：为了宗派的无聊争执而受到迫害的人，都是痴愚的；因此而迫害别人的，都是魔王。"

两个囚徒都认为他们的监禁是不公平的。天真汉道："我还比你冤枉一百倍；我生下来无挂无碍，像空气一样自由；自由与爱人，是我的第二生命，现在全给剥夺了。我们俩关在牢里，不知道被关的理由，也不能问一问。我做了二十年休隆人，大家说他们野蛮，因为他们向敌人报复；但他们从来不压迫朋友。我才踏上法国土地就为法国流血；也许我救了一个省份呢，所得的酬报是给埋进这座活人的坟墓，要不是遇到你，我早气死了。难道这个国家没有法律吗？连问都不问一声就把人判罪吗？英国可不是这样的。啊！我跟英国人拼命真是错了。"可见基本权利受了损害，他那些初步的哲学思想也不能压制天性，只能听让他的义愤尽量发泄。

他的同伴对此并无异议。没有满足的爱情，往往因离别而格外热烈，便是哲学也冲淡不了。天真汉提到心爱的圣·伊佛的次数，和提到道德与玄学的次数一样多。情感越变得纯粹，他的爱越强烈。他看了几本新出的小说，很少有描写他那种心境的；觉得作品老是隔靴抓痒。他说："啊！这些作家几乎都只有思想和技巧。"最后，扬山尼派的老教士竟不知不觉的听他倾诉爱情了。以前他只知道爱情是桩罪孽，忏悔的时候拿来责备自己的，现在才慢慢体会到，爱情之中高尚的成分不亚于温柔的成分，使人向上的力量不亚于使人萎靡的力量，有时还能激发别的美德。总之，一个扬山尼派信徒居然受了一个休隆人的感化；这也不能不说是个奇迹。

# 第一五章　美丽的圣·伊佛不接受暧昧的条件

美丽的圣·伊佛比她的爱人更多情，教招留她的女主人陪着去见圣·波安越先生；两个妇女都用头巾蒙着脸。到门口，一眼就看见她的哥哥圣·伊佛神甫从里面出来。她胆怯了；那位虔诚的女友安了她的心，说道："正因为人家说了不利于你的话，你非辩白不可。告诉你，倘若不赶紧揭穿，总是告状的人有理：这是此地的风气。而且除非我眼睛瞎了，你的品貌就比你哥哥的话灵验得多。"

一个热情的爱人只需要一点儿鼓励就变得勇猛无比。当下圣·伊佛就要人通报。她的青春，她的风韵，她的温柔的，沾着几滴泪珠的眼睛，吸住了众人的目光。趋炎附势的朝臣，只顾欣赏美丽的女神，暂时忘了权势的偶像。圣·波安越把她召入办公室；她说话又有感情、又有风度，圣·波安越觉得被她感动了。她战栗不已，他安慰她说："你晚上再来；这件案子需要从长计议，从容不迫的谈一谈。这儿人太多，会客的时间太匆促。关于你的问题，我要跟你彻底谈一下。"随后又把她的美貌和感情夸奖了一阵，吩咐她晚上七点再来。

她当然不会失约，那位信女仍旧陪着同来，但她在客厅里拿一本《基督教教育》念着，圣·波安越和美丽的圣·伊佛两人却厮守在后面的小房间里。那大人物先说："小姐，你想得到吗，你的哥哥来要求下一道密诏把你关起来？老实说，我倒很想发一道密诏，勒令他回下布勒塔尼去呢。"——"哎啊！先生，衙门里对于密诏原来这样慷慨，所以人家从内地赶来请求，像求什么恩俸一般！我决不要求用密诏压制我的哥哥。他对不起我的地方很多，可是我尊重人家的自由；现在我就要求恢复我未婚夫的自由。他替王上保住了一个省份，将来还可以替王上出力，他的父亲又是一个殉职的军官。他有什么罪名？怎么能不经审问就对他这样残酷呢？"

于是大臣给她看耶稣会间谍和法官的信。她道："怎么！世界上竟会有这种禽兽！他们还要逼我嫁给一个可笑而凶恶的人的可笑的儿子！你们原来凭这种意见，决定老百姓的命运！"她跪在地下，哭哭啼啼，要求把疼爱她的人释放。那时她的风韵愈加动人了。她的美貌使圣·波安越忘了羞耻，暗示她的愿望不难实现，只要把她留给爱人的第一批花果，先送给他。圣·伊佛又怕又羞，装了半天傻，只做不懂；圣·波安越只得把意思解释的更清楚一些。先是还含蓄的字眼，接着换了一个明显的，再换了一个露骨的。他不但应允撤回密诏，还许下酬报，赏金，荣衔，爵禄；而许的愿越多，希望人家接受的心就越迫切。

圣·伊佛哭着，气塞住了，上半身仰在一张沙发里，竟不敢相信自己的所见所闻。那时轮到圣·波安越下跪了。他人品不俗，换了一个不是这么固执的女人，也不至于见了他惊慌。但圣·伊佛对情人敬爱备至，觉得为了帮助他而欺骗他是罪大恶极的丑行。圣·波安越的要求和许愿愈加迫切了。临了他神魂颠倒，甚至于声明，要把她如此关心如此热爱的男人援救出狱，只此一法。那个离奇的谈判老是谈不完。等在外边的信女念着《基督教教育》，想道："天哪！他们有什么事直要消磨两个钟点呢？圣·波安越大人会客从来没这样长久的；大概他一口回绝了可怜的姑娘，所以她还在那里哀求罢。"

终于她的同伴走出小房间，神色紧张，话都说不出，只想着那些大小要人的品格，好轻易的牺牲男人的自由和女人的名节。

路上她一言不发。回到女友家中，她冤气冲天，把事情全说了。信女大开大阖的画了好几个十字，说道："朋友，明天就得去请教我们的忏悔师万事灵神甫，他是圣·波安越先生面前的红人；他府上好几个女用人都是向他忏悔的；他又有道行，又很随和，大家闺秀也有请教他的。你完全相信他好了，我一向都是这样的，结果百事顺利。我们女人都是可怜虫，必须有个男人带领。"——"好罢！亲爱的朋友，明天我就找万事灵神甫。"

# 第一六章　她去请教一个耶稣会士

美丽而伤心的圣·伊德一见她慈悲的忏悔师，立即告诉他，一个有权有势的好色之徒向她建议，可以把她名正言顺的未婚夫释放出狱，但要一个很高的代价；她痛恨这种不贞的行为；倘若只牵涉她自己的性命，她是宁死不屈的。

万事灵神甫对她说："啊！这不是一个十恶不赦的罪人吗？你应当告诉我这恶棍的名字，准是个扬山尼派；我要向拉·希士神甫检举，送他到那个应当和你结婚的男人住的地方去。"可怜的姑娘踌躇不决，为难了半日，终于说出圣·波安越的名字。

耶稣会士嚷道："圣·波安越大人！啊！孩子，那事情可不同了；他是我们从来未有的，最了不起的大臣的表弟，是个正人君子，护法大家，地道的基督徒；他不会有这种念头的，想必你听错了。"——"啊！神甫，我听得太明白了；不论我怎么办，反正是完了；苦难和耻辱，我必须挑一样；不是我的爱人活埋一辈子，便是我不配再活在世界上。我不能断送他，又不能救他。"

万事灵神甫用下面一番好话安慰她：

"孩子，第一，我的爱人这句话是说不得的：那颇有轻薄意味，可能得罪上帝；你应当说你的丈夫：虽然他还不是你的丈夫，你不妨把他这样看待，这完全是合乎体统的。

“第二，虽则在思想方面，希望方面，他是你的配偶，事实上并不是：因此你不会犯奸淫之罪；奸淫才是极大的罪孽，应当尽可能的避免。

“第三，倘若用意纯洁，行动就不成其为罪恶；而世界上没有一件事，比救你丈夫更纯洁的了。

“第四，圣洁的古代有个现成的例子，做你行事的榜样再好没有。圣·奥古斯丁讲到纪元三四〇年的时候，在罗马总督塞普蒂缪斯·阿桑第奴斯治下。有个可怜的人欠了债，还不出，判了死刑，那当然天公地道，虽则有句古语说：碰到穷光蛋，王上也没办法。欠的数目是一块金洋；罪犯有个妻子，蒙上帝恩惠，既有姿色，又有贤德。一个有钱的老人答应送一块金洋给那位太太，甚至还可以多送些，条件是要她犯那个不贞之罪。她觉得要救丈夫性命，那就不能算作坏事。圣·奥古斯丁对于她慷慨而隐忍的行为非常赞许。固然那有钱的老人骗了她。丈夫或许仍不免于一死；可是她总是尽力救过他了。

“孩子，你可以相信我，要不是圣·奥古斯丁理由充足，一个耶稣会士决不肯引证他的。我不替你出一点儿主意；你是聪明人；我料定你能帮助丈夫。圣·波安越大人是个诚实君子，决不会欺骗你；我能告诉你的只有这一点，我要替你祈祷，希望事情的发展能增加主的荣耀。”

美人圣·伊佛听了耶稣会士这篇议论，和听了秘书大人的提议同样惊骇，慌慌张张的回到女朋友家。要不让心疼的爱人幽禁下去，就得含羞蒙垢，把她最宝贵的，只应该属于那苦命情人的东西牺牲：在这个可怕的局面之下，她甚至想自杀了。

# 第一七章　她为了贤德而屈服

她求她的女朋友把她杀死；但这位太太宽恕罪恶的雅量可以与耶稣会士媲美，对她说的更露骨了。她道："唉！在这个多可爱，多风流，多出名的宫廷中，很少事情不经过这一关的。从最低微到最重要的职位，大半要用人家向你勒索的代价去买的。听我说，我把你当作朋友，当作知己：老实告诉你，倘若我跟你一样严格，我丈夫就弄不到这个小小的差事养家活口；他明明知道，不但不生气，反而把我当作他的恩人，认为他是我一手提拔的。在外省当督抚的，甚至于带兵的将领，你以为他们的官运财运都是凭功劳得来的吗？许多是仰仗他们夫人的大力。军人的爵位是用爱情去钻谋的；妻室最漂亮的丈夫才有官做。

"你的情形更是出入重大；主要是救你的爱人出狱，和他结婚；这是你神圣的责任，非尽不可。我刚才提的那些名媛淑女，从来没有人责备；至于你，大家只会对你喝采，说你是因为德行超群才失身的。"美丽的圣·伊佛嚷道："啊！德行！德行！什么德行啊！伤风败俗！还成什么世界！想不到人是这样的东西！一个拉·希士神甫跟一个可笑的法官，把我的爱人送进监狱；我的家属把我虐待；患难之中只有想把我玷污的人才肯来帮助我。一个耶稣会士已经断送了一条好汉，加外一个耶稣会士还想来断送我。四面八方布满了陷阱，我马上要掉入火坑了。我不是自杀就是告御状，等王上出来望弥撒或是看戏的时候，扑在他脚下。”

那好朋友对她道：“你没法走近的；即使有机会开口了，你也更倒楣：特·路伏大人和拉·希士神甫可能送你进修道院，关你一辈子。”

好心的女人使悲痛绝望的圣·伊佛越加慌忙失措，心如刀割。那时忽然来了一名当差，带着圣·波安越先生的一封信和一对美丽的耳环。圣·伊佛哭做一团，把东西扔在地下，可是女朋友代她收下了。

信差刚走，那位知心朋友就看了信，信中请两位女友当天晚上去小酌。圣·伊佛赌咒不去。虔诚的太太要替她试那副钻石耳环；圣·伊佛拒绝了，心中七上八下，交战了一天。最后，她一心只想着爱人，打败了，动摇了，也不知人家把她带往哪儿，竟跟着去吃那顿凶多吉少的夜饭。她无论如何不肯戴那耳环；好朋友揣在怀里，坐席之前硬替她戴上了。圣·伊佛昏昏沉沉，心乱如麻，只是听人摆布；主人却认为是好兆。席终，好朋友很识趣的告退了。主人拿出撤消密诏的公事，批准巨额赏金的文书，上尉的委任状，还毫不吝惜的许下不少愿。圣·伊佛对他道：“啊！要是您不这样急切的求爱，我倒可能爱您呢。”

临了，经过长久的抗拒，啼哭，叫喊，挣扎得四肢无力，惊骇万状，快死过去了，只得投降。残忍的汉子利用她迫不得已的处境，尽情享受，她唯一的办法却是逼着自己只想着天真汉。

# 第一八章　她救出了她的爱人和扬山尼派教士

天刚亮，她带着大臣的命令，飞一般的赶往巴黎，一路上的心情真是难以描写。我们只能想象一下：一个贞洁高尚的女子，受了玷污，抱着热爱，一方面因为欺骗了情人而悔恨不已，一方面因为能去救出情人而欣喜欲狂。她的悲痛，斗争，成功，同时成为她感想的一部分。她原来受着内地教育，头脑狭窄，现在可不是一个这样简单的女子了。经过了爱情与苦难，她长成了。感情促成她的进步，不输于理智促成她不幸的爱人思想上的进步。少女要懂得感受，比男人要学会思想容易得多。她从经历中得来的知识，远过于四年修道院教育。

她衣著极其朴素。隔天去见恶魔般的恩主的打扮，她看了只觉得恶心；她拿耳环丢给女朋友，看都没看。又羞愧又高兴，爱着天真汉，恨着自己，她终于到了：

那可怕的碉堡，复仇的古宫，
罪人与无辜，往往是兼收并容①。

---

① 引自作者所著史诗《亨利阿特》第四首第五节。

下车的时候，她没有气力了，只能由人搀扶；她走进监狱，心忐忑的跳着，含着眼泪，神色慌张。她见典狱官想说话，可喊不出声音；她掏出命令，勉强说了几个字。典狱官很喜欢他的囚徒，看到他释放挺高兴。他的心并没变硬，不像那些当狱吏的高贵的同事，一心只想着看守囚犯的酬报，从犯人身上发财，靠别人的灾难吃饭，看了可怜虫的眼泪暗中欢喜。

典狱官叫人把囚徒唤到自己屋里。两个爱人相见之下，都晕过去了。美丽的圣·伊佛半晌不省人事。还是天真汉使她重新鼓起了勇气。典狱官对他道："这位大概是你的太太了；你从来没有说结过婚。听说你的释放全靠她的热心奔走。"圣·伊佛声音发抖，说道："啊！我不配做他的妻子。"说着又晕厥了。

她苏醒以后，始终打着哆嗦，拿出批准赏金的文书和上尉的证件。天真汉又惊异又感动；他觉得一个梦刚醒，又做了一个梦。"为什么我关在这里的？你怎么能救我出来？送我来的那些野兽在哪儿？你简直是一个女神，从天上降下来救我的。"

美丽的圣·伊佛低着头，瞧着爱人，脸红了，把湿漉漉的眼睛转向别处。然后她把自己所知道的，经历的，都说出来，只除了一件，那是她要永远瞒着的；其实换了别人，一个不像天真汉那么不通世故，不知道宫廷风气的男人，也很容易猜到的了。

"一个像法官那样的混蛋，竟有权力剥夺我的自由！啊！我看清楚了，真有些人和最恶毒的野兽一样；他们都会害人的。可是一个修道的人，耶稣会的教士，王上的忏悔师，也会和那法官一样促成我的不幸吗？我竟想不出那可恶的坏蛋有什么罪名诬陷我，莫非告我是扬山尼派吗？再说，你怎么不忘记我呢？我又不值得你想起，当时我不过是个蛮子。怎么！你没人指导，没人帮助，居然敢到凡尔赛？而你一到那里，人家就开了我的枷锁！可知美貌与贤德真有天大的魔力，能够撞开铁门，把那些铁石心肠都感动了!”

听到贤德二字，美丽的圣·伊佛不禁嚎啕大哭。她没想到犯了自己悔恨不已的罪恶，仍不失其为贤德。

她的爱人又道：“斩断我枷锁的天使，你既然有那么大的面子替我伸冤——我还不明白是怎么回事呢——希望你也替一个老人伸冤；他是第一个教我用思想的，正如你是教我懂得爱情的。我们是患难之交；我爱他像父亲一般，我少不了你，也少不了他。”

“要我，要我再去找那个……”——“是的，我要所有的恩典都得之于你，永远只得之于你：请你写信给那个大人物，你给我恩惠就给到底罢，把你已经开始的功德，把你的奇迹做圆满了罢。”她觉得情人要她做的事都应当做，便拿起笔来，可是手不听指挥。信写了三次，撕了三次，才写成。两个爱人和那个为恩宠而殉道的老人拥抱了，走出监狱。

圣·伊佛悲喜交集；她知道哥哥的住址，便直奔那儿；她的爱人也在那屋子里租了一个房间。

他们才到，她的保护人已经把释放高尔同老人的命令送达，又约她下一天相会。可见她每做一桩热心而正当的事，就得拿她的名节付一次代价。这种出卖祸福的风气，她深恶痛绝。她拿释放的命令递给爱人，拒绝了约会：要她再见到那个恩主，她会痛苦死的，羞愧死的。天真汉除了去解救朋友，再也舍不得离开她。他马上赶去，一路想着这个世界上奇奇怪怪的事，同时又佩服少女的勇敢，居然使两个苦命的人能够重见天日。

# 第一九章　天真汉，美人圣·伊佛，与他们的家属相会

侠义可敬的不贞的女子，见到了她的哥哥圣·伊佛神甫，小山修院的院长和甘嘉篷小姐。大家都很诧异，可是处境与感情各各不同。圣·伊佛神甫倒在妹妹脚下，哭着认错，她原谅了他。院长和他多情的妹妹也哭了，但他们是喜极而哭。卑鄙的法官和那讨人厌的儿子，并没在场破坏这动人的一幕。他们一听见敌人出狱的消息就动身，把他们的胡作非为和惊惶恐惧，一齐带着躲到内地去了。

四个人等天真汉陪他的难友回来；各人心中不知有多少情绪在激动。圣·伊佛神甫不敢在妹子前面抬头，好心的甘嘉篷小姐说道："噢！我真的还能见到我心疼的侄儿吗？"可爱的圣·伊佛答道："真的；可是他已经变了一个人；他的姿态，口吻，思想，头脑，一切都变了；他从前怎样的幼稚无知，现在便是怎样的老成持重。他将来一定是府上的光荣，能安慰你们的；可惜我不能为我的家庭增光！"院长道："你也不同了；什么事会使你有这样大的变化呢？"

说话之间，天真汉到了，一手搀着他的扬山尼派教士。当下又换了一个更动人的场面。叔父与姑母拥抱了侄子。圣·伊佛神

甫差点儿对已经不天真的天真汉跪下来。两个爱人眉目之间传递他们内心的种种感情。一个在面上表现出满足和感激，一个在温柔而怅惘的眼中表示局促不安。大家奇怪，为什么她有了天大的快乐还要羼入些痛苦。

高尔同老人很快就博得全家的喜欢。他曾经和青年囚徒一同受难，这便是值得敬爱的理由。他的释放是靠了两个爱人的力量，单为这一点，他便不再排斥爱情，不再存着以前那种冷酷的见解。他和休隆人一样恢复了人性。晚饭之前，各人讲着各人的遭遇。两位神甫，一位姑母，仿佛孩子们听着死去还阳的人说故事；并且成年人对多灾多难的历史也极感兴趣。高尔同道："可怜，现在也许还有五百个正直的人，带着圣·伊佛小姐替我们斩断的枷锁：他们的苦难是无人知道的。打击可怜虫的魔掌到处都是，肯救人水火的真是太少了。"这番真切的感想越发加增了他的同情和感激，越发显出美人圣·伊佛的功劳；人人佩服她心灵伟大，意志坚决。钦佩中间还带些敬意；对一个公认为在朝廷上有势力的人物，这也是应有之事。但圣·伊佛神甫一再说道："我妹妹怎么一霎眼就能有这样大的面子呢?"

他们正预备提早吃饭，不料凡尔赛的那位好朋友赶来了，完全不知道经过情形。她坐着六匹马的轿车，一望而知是谁的车辆。她摆着一副朝廷命妇，公事在身的神气，进来对众人略微点点头，把美丽的圣·伊佛拉过一边，说道："为什么你教人等得这么久呢？跟我去罢；你忘了的钻石，我带来了。"她说话的声音并不很低，天真汉都听见了，也看到了钻石；做哥哥的不禁为之一怔；叔叔和姑母见到这种贵重的饰物，像乡下人一样的惊奇。天真汉经过一年的深思默想，已经成熟了，不由得想了想，紧张了一下。圣·伊佛发觉了，俊美的脸马上白得像死人一般，打了个寒噤，几乎支持不住。她对那催命的朋友说道："啊！太太，你把我断送了！你要我的命了！”这两句话直刺到天真汉心里；但他已经懂得克制，当场并不追究，生怕在她哥哥面前引起她的不安；可是他和她同样的面如死灰。

圣·伊佛看到爱人变色，不禁心慌意乱，扯着那女的到房间外面一条狭窄的过道里，把钻石扔在地下，说道：“啊！你明明知道，我不是为了这种东西失身的；给这东西的人休想再见到我。”女朋友捡了钻石，圣·伊佛又补上一句：“他收回也罢，给你也罢；可别再勾起我对自己的羞愤。”说客只得回去，弄不明白她为什么心中悔恨。

美丽的圣·伊佛呼吸艰难，只觉得身心骚动，气都喘不过来，只能躺上床去；但免得众人惊慌，她绝口不提自己的痛楚，只推说身子累了，需要休息，希望大家原谅。临走她先用一番温存的话安了众人的心，又向情人丢了几个眼风，更煽动了他的热情。

没有她在座，桌上先是冷清清的，但那种冷落的空气使彼此能亲切交谈，比着一般人喜欢的、无聊的热闹而往往只是可厌的喧哗，高雅多了。

高尔同三言两语，说出扬山尼派和莫利尼派①的历史，两个宗派的互相迫害和同样固执的性格。天真汉批评了一番，说人类为了利害关系已经争执不休，还嫌不够，再为些虚幻的利益，荒谬的理论，造出一些新的痛苦，未免太可怜了。高尔同只管叙述，天真汉只管批评；同桌的人很兴奋的听着，颇有感悟。大家谈到苦多乐少，人寿短促；发觉每一个职业都有它的恶习与危险；上至王公，下至乞丐，似乎都在怨命。而世界上竟有这许多人，为了这么一点儿钱，愿意替别人当凶犯，做走狗，做刽子

① 莫利尼派为耶稣会中的一支，十六世纪时由耶稣会神学家莫利尼创立，以调和人的自由与神的恩宠为主要学说。

手，这是怎么回事呢？一个当权的人，居然会毫无心肝，签署文书，毁灭整个的家庭！还有那些佣兵，存着多野蛮的，兴高采烈的心，去代他们执行！

高尔同老人说道：“我年轻的时候，看到特·玛里阿克元帅①的一个亲戚，受着元帅牵连，在本省被通缉，便隐姓埋名，躲在巴黎。他已经有七十二岁，陪着他的妻子年龄也相仿。他们有一个荒唐的儿子，十四岁上逃出家庭，投军，逃亡，堕落与潦倒的阶段都经历过了；然后把本乡的地名做了他的姓，进了红衣主教黎希留的卫队了（这位神甫和玛查兰都有卫队的），在那群走狗中当排长。有一天，浪子奉令去逮捕那对老夫妇；执行的时候，像一个急于巴结上司的人一样狠心。他一路押送，一路听两老诉说他们的苦难，从摇篮时代起不知受了多多少少。两人认为最不幸的事情里头，有一桩是儿子的失踪。他跟他们相认了，但照旧把他们送进监狱，告诉他们说报效相爷比什么都重要。事后，相爷果然不辜负他的一片忠心。

“我也看到拉·希士神甫的一个间谍出卖他的亲兄弟，因为要谋一个小缺，结果却并没到手；我看着他死的，并非为了悔恨，却是因为受了耶稣会士的骗而气死的。

“我当过多年忏悔师，看到不少家庭的内幕；外表很快乐而内里不是伤心悲痛的人家，是难得遇到的；据我观察，最大的痛苦往往是贪得无厌的结果。”

天真汉道：“我吗，我觉得一个心胸高尚，有情有义的人，可能把日子过得快快活活的；我相信跟豪侠而美丽的圣·伊佛小姐在一起，一定能享受美满的幸福。因为……”他又堆着亲切的笑容向着圣·伊佛神甫说：“因为我希望，你不会再像去年那样

① 路易·特·玛里阿克元帅（1572—1632）于推翻权相黎希留一案中被株连，判处死刑。

拒绝我，而我的行事也要更文雅些。”神甫对过去的事忙着道歉，又竭力担保以后的感情。

做叔叔的说，那一定是他一生最得意的日子。好心的姑母恍恍惚惚的出神了，快乐得哭了，她道：“我早说过你永远不会做修士的；现在这个圣礼比那个更有意思；但愿上帝保佑我能够参加！我将来要做你的妈妈呢！”随后大家争着赞美多情的圣·伊佛小姐。

天真汉一心只想着她的恩典，他的爱情也不让那件钻石的事在心中留下深刻的印象。但他分明听到的你要我的命了那句话，还使他暗中害怕，把他的快乐破坏了；同时，情人所受到的赞美，更加强了他心里的爱。众人的关切，渐渐的都集中在她一人身上；他们只谈着两个爱人应当享受的幸福，还作种种打算，怎样的一同住在巴黎，怎样的经营产业；总而言之，只要一点儿幸福的微光所能引起的希望，他们都用来陶醉自己。但天真汉内心有种说不出的感觉，认为那些希望全是空的。他又看了看圣·波安越签署的文书，特·路伏颁发的委任状。大家把这两个人物的真性格，至少是他们信以为真的，讲给他听。每个人都毫无顾忌的谈论大臣，谈论衙门；法国人觉得在尘世所能享受的最宝贵的自由，就是这种饭桌上的言论自由。

天真汉道：“我要是做了法国的国王，我挑选的陆军大臣，一定要一个门第最高的人，因为这样他才能对贵族发号施令。我要他行伍出身，当过军官，至少做到陆军中将，而有资格当元帅的；他不内行怎么能尽职呢？一个和小兵一样立过战功的军人，比一个无论如何聪明，至多对作战只能猜到一个大概的阁员，不是更加能使将帅用命吗？要是我的陆军大臣慷慨豪爽，我决不生气，虽然财政大臣有时可能为难。我希望他办事敏捷，还得性情快活；这是对工作胜任愉快的人的特点，不但老百姓欢迎，而且他也不觉得公事繁重。”天真汉喜欢一个陆军大臣有这种脾气，因为他一向觉得心情开朗的人决不会残酷。

特·路伏大人或许不能符合天真汉的愿望；他的长处是另外一种。

他们正在吃饭，可怜的姑娘病势转重了：她的血像火一般烧起来，发着高热，很痛苦，但忍着不说，免得使吃饭的人扫兴。

她的哥哥知道她没睡着，到她床头来，一看病势，大吃一惊。别人也赶来了；爱人跟在哥哥后面。当然他是最惊慌最感动的一个；但他除了许多优美的天赋以外，又学会了谨慎持重。

他们立即找了一个附近的医生。世界上有一等行医的，出诊像走马看花，把前后两个病人的病都搅在一起，闭着眼睛乱用他的医道，殊不知这门学术的不可靠和危险性，便是考虑周详，精细无比的头脑也不能完全避免。当时请来的便是这样的一位。他匆匆处方，开了几味时髦的药，更加重了病症。原来连医学也讲起时髦来了！这种风气在巴黎真是太普遍了。

除了医生以外，悲伤过度的圣·伊佛，自己把病势更推进一步。她的灵魂正在毁灭她的肉体。在她心头骚动的无数的思念灌到血管中的毒素，比最厉害的热度还要危险。

# 第二〇章　美人圣·伊佛之死和死后的情形

他们又另外请了一个医生。年轻人的器官都生机极旺，照理只要扶养本元，帮助它发挥力量就行；但那医生不这么做，只忙着跟他的同业对抗，另走极端。两天之内，她的病竟有了性命之忧。据说头脑是理智的中枢，心是感情的中枢：圣·伊佛的头脑与心同样受了重伤。

“由于哪种不可思议的关系，人的器官会受感情与思想节制的呢？一个痛苦的念头怎么就能改变血液的流动，血流的不正常又怎么能回过来影响头脑？这种不可知的，但是确实存在的液体，比光还要迅速，还要活跃，一霎眼就流遍全身的脉络，产生感觉，记忆，悲哀，快乐，清醒或昏迷的状态，把我们竭力要忘掉的事唤回来，令人毛骨悚然，把一个有思想的动物或是变做大家赞赏的对象，或是变做可怜可泣的对象：这液体究竟是什么东西呢？”

这是高尔同说的话，这是极自然而一般人难得有的感想；但他并不因此减少心中的感动；他不像那般可怜的哲学家竭力教自己麻木。他看了这姑娘的苦命非常难过，好比一个父亲眼看心疼的孩子慢慢死去。圣·伊佛神甫痛不欲生，院长兄妹泪如泉涌。但谁能描写她爱人的心情呢？无论哪种语言都表达不出他极度的痛苦。语言是太不完全了。

姑母差不多要死过去了，她把软弱无力的手臂抱着垂死的圣·伊佛的头。哥哥跪在床前。爱人紧紧握着她的手洒满了眼泪，放声大哭。他把她叫作他的恩人，他的希望，他自己的一部分，他的情人，他的妻子。听到妻子两字，她叹了口气，一双眼睛不胜温柔的瞅着他，突然惨叫一声；然后，在那些神智清醒，痛苦停止，心灵的自由与精力暂时恢复一下的期间，嚷道："我，我还能作你妻子吗？啊！亲爱的爱人，妻子这个词儿，这个福气，这酬报，轮不到我的了；我要死了，而这也是我咎由自取。噢！我心中的上帝！我为了地狱里的恶魔把你牺牲了；完啦完啦，我受了惩罚，但愿你快快乐乐的活下去。"没有人懂得这几句温柔而沉痛的话；大家只觉得害怕，感动。可是她还有勇气加以说明。在场的人听了每个字都觉得诧异，痛苦，同情，以至于浑身打战；他们一致痛恨那个要人，用十恶不赦的罪行来平反暗无天日的冤狱，拖一个清白无辜的人下水，做他的共谋犯。

"你？你有罪吗？"她的爱人对她道；"不，你不是罪人；罪恶在于心：你的心只知道有德，只知道有我。"

他说了许多话，证实他的感想；美丽的圣·伊佛仿佛有了一线生机。她觉得安慰了，奇怪他怎么照旧会爱她。高尔同老人在只信扬山尼主义的时代，可能认为她有罪的；但既然变得通达了，也就敬重她了。他也哭了。

大家提心吊胆，流了不知多少眼泪，为这个人人疼爱的姑娘着急；那时忽然来了一名宫里的信差。噢！信差！谁派来的？有什么事呀？原来他奉了内廷忏悔师的命，来找小山修院院长；信上出面的并非拉·希士神甫，而是他的侍从华特勃兰特修士：他是当时的红人，向总主教们传达拉·希士神甫的意旨，代见宾客，分派教职，偶尔也颁发几道密诏的。他写信给小山修院院长说，拉·希士神甫大人已经知道他侄子的情形，他的监禁是出于误会，这一类小小的失意事儿是常有的，不必介怀。希望院长下一天带着侄子和高尔同老人同去，由他华特勃兰特修士陪着去见拉·希士神甫，见特·路伏大人，特·路伏大人可能在穿堂里和他们说几句话的。

他又补充说，天真汉的历史和击退英国人的事都已奏明王上，王上在内廊散步时候，准会瞧他一眼，也许还会对他点首为礼。信末又加上几句奉承话，说宫中的太太们大概要在梳妆时间召见他的侄儿，好几位可能这样招呼他：天真汉先生，你好！王上进晚膳的时候，也一定会谈到他。信末的署名是，你的亲切的，耶稣会修士华特勃兰特。

院长高声念着信；他的侄子气坏了，但还捺着怒气，对信差一言不发，只转身问他的难友对这种手段作何感想。高尔同答道："他们把人当作猴子！打了一顿，再叫它跳舞。"一个人感情激动之下，难免不露出本性来；因此天真汉突然把信撕做几片，摔在信差面上，说道："这就是我的回信。"叔叔吓得好像挨了天打雷劈，一刹那有了几十道密诏落在头上。他忙去写回信，还再三向来人道歉；他以为这是青年人闹脾气，其实只有伟大的心灵才能发这种神威。

各人心中还有更大的痛苦和忧急。美丽而不幸的圣·伊佛觉得命在顷刻了；她很安静，但那是一种可怕的安静，表示元气衰弱，没有气力再挣扎了。她声音发抖的说道："亲爱的情人！我不够坚贞，死了也是罪有应得。可是看到你恢复自由，我也瞑目了。我欺骗你的时候，心里疼着你；现在和你诀别，心里也是疼你。"

她并不装出视死如归的神气，不想要那种可怜的名声，让邻居们说什么：她死得很勇敢。二十岁上丢了爱人，丢了生命，丢了所谓名节。要毫无遗恨，毫不痛心，谁办得到呢？她完全感觉到自己的遭遇之惨；临终的话，多么动人的垂死的眼神，都表现出这个情绪。她趁自己还有气力哭的时候，也像别人一样的哭了。

有的人临终会满不在乎的看着自己毁灭，谁要愿意赞美这种高傲的死，尽管去赞美罢，那是一切动物的结局。要我们像动物一样无知无觉的死，除非年龄或疾病把我们的感觉磨得跟它们一样麻痹。一个人捐弃世界，必然遗憾无穷；要是硬压下去，他一定是到了死神怀抱里还免不了虚荣。

最后的时间到了，在场的人一齐大哭大嚷。天真汉失去了知觉。天性强的人，比多情的普通人感情更猛烈。高尔同很知道他的性格，怕他醒过来自杀，把武器都拿开了。可怜的青年发觉了；他不哭不喊，静静的对他的家属和高尔同说："我要结束生命的时候，你们以为有人阻止得了吗？谁有权利，谁有能力来阻止？"高尔同决不搬出滥调来，说什么一个人在痛苦难忍的关头不应当轻生，屋子没法住下去也不准走出屋子，人在世界上应当像兵士站岗一般：仿佛由一些物质凑成的躯体放在这儿或那儿，对于上帝真有重大的关系似的；这些不充足的理由，一个坚决的，有头脑的绝望的人，就不屑一听，而加东的答复更是干干脆脆的一刀了事①。

天真汉沉着脸，一声不出，眼睛阴森森的，嘴唇哆嗦，浑身发抖，看到他的人都有种可怜而又可怕的感觉，觉得一筹莫展，话也无从说起，只能断断续续吐出几个字。屋子的女主人和天真汉的家属都跑来了，看着他的悲痛不免心惊胆战，时时刻刻防着他，监视他所有的动作。圣·伊佛的尸体已经不在爱人面前，抬

① 加东（Marcus Porcius Caton）为纪元一世纪时罗马将军，在西西利战败后被囚，因而自杀。

到一间低矮的堂屋中去了；但爱人的眼睛似乎还在那里搜寻，虽则事实上他昏昏沉沉，什么也看不见。

遗体放在大门口，两个教士在圣水缸旁边心不在焉的念着祷文，过路人有的顺手往棺材上洒几滴圣水，有的不关痛痒的走过去了，死者的亲属流着眼泪，爱人只想自杀：就在这初丧的场面中，圣·波安越带着凡尔赛的女朋友赶到了。

他的一时之兴因为只满足了一次，竟变做了爱情。不收礼物对他更是一种刺激。拉·希士神甫决不会想到这儿来的；但圣·波安越每天都看到圣·伊佛的影子，仅仅一次的欢娱挑起了他的情欲，渴求满足；因此他毫不踌躇，亲自来找她了；倘若她自己上门，要不了三次，他早厌倦了。

他下车看到一口棺材，立即掉过头去；那种厌恶表示他在欢乐场中过惯了，觉得一切不愉快的景象都不该放在他面前，免得引起生老病死的感触。他正要上楼，凡尔赛的女朋友一时好奇，打听死的是谁；一知道是圣·伊佛小姐，她马上脸色发白，惨叫一声；圣·波安越回过身来，又诧异，又难过。慈祥的高尔同，正噙着眼泪，很伤心的作着祈祷。他停下来，把这件惨事从头至尾讲给那位大老听，痛苦与德行，增加了他说话的力量。圣·波安越并非天生的恶人；繁忙的公事与享乐，像潮水般淹没了他的灵魂，至此为止他还没认识自己呢。一般的王公大臣，年纪老了往往会心肠变硬；圣·波安越还年轻。他低着眼睛听着高尔同，自己也奇怪居然会掉下几滴眼泪；他后悔了。

他道："你说的那个了不起的男人，和我一手断送的纯洁的女子，差不多使我一样感动；我非见见他不可。"高尔同跟着他到屋子里。院长，甘嘉篷小姐，圣·伊佛神甫，还有几个邻居，都在救护一再晕厥的青年。

秘书对他说："我造成了你的不幸，我一定要补赎。"天真汉第一个念头是杀了他再自杀。这是最恰当不过的办法；无奈他手无寸铁，又受着监视。圣·波安越遭到众人的拒绝，责备，厌恶；那都是咎有应得，他也并不生气。时间久了，一切都缓和下来。后来由于特·路伏大人的提拔，天真汉成为一个优秀的军官，得到正人君子的赞许。他在巴黎和军队中另外取了个名字。他是个勇敢的军人，同时也是个不屈不挠的哲学家。

他讲起这件事，老是不胜悲痛；但讲出来对他倒是一种安慰。他到死也没忘了多情的圣·伊佛。圣·伊佛神甫和院长，每人得到一个收入优厚的教职；甘嘉篷小姐觉得侄儿当军人比当修士体面多了。凡尔赛的那位信女除了钻石耳环，还到手另外一件漂亮礼物。万事灵神甫收到几匣巧克力，咖啡，糖食，蜜渍柠檬，和两部摩洛哥皮精装的书，一部叫做《克罗赛神甫的默想》，一部叫做《圣徒之花》。好好先生高尔同和天真汉住在一起，到老都交情极密。他也得了一个教职，把特殊的恩宠和诸如此类的理论，统统忘了。他所采取的箴言是：患难未始于人无益。可是世界上多少好人都觉得患难于人一无裨益！

一九五四年八月　译

# 查第格

Zha Di Ge

# 一　独眼人

摩勃达王临朝的时候，巴比仑有个青年名叫查第格，天生的品性优良，又经过教育培养。虽则年少多金，倒能清心寡欲。他毫无嗜好，既不愿永远自以为是，也肯体谅人类的弱点。大家都奇怪他尽管颇有才气，却从来不用冷嘲热讽去攻击那些渺渺茫茫，喧哗叫嚣，各不相干的议论，也不指斥那些大胆的毁谤，无知的断语，粗俗的戏谑，无聊的聒噪，巴比仑的所谓清谈。他记得查拉图斯脱拉①在《经典》第一卷中说过，自尊心是个膨胀的气球，戳上一针就会发出大风暴来的。查第格尤其不自命为轻视女性和压制女性。他气量很大，按照查拉图斯脱拉有名的教训，对无情无义的人也不怕施恩；那教训说：你吃东西，总得分点儿给狗吃，即使它们会咬你。查第格明哲保身，无出其右，因为他专门跟哲人来往。他深通古代加尔提人②的学问。当时人所知道的自然界的物理，他无有不知；他也通晓古往今来的人所知道的玄学，就是说微乎其微。不管当时的新派哲学怎么说，他深信一年总是三百六十五天又四分之一，太阳总是宇宙的中心。大司祭

① 查拉图斯脱拉为古代波斯的教主，生卒年月不可考，但至迟在公元七世纪以前。服尔德在小说中常引用其遗教，但有时纯属假托。

② 巴比仑平原古代亦称加尔提，故巴比仑人亦称加尔提人。

们神态傲慢的说他心术不正，说相信太阳自转，相信一年有十二个月，都是与国家为敌。查第格听了，一声不出，既不动怒，也不表示轻蔑。

查第格有的是巨大家私，因此也有的是朋友；再加身体康健，相貌可爱，中正和平，度量宽宏，感情真诚，便自认为尽可以快乐度日。他和赛弥尔订了婚。以她的美貌，出身，家财而论，算得上巴比仑第一头亲事。查第格对赛弥尔的情意，深厚而高尚；赛弥尔对查第格的爱情也很热烈。结缡的佳期近了，两人正在幼发拉的河宾的棕榈树下散步，向巴比仑的一座城门走去；忽然迎面来了几个人，拿着刀箭。原来是少年奥刚的打手。奥刚是一位大臣的侄儿，听了叔叔门客的话，相信自己可以为所欲为。他毫无查第格的风度和品德，但自以为高明万倍，所以看到人家不爱他而爱了查第格，懊恼透了。这嫉妒是从虚荣心来的，奥刚却错认为对赛弥尔，爱得如醉若狂，决定把她抢走。那般抢亲的人抓住赛弥尔，逞着兽性动武，把她伤害了，使一个连伊摩斯山上的老虎见了都会软心的少女流了血。她哭声震天，叫道："哎哟，亲爱的丈夫呀！他们把我跟心爱的人儿拆散了呀！"她不顾自己的危险，只想着心疼的查第格。那时，查第格把勇敢和爱情给他的力量，全部拿出来保卫赛弥尔。他靠着两个奴隶帮忙，才打退强人，把血迹斑斑，昏迷不醒的赛弥尔送回家。她睁开眼睛，见了恩人，说道："噢，查第格，我一向爱你，只因为你是我的丈夫；现在我爱你，可把你当作救我名节，救我性命的恩人了。"从来没有一个人的心比赛弥尔的心感动得更深。也从来没有一张更迷人的嘴巴，能用那些火热的话比赛弥尔吐露出更动人的感情；那是最大的恩德和最正当的爱情激发起来的。她受的是轻伤，不久就好了。查第格的伤却更凶险：眼旁中了一箭，创口很深。赛弥尔但求上帝保佑她爱人早日康复。她一双眼睛日夜流泪，只盼望查第格的眼睛重见光明。但那只受伤的眼长了一个疮，形势危险了。他们派人赶往孟斐斯请名医埃尔曼斯。埃尔曼斯带着大批随从来了，看过病人，说那只眼必瞎无疑，还把瞎的日子和钟点都预言了。他道："要是伤在右眼，我就能医，但伤在左眼是无救的。"全巴比仑的人一边可怜查第格的命，一边佩服埃尔曼斯医道高深。过了两天，疮出了脓；查第格完全好了。埃尔曼斯写了一部书，证明查第格的伤是不应该好的。查第格根本不看那书。到了能出门的时候，他立刻打点一番，去拜访情人；他的一生幸福都寄托在赛弥尔身上，要保住眼睛也无非为了她一个人。赛弥尔已经在乡下住了三天。查第格在半路上听说这位美人明白表示，对于一只眼的男子有种难以抑制的厌恶；她上一天夜里已经嫁给奥刚了。一听这消息，查第格当场晕倒，痛苦得死去活来。他病了好久；但理性终究克服了悲伤，遭遇的残酷倒反指点了他一条出路。

他说："一个在宫廷中长大的女子对我这样狠毒这样任性，还不如娶个平民罢。"查第格便挑了城里最本分，身家最清白的一个姑娘，叫做阿曹拉，和她结了婚，在情爱弥笃的温柔乡中过了一个月。可是他发觉阿曹拉有点轻佻，喜欢把长得最漂亮的青年当作最有思想最有德行的人。

# 二　鼻子

有一天，阿曹拉散步回来，怒气冲天，大惊小怪的直嚷。查第格问她："亲爱的妻子，你怎么啦？谁把你气成这样的？"她说："唉！我亲眼目睹的事，要是你看到了，也会跟我一样。我本想去安慰高斯罗的年轻寡妇。前两天，她才替年轻的丈夫盖了一座坟，坐落在那片小溪环绕的草原上。她悲痛万分，向所有的神明发誓，只要溪水在旁边流一天，她就在坟上守一天。"查第格说："好啊，这才是一位可敬的女子，真正爱她丈夫的！"阿曹拉回答："你可想不到我去看她的时候，她在干什么呢！"查第格道："美丽的阿曹拉，那末她在干什么呢？"——"把溪水引到别处去。"阿曹拉接着把青年寡妇破口大骂：责备的话说得那么多，那么凶，叫查第格听了她满嘴的仁义道德，很不高兴。

查第格有个朋友叫做加陶，就是阿曹拉认为比别人更老实更优秀的那种青年。查第格把计划告诉加陶，送了他一笔重礼，希望他对自己忠心。阿曹拉在乡下一个女朋友家住了两天，第三天回来；仆人们哭哭啼啼对她说，她的丈夫上一天夜里得了暴病死了，他们不敢报告她凶信，已经把主人葬在花园尽头的祖坟上。阿曹拉哭了，扯着头发，赌咒说要寻死。当夜加陶来要求和她谈谈，两人都哭了。第二天，他们哭声稍止，一同吃了中饭。加陶告诉阿曹拉，说查第格送了他大部分家私，加陶意思之间，要阿曹拉一同享受这笔财产才觉得快乐。那太太听着哭了，恼了，慢慢的缓和了。夜饭吃得比中饭更长久，彼此谈得更亲密：阿曹拉称赞故世的丈夫，但承认他有些缺点是加陶没有的。

夜饭吃了一半，加陶忽然叫苦，说脾脏剧烈作痛。那太太又着急，又殷勤，叫人把她化妆用的香精全部拿来，试试有没有能治脾脏痛的。她很懊恼伟大的埃尔曼斯已经不在巴比仑。她甚至不惜高抬贵手，摸摸加陶痛得最厉害的胸部侧面，很同情的问道："这种痛苦的病，你可是常发的？加陶回答说："有时候几乎把我命都送掉；只有一个办法可以止痛，就是要找一个上一天新死的人的鼻子，放在我胸部侧面。"阿曹拉道："这个医法倒古怪得很。"加陶回答："不见得比用小口袋治盲肠炎更古怪[①]。"这个解释，加上这位青年的了不起的品德，使阿曹拉下了决心。她说："归根结底，我丈夫从过去世界打几那伐桥上度到未来世界去的时候，不见得因为第二世里的鼻子比第一世里短了一些，阿斯拉埃神就不让他过去。"于是她拿了一把剃刀来到丈夫坟前，把眼泪浇了一遍，看见查第格直僵僵的躺在穴内，便走近去预备割他的鼻子。查第格却爬起来，一手按着鼻子，一手挡住阿曹拉的剃刀，说道："太太，别再把那年轻的高斯罗寡妇骂得那么凶了；割我鼻子的主意，和把溪水改道的主意还不是半斤八两！"

① 〔作者原注〕当时有个巴比仑人名叫阿尔奴。在报纸上宣传，说头颈里挂一个小口袋，能医治并预防一切盲肠炎。

# 三　狗与马

查第格体会到，《藏特经》上说的很对，新婚的第一个月是蜜月，第二个月是苦草月。过了一些时候，阿曹拉的脾气变得太不容易相处了，查第格只得把她退婚；觉得一个人要求幸福还不如研究自然界。他说：“上帝在我们眼前摆着一部大书，能够读这部大书的哲学家才是天下最快乐的人。他发见的真理，别人是拿不走的；他培养自己的心灵，修身进德；他能安心度日，既不用提防人家，也没有娇妻来割他的鼻子。”

心里存着这些念头，他离开城市，住在幼发拉的河边的一所别庄里。他在那儿所关心的不是桥洞底下一秒钟流过几寸水，也不是鼠月里下的雨是否比羊月里多出一立方分。他既不打算用蜘蛛网缫丝①，也无意把破瓶子做成瓷器②；他只研究动植物的属性。他的观察力很快就训练得十分敏锐：别人看来相同的东西，他能发见无数的区别。

有一天，他在一个小树林附近散步，看见迎面来了一个王后

---

①　一七一〇年时，有个名叫蓬·特·圣－伊兰尔的人，向法国科学院提出一篇《论蜘蛛网》的文章。

②　此系讽刺法国物理家雷奥缪（1683—1757）对于不透明玻璃与瓷器的研究。

的太监，后面跟着好几位官员，神色仓皇，东奔西跑，好像一些糊涂虫丢了什么贵重的宝贝，在那里寻找，总管太监问查第格："喂，小伙子，可曾看见王后的狗?"查第格很谦虚的回答："噢，那是只母狗，不是雄狗。"总管太监说："不错，是只母狗。"查第格又道："而且是很小的鬈毛狗，不久才生过小狗，左边的前脚是瘸的，耳朵很长。"总管太监气吁吁的说道："那末你是看到的了。"查第格回答："不，我从来没看见过，也从来不知道王后有什么母狗。"

正在那时候，出了一件天下常有的巧事：王上御厩中一匹最好的马从马夫手里溜走，逃到巴比仑的旷野里去了。大司马和所有的官员一路追来，和追寻母狗的总管太监一样焦急。大司马招呼查第格，问他可曾看见御马跑过。查第格回答说："那马奔驰的步伐好极了；身高五尺，蹄子极小；尾巴长三尺半；金嚼子的成色是二十三克拉；银马掌的成色是十一钱。"大司马问："它往哪儿跑的呢？在哪儿呢?"查第格回答："我根本没看见，也从来没听人说过。"

大司马和总管太监认为王上的马和王后的狗毫无疑问是查第格偷的，便带他上总督衙门。会审的结果判他先吃鞭子，再送西伯利亚终身流放。才宣判，狗和马都找到了。诸位法官只得忍着委屈重判，罚查第格四百两黄金，因为他把看见的事说做没有看见。查第格先得缴足罚款，然后获得准许在总督大堂上替自己辩护。他的话是这样说的：

"诸位大人是正直的星辰，知识的宝库，真理的明镜，凝重如铅，坚硬如铁，光明如钻石，与黄金相伯仲。既然允许我在这个庄严的堂上说话，我就用奥洛斯玛特大神的圣名发誓，我从来没看到王后的宝犬，也从来没看到万王之王的神骏。事情是这样的：有一天我正在散步，向小树林走去；后来遇到年高德劭的内监和声名盖世的大司马，就在那地方。我看见沙地上有动物的足迹，一望而知是小狗的脚印。脚印中央的小沙堆上，轻轻的印着一些长的条纹；我知道那是一只乳房下垂的母狗，不多几天才生过小狗。在另外一个方向还有些痕迹，好像有什么东西老是在两只前脚旁边掠过，这就提醒我那狗的耳朵很长。又注意到沙土上有一个脚印没有其余的三个深，我明白我们庄严的王后的宝犬，恕我大胆说一句，是有点儿瘸的。

"至于万王之王的御马，且请各位大人听禀：我在那林中散步，发觉路上有马蹄的痕迹，距离都相等；我就心上想：这匹马奔驰的步伐好极了。林中的路很窄，只有七尺宽，两旁的树木离开中心三尺半，树身上的尘土都给刷掉了一些。我就说：这匹马的尾巴长三尺半，左右摆动的时候刷掉了树上的灰土。两边树木交接，成为一片环洞形的树荫，离地五尺，树荫底下有些新掉下来的叶子；我懂得那是给马碰下来的，可知那匹马身高五尺。至于马嚼子，一定是用二十三克拉的黄金打的，因为嚼子在一块石头上擦过，我认得是试金石，还把那石块作了试验。又因为马蹄在另外一类的小石子上留着痕迹，所以我断定马掌是成色十一钱的银子打的。"

全体法官都佩服查第格深刻细致的鉴别力；消息竟传到王上和王后那里。前厅上，寝宫内，会议厅上，到处只谈论查第格。好几位大司祭认为应当把查第格当作妖人烧死；王上却下令发还四百两黄金的罚款。检察官，书记官，执达吏，大排仪仗，把四百两黄金送回查第格家，只扣掉三百九十八两讼费；他们的跟班又问查第格讨了赏钱。

查第格看到一个人太博学有时真危险，便打定主意以后再有机会，决不把看到的事说出来。

这机会不久就来了。监牢里逃出一个判了重罪的犯人，在查第格窗下走过。查第格受到盘问，一言不答；但有人证明他曾经向窗外探望。为了这个罪名，他罚了五百两黄金，还得按照巴比仑的规矩，向诸位法官谢恩，感谢他们的宽大。查第格心里想：“天哪！树林里走过了王后的狗和王上的马，你再去散步就该倒楣了！在窗口站一会又是危险的！一个人要在这一世里快乐真是多难啊！”

# 四　眼红的人

查第格受了命运的磨折，想用哲学和友谊来排遣。他在巴比仑近郊有所屋子，陈设幽雅，凡是与上等人身份相称的各种艺术和娱乐，都搜罗齐备。白天，是学者都可到他藏书室去看书；晚上，是上等人都可以到他家去吃饭。但他不久就发觉学者非常危险。为了查拉图斯脱拉禁食葛里风①的戒令，他们展开一场激烈的辩论。有的说："要是世界上没有这动物，怎么禁止人吃呢?"另外几个说："既然查拉图斯脱拉禁止人吃，就一定有这动物。"查第格有心调解，对他们说道："如果真有葛里风，我们就不吃；如果没有，我们更不会吃。这样，我们个个人都遵守了查拉图斯脱拉的戒令。"

有一位学者写过十三卷讨论葛里风属性的著作，又是能与神灵交通的巫术大师；他急忙到一位叫做叶蒲的总司祭前控告查第格。叶蒲是最愚蠢，因此也是最偏执的加尔提人。他颇想用木柱洞腹的刑罚把查第格处死，作为献给太阳神的祭礼；而他念起查拉图斯脱拉的经文来，语调也可以更称心如意。朋友加陶（一个朋友胜过十个教士）去见老叶蒲，和他说："太阳万岁！葛里风

① 葛里风为神话中一种半狮半鹫的怪物。

万岁！你千万不能责罚查第格：他是个圣者，养牲口的院子里就有葛里凤，可绝对不吃。控告他的人却是妖言惑众，胆敢主张兔子的脚是分蹄的，还说这动物并非不洁①。”叶蒲把他的秃头摇了几摇，说道：“好吧，既然查第格对葛里凤怀着恶意，控告他的人对兔子出言荒谬，两人都该受洞腹之刑。”加陶托一个姑娘斡旋，把事情平息了。那姑娘曾经和加陶生过一个孩子，在祭司总会里颇有势力。结果谁也没有受洞腹之刑；好几位博士因此私下议论，说是巴比仑气运衰落的预兆。查第格却嚷道：“一个人的幸福究竟靠什么的呢？这个世界上的一切，连莫须有的东西在内，都要害我。”他咒骂学者，从此只打算跟上等人来往。

他在家招纳一些巴比仑最高尚的男人和最可爱的妇女。他供应精美的晚餐，饭前常常先来个音乐会。饭桌上谈吐风雅，兴致甚豪；查第格想法不让大家在谈话中互相争竞，卖弄才情；那才是流于恶俗，破坏胜会的不二法门。他对于朋友和菜肴的选择，都不从虚荣出发：他什么事都喜欢实际，不喜欢表面；因此他赢得了真正的敬意，而这又不是他有心追求的。

他屋子对面住着一个人名叫阿利玛士，粗俗的脸上活活画出他凶恶的心地。他一肚子尽是牢骚和骄傲，再加是个讨人厌的才子。因为在交际场中不得意，他就用毁谤来报复。尽管那么有钱，他家中连马屁鬼都不容易招集。查第格家晚上车马盈门的声音，使他很不舒服；颂扬查第格的声音使他更恼恨。有时他到查第格家去，不经邀请便上了桌子，叫宾主都扫兴；好像传说中的妖精哈比，一碰到肉，肉就烂了。有一天，阿利玛士预备大开筵席。款待一位太太，谁知那太太不接受，反而上查第格家吃饭。

① 《旧约·申命记》第十四章提到禁忌的食物，说凡是分蹄成为两瓣而又反刍的走兽都可以吃；接着又说，骆驼，兔子，沙番，不可吃，因为它们反刍而不分蹄，所以是不洁的。服尔德在此嘲笑其前后矛盾。

另外一天，他在宫中和查第格谈话，遇到一位大臣，大臣请查第格吃饭而不请阿利玛士。世界上最难化解的仇恨，往往并没比此更重大的原因。这个在巴比仑被称为眼红的人，存心要陷害查第格，因为查第格被称为福人。而正如查拉图斯脱拉说的：一天有一百个机会作恶，一年只有一个机会行善。

眼红的家伙有一次到查第格家：查第格正陪着两个朋友和一位太太在园中散步；他一向喜欢对那太太说些殷勤话，除了顺口说说以外，并无他意。那天谈的是新近结束的战事，巴比仑王把属下的诸侯伊尔加尼打败了。在那次短期战役中表现很英勇的查第格，极力歌颂王上，尤其歌颂那位太太。他当场作了四句诗，拿起石板写下来，给那位美丽的太太看。朋友们要求传观；查第格为了谦虚，尤其为了爱惜文名，拒绝了。他知道，即兴的诗只有对题赠的人才有价值；他把石板裂为两半，随手往蔷薇丛中一扔，让大家白找了一阵。接着下起小雨来，众人都回进屋子。眼红的阿利玛士留在园中竭力搜寻，终于找到了两块碎片之中的一块，石板破裂之下，碎片上的残诗竟然每行都有意义，而且是句子最短的诗。更奇怪的是，这首小诗的意义竟是对王上最恶毒的侮辱，念起来是这样的：

罪大恶极的暴行，
高踞着宝座。
为了大众的安宁，
这是唯一的敌人。

眼红的阿利玛士生平第一次觉得快乐了。他手里的把柄尽可断送一个有德而可爱的人。他泄愤的目的达到了，心里非常痛快，托人把查第格亲笔写的谤诗送给王上。查第格，连他的两个朋友和那位太太，一齐下狱。案子不经审问，很快就定局了。宣判那天，阿利玛士等在路上，大声告诉查第格，说他的诗一文不值。查第格并不自命为高明的诗人，但看到自己判了大逆不道的罪，一位美丽的太太和两位朋友又被他莫须有的罪名连累，关在牢里，不由得悲痛万分。他不准开口，因为他的石板就是他的口供。这是巴比仑的法律。他被押上法场，一路挤满闲人，没有一个敢可怜查第格；他们是赶来打量他的脸，看他是否能从容就死的。伤心的只有他的家属，因为承继不到遗产。查第格的家私四分之三归了国王，四分之一赏了眼红的阿玛利士。

正当查第格预备就刑的时候，国王的鹦鹉飞出回廊，飞往查第格家的园子，在蔷薇丛中停下。近边一株树上有只桃子被风吹落在灌木中间，黏在一块写字用的石板上。鹦鹉衔着桃子，连着石板，一径飞到国王膝上。国王很奇怪，觉得石板上的文字毫无意义，好像是诗句的结尾。他一向喜欢诗歌；而遇到爱诗歌的帝王，事情总是好办的。国王为了鹦鹉的事左思右想。王后记起查第格石板上写的句子，叫人把石板拿来。两块凑在一起，完全符合，而查第格的原诗也全部看出来了：

罪大恶性的暴行，搅乱了朗朗乾坤；
高踞着宝座，圣主镇压了所有的邪魔。
为了大众的安宁，为了爱民而出征；
这是唯一的敌人，值得叛徒胆战心惊。

国王立即召见查第格，下令把他的两个朋友和美丽的太太释放出狱。查第格伏在国王和王后脚下，以面扑地，诚惶诚恐的要求宽恕他的诗写得那么恶劣。他谈吐文雅，才智敏捷，而又切中事理，国王和王后听了，把他再度召见。他去了，应对愈加称旨。诬告的阿利玛士全部家私罚给查第格；查第格分文不取。阿利玛士并不感动，只因为能保全财产而高兴。王上对查第格宠眷日隆，一切娱乐都召他参与，大小事务都向他咨询。从此王后瞧着他的眼神另有一种亲切的表情，这是对王后，对她尊严的丈夫，对查第格，对国家，都可能有危险的。查第格却开始认为一个人要幸福并不难了。

# 五　侠义的人

那时正临到五年一次的大庆。巴比仑向例，每五年要选拔一个行为最侠义的公民在庄严的大会上宣布姓名。各位大臣和各位祭司担任评判。管辖京城的大都督挑出在他任内发生的最高尚的事，逐一报告，然后举行投票，再由国王决定。世界上最偏远的地方都有人来参观这个大典。优胜者由国王亲赐一只满贮宝石的金杯，还加上几句话：我赐你这件奖品，表扬你的侠义，但愿神明多给我几个像你一样的子民。

隆重的节日到了；国王登上宝座，周围尽是大臣，祭司，和各国派来观光的代表。要获得这竞赛的荣誉，不是倚仗骏马的矫捷，也不是靠武士的勇力，而是凭个人的德行。大都督高声报告一些事迹，都是够得上得这个至高无上的奖赏的。他绝口不提查第格胸襟宽大，退还阿利玛士全部家产的事；那不是一桩有资格参加竞选的行为。

他先介绍一位法官，由于并不需要他负责的误会，使一人公民打输了官司，损失浩大；法官拿出自己的全部家财，数目正好补偿那公民的损失。接着推荐一个青年，如醉若狂的爱着未婚妻。但他有个朋友，对他的未婚妻害着相思病，差不多要死了。那青年把爱人让给朋友，还送了一份陪嫁。

接着又提到一个小兵，在讨伐伊尔加尼的战役中表现得更有义气。几个敌兵跑来抢他的情人，他奋勇抵抗；忽然有个报告，说他母亲在近边被另外几个伊尔加尼匪徒掳走；他哭哭啼啼的丢下情人，赶去救出母亲；回头再找到爱人，爱人已经快断气了。他想自杀；母亲说要是他死了，她就别无依靠；于是他鼓足勇气，忍着痛苦活下去了。

一般评判员都偏向这个兵。国王发言的时候却说："这个兵和其余的两个人，行为固然高尚，但我并不觉得惊奇；昨天查第格做了一件事，却出我意料之外。前几天我罢黜了我宠幸的大臣高兰勃，把他骂得体无完肤；所有的朝臣都说我心肠太软，还互相比赛，唯恐说高兰勃的坏话说得不够。我征求查第格的意见，他居然敢说高兰勃的好话。拿自己的家产补赎过失，把情人让给朋友，为了母亲而牺牲爱人：这种例子，我承认我们的历史上都有过；但从来没有一个朝臣敢替一个失宠的，国王正在为之震怒的大臣说好话。刚才提到的几个义士，我每人赏两万金洋；可是那只金杯，我赐给查第格。"

查第格答道："真有资格得此金杯的只有陛下；是陛下作了旷古未有的事；因为陛下身为国王，听了臣下的逆耳之言，竟不以为罪。"

大家都赞美国王和查第格。捐献家产的法官，把爱人嫁给朋友的青年，为救母亲而牺牲情人的兵，都得到国王的奖赏，在侠义录上留了名。查第格得了金杯。国王得了圣主的英名，可惜这英名没有保持长久。那天的庆祝会，时间超过了法律的规定；直到如今，亚洲还有人记得。查第格说："啊，我终于幸福了！"可是他想错了。

# 六　宰相

宰相故世，国王任命查第格接任。巴比仑所有的漂亮太太都表示欢迎，因为开国以来不曾有过这样年轻的宰相。所有的朝臣都气恼；眼红的阿利玛士吐了血，鼻子肿得异乎寻常。查第格向王上王后谢过恩，又去谢鹦鹉，说道："美丽的鸟儿，你救了我的命，给我当了宰相；陛下的马和王后的狗害得我好苦，你却赐福于我。想不到人的命运受这些东西操纵！"接着又道："可是这样意想不到的福气，恐怕不能长久罢。"鹦鹉答道："是的。"查第格听着，吃了一惊；但他既是高明的物理学家，又不信鹦鹉能预言，一会儿也就放下心来，尽心竭力的执行宰相的职务。

他教每个人感觉到法律的神圣，而不让一个人感觉到他爵位的压力。他决不干涉枢密会议的舆论，所有的大臣都可发表意见，不会使他不喜。他判案子，不是他判而是法律判的；法律太严的时候，他加以轻减；没有法律可引，他就另立新法，其公平合理，人家竟以为是查拉图斯脱拉订的。

"罚一无辜，不如赦一有罪"，这个流传各国的伟大的教训便是从查第格来的。他认为立法的作用，为民奥援与使民戒惧同样重要。人人都想隐蔽事实，查第格主要的才能却是辨明真相。

接任不久，他就运用了这个了不起的才能。巴比仑一个有名的商人死在印度；他生前嫁了女儿，把余下的财产平分给两人儿子；还留下三万金洋，预备赏给两个儿子中公认为更孝顺他的一个。大儿子替他盖了一座坟；小儿子拿出一部分遗产送给姊妹。大家说："大儿子孝父亲，小儿子爱姊妹；三万金洋应当给大儿子。"

查第格把两个儿子先后叫来。他对大儿子说："你的父亲没有死，最近一场病好了，就要回巴比仑来了。"大儿子答道："谢谢上帝！只可惜一座坟花了我很多钱！"查第格接着对小儿子照样说了。他答道："谢谢上帝！我要把全部财产还给父亲；但我送给姊妹的一份，希望父亲让她留着。"查第格说："你什么都不用还，另外再给你三万金洋；更孝顺父亲的是你。"

一个非常有钱的少女向两个祭司许了婚。受过他们几个月训导，怀孕了。两个男的争着要娶她。她说："我要嫁给使我为国家多添一个公民的男人。"一个说："这件好事是我做的。"另外一个说："这件功劳是我的。"她答道："两人之中谁能给孩子受最好的教育，我就承认他是孩子的父亲。"她生了一个儿子。两位祭司争着要领去教养。案子告到查第格手里。查第格把两个祭司叫来，先问一个："你对你监护的孩子预备教些什么？"博士回答："我要教他八种辞类，教他辩证法，占星学，魔鬼附身术，教他何谓本体，何谓偶然，何谓抽象，何谓具体，何谓单元，何谓先天和谐①。"另外一个祭司说："我吗，我要努力使他做一个正直的人，够得上跟人交朋友的人。"查第格判道：不管你是不是孩子的父亲，你可以娶他的母亲。

① 十七至十八世纪时德国哲学家莱尼兹的宇宙论，有所谓单元与先天和谐之说，服尔德常于小说中加以讥讽。

# 七　调解与接见

这样，他的奇妙的天才与慈悲的心肠每天都有所表现，不但人人佩服，而且一致爱戴。他被认为世界上最有福的人；全国上下只听见他的名字；所有的妇女都打着手眼镜瞧他；所有的国民都颂扬他的正直；学者们奉他为权威，连教士都承认他比年老的总司祭叶蒲更博学。没有人再拿葛里风的案子告他；大家只相信他认为可信的事。

一千五百年以来，巴比仑有件争论不休的大事；全国为此分作两派，各不相下：一派主张只能用左脚跨进太阳神庙；另外一派痛恨这个习惯，一向是用右脚进门的。大家只等庆祝圣火的节日来到，看看查第格赞成哪一派。全世界的眼睛都盯着他的一双脚，全城骚动，都觉得无法预测。查第格把两脚并在一起，跳进庙门；然后雄辩滔滔的发表一篇演讲，证明天地的主宰对人一视同仁，不会对左脚或右脚有所偏爱。

眼红的阿利玛士和他的女人，认为查第格的演讲辞藻贫乏：山岳丘陵，嘴里搬弄得不够。他们说："查第格语言无味，毫无才气：我们既看不见海洋奔逃，明星下堕，也看不见日球像蜡一般融化①；美妙的东方文体，他完全没学到。”但查第格的文体只求入情入理。众人都站在他一边，并非因为他走的是正道，或是因为他讲理，或者因为他和蔼可亲，而是因为他是当朝宰相。

白衣祭司与黑衣祭司的大公案，查第格也解决得同样圆满。白衣派一口咬定，面向东方的祷告是亵渎上帝；黑衣派坚持说，上帝最恨祷告的人面向西方。查第格下令面向何处，各听自由。

查第格就有这样的秘诀，把例行公事和特别的事都在早上办完；余下的时间他用来修饰巴比仑的市容。使人下泪的悲剧和使人发笑的喜剧，久已过时了，查第格因为趣味高雅，重新提倡。他并不自命比艺术家懂得更多，他只赏赐他们恩惠和荣誉，决不暗中嫉妒他们的才能。晚上，他在宫中娱乐国王，尤其是王后。王上说：“多了不起的宰相！”王后说：“我可爱的宰相！”两人都补上一句：“要是当初把他吊死了，才可惜呢！”

从来没有一个当权的人需要接见那么多的女太太。她们大半来和查第格谈些莫须有的事，目的是要和他有点儿事。眼红的女人在第一批中求见。她用太阳神的名字赌咒，用查拉图斯脱拉的经典赌咒，说她对丈夫的行为深恶痛绝；说他是个醋罐子，粗暴的男人。她还透露出来，男子所以能在某一点上跟神仙相仿，全靠圣洁的火焰给他一些奇妙的效果，但她丈夫受了天罚，得不到那个法宝。最后她把吊袜带掉在地下；查第格照例很有礼貌的捡了起来，但并不替她扣在膝上。这个小小的过失，假如算是过失的话，竟酿成了空前的惨祸。查第格事过即忘，眼红的女人却是念念不忘。

天天都有女太太们求见。巴比仑的野史上说，查第格投降过一次。但他并无快感，拥抱情妇的时候心不在焉，连他自己都觉

---

① 山岳丘陵，海洋奔逃，日球融化等数句，系作者讽刺圣经中的《诗篇》第一百十三首及《以赛亚书》第十四章的措辞。

得奇怪。受到他这样莫名其妙的宠幸的，是王后阿斯达丹的一个侍女。这多情的巴比仑女子替自己譬解说："他脑子里的事一定多得数不清，连谈情的时候还在那里思索。"在有些男人一声不出，另外一些男人海誓山盟的时间，查第格却不由自主的叫了声："王后！"那巴比仑女子以为查第格快乐之下，恢复了知觉，把她叫做"我的王后！"查第格始终心不在焉，又叫出阿斯达丹的名字。那太太得意忘形，一切都往好处着想，以为查第格的意思是："你比王后阿斯达丹更美！"她拿着精美的礼物走出查第格的后宫；把这桩奇遇讲给她的好朋友，眼红的女人听。眼红的女人看见别人得宠，又气又恨，说道："他连这根吊袜带都不屑替我扣上，我从此不用它了。"——"噢！噢！"交运的女人对眼红的女人说，"你的吊袜带跟王后用的一样，可是向同一个女工买的？"眼红的女人一言不答，左思右想的出了神，找她丈夫商量去了。

查第格接见宾客，审问案子，觉得自己老是心不在焉，不懂什么缘故。这是他唯一的烦恼。

他作了一个梦：先是睡在干草上，有些刺人的草使他不得安稳；然后又软绵绵的躺在一床蔷薇花上，花中钻出一条蛇，伸出锋利的毒舌把他的心咬了一口。他说："唉！我在那些刺人的干草上睡过很久；如今是躺在蔷薇花上；可是那条蛇代表什么呢？"

# 八 嫉妒

查第格的灾难就是从他的幸运来的，特别是他优异的才能促成的。他每天陪国王和他尊严的王后谈话。装饰能烘托人的美貌，存心讨好也能发挥一个人的才华；因此查第格的谈吐越发动人了。他的年少风流，无形中给了阿斯达丹一个印象，而阿斯达丹并不觉得。她的情爱在无邪的心田中滋长起来。她只觉得跟一个为她丈夫与国家倚重的人见面，谈天，非常有趣，便毫无顾忌毫无惧怕的尽量享受。她在国王面前把查第格夸奖不已，也对宫女们提到，她们又从旁附和，极力吹嘘。这种情形凑合起来，把爱神的箭深深的扎在她心中，而她自己并不发觉。她送礼给查第格，没想到其中有着殷勤的情意；她自以为和查第格谈话是用的王后身分，只把他当做一个惬意的臣子；但她有时的表情明明显出她动了感情。

阿斯达丹的姿色，远胜那个痛恨独眼人的赛弥尔和那个想割掉丈夫鼻子的女人。阿斯达丹的亲昵，红着脸说出来的温柔的话，有心望着别处而始终离不开查第格的眼神，使查第格心中莫名其妙的涌起一股热情。他竭力抵抗；向素来能帮助他的哲学求救；他得到理性的指示，却解不了心中的烦闷。责任心，感激心，冒犯君父的罪孽，在查第格眼里都变成赫然震怒的神道。他挣扎着，他打胜了；但这个需要随时争取的胜利，是用眼泪与呻吟换来的。他和王后都喜欢无拘无束的谈话，觉得其乐无穷；现在他不能再用那种态度了。他的眼睛蒙了一层雾；说话很勉强，有头无尾；他不敢仰视；不由自主的抬起头来，又发见王后眼中含着泪水，射出一支支的火箭；仿佛彼此都在说："我们相爱而怕相爱；我们心中有一股我们认为罪恶的热情。"

查第格见了王后出来，神思恍惚，如醉如痴。心上压着千斤重担：他一阵激动，把心事告诉了朋友加陶；正好比一个人长期熬着剧烈的痛苦，忽然一阵剧痛，不由得大叫一声，额上冒着冷汗，让人家看出了自己的苦楚。

加陶对他说："你想瞒着自己的感情，我早已看出了；情欲自有一些标记，人家不会错认的。你想，亲爱的查第格，我都看透了你的心，难道王上不会发觉你心中有那股冒犯他的感情吗？他是天底下最嫉妒的男人，这是他唯一的缺点。你比王后更能压制热情，因为你是哲学家，也因为你是查第格。阿斯达丹是女人；她就因为觉得自己还没有犯罪，所以眉目之间表情更无顾忌。她的清白使她太放心了，在人前不知检点。只要她问心无愧，我就替她提心吊胆。如果你们之间有了默契，就能瞒过众人的耳目。勉强压制的初生的感情非常惹眼，不像得到满足的爱情会隐藏。"这话等于劝查第格欺骗王上，欺骗恩主；查第格听着浑身哆嗦。他虽然对王上犯了无心的罪，却从来没有像这个时期的赤胆忠心。可是王后提到查第格的次数那么多，提到的时候脸那么红，在国王面前和查第格谈话的表情有时那么兴奋，有时那么慌张，查第格退朝以后，她又是一味的出神：国王看在眼里，不由得不烦恼。他所看到的，全部相信；没有看到的，用想象来补充。他特别注意王后的拖鞋是蓝的，查第格的拖鞋也是蓝的；王后的丝带是黄的，查第格的便帽也是黄的；对于一个多心的国王，这些都是触目惊心的标记。他心里已经有了醋意，猜疑自然变成事实。

王上和王后的奴仆，个个能刺探他们的心事，不久都看透阿斯达丹动了爱情，摩勃达起了妒性。眼红的阿利玛士，唆使他眼红的女人把她和王后同样的吊袜带送给国王。而且祸不单行，那吊袜带也是蓝的。于是国王只盘算怎样报复了。一天夜里，他决意在第二天黎明毒死王后，绞死查第格。命令交给一个狠毒的太监执行，他是专门替王上泄忿的。宫中有个哑而不聋，没人提防的矮子；他像猫狗一样能看到一切秘密的事。小哑巴对王后和查第格素有好感，听见王上要把两人处死，又惊又骇。这可怕的命令几小时内就要执行，有什么办法通风报信呢？他不会写字，只会画图，而且画得很像。他便花了大半夜功夫，把他要告诉王后的事画出来。国王在图中一角暴跳如雷，向太监发令；桌上有一根蓝的绳子，一个瓶，几副蓝的吊袜带和黄的丝带；王后在图的中央，倒在宫女们的怀中奄奄待毙；查第格横在她脚下，已经被绞死。旭日方升的远景，说明这残酷的死刑要在太阳初放光芒的时候执行。图画好了，小哑巴赶去找阿斯达丹的一个宫女，把她惊醒，做手势要她马上把画送给王后。

半夜里有人敲查第格的门，把他叫醒，送给他王后的一封信。查第格疑心是做梦，双手发抖的拆开信来念了，大吃一惊；他的诧异，惊骇与绝望，简直无法形容。信上写的是：你得马上逃走，有人要来取你性命了。查第格，你逃罢；看在我们的爱情和我的黄丝带份上，你非听我的话不可。我自知无辜，但竟要含垢忍辱，负罪而死了。

查第格几乎连说话的力气都没有。他叫人把加陶找来，一声不出，给他看王后的信。加陶劝他照办，要他立刻取道上孟斐斯。他说："倘若你大着胆子去见王后，等于要她快死；倘若去面奏王上，你还是送她性命。她的命运由我负责；你管你自己罢。我会透露风声，说你逃往印度。我不久就来找你，告诉你巴比仑的情形。”

加陶立即叫人在一道秘密的宫门口套好两匹最快速的单峰骆驼。他叫查第格上去，简直是抬上去的，因为他快死过去了。只有一个仆人陪查第格同走。加陶又惊又骇又难过，一忽儿就不见了朋友的踪影。

那位逃亡的名人走到一座居高临下，俯瞰巴比仑的山岗边上，回头望着王后的宫殿，晕倒了：他醒来只有痛哭流涕，但求速死。他对于最可爱的女子和世界上第一位王后的残酷的命运想了一阵，又回过来想到自己，叫道：“人生是怎么回事啊？德行啊德行！你对我有什么用？两个女人毫无廉耻的把我欺骗了，第三个清白无辜，长得还比别人好看，倒要死了！我做的好事对我全是祸根，我享的荣华富贵不过是叫我在苦海中掉得更深，要是我和别人一样凶恶，也就跟他们一样快乐了。”这些悲痛的感想把查第格压倒了；眼睛前面挂着一层痛苦的帘幕，脸白得像死人一样，整个的心陷入绝望的深渊，他继续往埃及道上进发。

# 九　挨打的女人

查第格照着星辰的方向赶路。猎户星和明亮的天狼星，指点他向加诺波口岸前进。他欣赏这些巨大的光球，虽则在我们的肉眼看来不过是些微弱的毫光；另一方面，我们的地球只是宇宙中细微莫辨的一个小点子，我们的贪心却把它看作广大无边，高贵之极。查第格想到人的实际情形，不过是些虫蚁挤在一颗小泥丸上互相吞食。这幅真切的图画使他发觉自己的生命和巴比仑的存在都是虚空的，也就把他的苦难一笔勾销了。他的心灵向着无垠的太空飞去，摆脱了肉体，只管对着宇宙之间永恒不变的法则出神。但等到神志清醒，感情回复的时候，他又想到阿斯达丹也许已经为了他而死；广大的宇宙立刻消失，他在整个天地中只看见垂死的阿斯达丹和遭难的查第格。

他往着埃及边境进发，心里七上八下，一忽儿极其旷达，一忽儿痛苦难忍。忠心的仆人已经走进埃及境内第一个小村，替他找宿处去了。查第格向村子四周的花园信步走去，忽然看见大路近边有个女子哭哭啼啼，呼天叫地的喊救命。一个狂怒的男人在背后追着，把她追上了。她抱住男人的膝盖，男人把她又打又骂。查第格看了那男人的凶横和女的一再求告，懂得一个是捻酸吃醋，一个是另有所欢。女的长得娇艳动人，还有点像落难的阿斯达丹；查第格把她打量了一番，一边同情她，一边痛恨那埃及人。女的连哭带喊，叫着查第格："救救我啊！别让这野蛮的男人把我打死啊！救命啊！"

查第格听了，奔过去把身子挡在她和埃及人中间。他懂得一些埃及文，便用埃及话对他说："她是个女人，又长得这么好看，你要是还有点儿人性，得爱惜她才对，这样一件天生的宝贝扑在你脚下，只会啼哭，不会抵抗。你怎么能这样糟蹋她呢？"那疯狂的男人答道："啊！啊！原来你也喜欢她！那我就跟你算帐。"他本来揪着女人的头发，那时却松开手，拿起标枪直刺过来，想一下子戳死外国人。查第格很镇静，毫不费事的躲过了疯子的袭击。他在靠近枪尖的一段上抓住标枪：一个想夺回，一个想抢下，把枪折成两截。埃及人掣出佩剑，查第格也以剑相迎；两人杀做一团。一个接二连三的猛攻，一个身子矫健的招架。女的坐在草坪上整着发髻，看他们斯杀。埃及人更壮健；查第格更灵巧。他的手是听头脑指挥的；对方却像发疯一般，只凭着一股无名火乱攻乱打。查第格抢上一步，夺下他的武器。埃及人愈加怒不可遏，向查第格直扑过来；查第格趁势抱住，抓着他的身体翻倒在地，拿剑指着他胸口，要他讨饶。埃及人发了火，掏出匕首，正当查第格有心饶他的时候刺伤了查第格。查第格气忿之下，一剑戳进埃及人的胸口；埃及人惨叫一声，挣扎了一会，死了。

于是查第格走到那女的面前，声气柔和的说道："我逼得没有办法，只能把他杀了。我替你报了仇；我从来没见过这样蛮横的人，这一下你可逃出了他手掌。现在，太太，你还要我做些什么呢？"她回答："坏蛋，我要你死！你杀了我的情人，我恨不得撕破你的心。"查第格道："太太，你找的情人太古怪了；他拼命打你；因为你向我求救，他还要伤我性命。"女的大叫大嚷，说道："他要能够再打我，我才高兴呢；那是我活该，是我惹起他的妒性来的。我要他打我，要他活过来，要你死！"查第格听了，觉得自己一辈子都没有这样的惊奇，这样的生气；他说："太太，虽然你长得好看，可是荒唐透顶，不要说那个男人，连我也要揍你了；但我不愿意费这个劲。"说完，他跨上骆驼往村子进发。走不了几步，四个巴比仑差役的声音使查第格回过头去。他们骑着马飞奔而来。其中一个见了那女的，嚷着："准定是她；她跟人家告诉我们的相貌相像。"他们不管地下的尸首，立刻抓着那女的。女的一迭连声的唤查第格："侠义的外国人，再救救我罢！我刚才错怪了你，请你原谅。救救我罢，我一辈子跟着你好了。"查第格却没有兴致再为她打架，答道："找别人去罢！我不再上你的当了。"

并且他受着伤，流着血，需要救护。四个巴比仑人大概是摩勃达王派来的，查第格见了也很惊慌。他赶紧向村子走去，猜不透那四个差役为什么要抓这个埃及女人，但他更奇怪的还是那女人的性格。

# 一〇　奴役

查第格走进埃及的小村，就被村民围住。他们都嚷着：“他拐走了美人弥苏弗，刚才又谋杀了克莱多斐斯！”查第格回答说：“诸位先生，我要拐走你们的美人弥苏弗才倒楣呢！她太使性了。克莱多斐斯也不是我谋杀的，我不过是保护自己。他要杀我，因为他毒打弥苏弗，而我客客气气的替弥苏弗求情。我是外国人，到埃及来找个栖身的；我正要投奔你们，哪有先拐走一个女人，谋杀一个男人的道理？”

那时的埃及人是公正的，讲情理的。他们把查第格带往村公所，先包扎伤口，再把他和仆人分别盘问，调查真相。大家承认查第格不是凶手，但是犯了人命，依法应当罚作奴隶；两匹骆驼给卖了，拨充公款；带的黄金全部没收，分给村民。查第格和他的伙计被陈列在广场上公开标售。一个叫做赛多克的阿拉伯商人出价最高，买下了；但更能耐苦的仆人卖的价钱比主人贵得多。没有人把他们作比较。因此同是奴隶，查第格还得受他仆人管辖。他们脚上套着链条缚在一起，跟阿拉伯商人回家。查第格一路安慰仆人，劝他耐性，又照例对人生发表许多感想。他说：“我走了背运，连累到你。至此为止，所有的事情，后果都奇怪得很。为了看到一只母狗走过，我付了罚金；为了葛里凤，我差点儿受洞腹之刑；因为写了诗歌颂王上，我被送上刑台；因为王后用了黄丝带，我几乎被绞死；这一次因为一个蛮子殴打情妇，我跟你一同做了奴隶。好罢，咱们别灰心；说不定会有出头的日子。做买卖的阿拉伯人非有奴隶不可；既然我跟别人一样是人，为什么不能跟别人一样当奴隶？这商人不会太狠心的；如果他要奴隶好好的当差，就得好好的对待奴隶。”他这么说着，心里却老在挂念巴比仑王后的命运。

过了两天，商人赛多克带着手下的奴隶和骆驼，往荒凉的阿拉伯进发。他的部落住在奥兰勃沙漠附近。路途遥远，又很艰苦。赛多克一路对查第格的当差比对查第格器重得多，因为当差套骆驼的本领比主人强得多；一切小恩小惠都是赏给他的。

离开奥兰勃只差两天路程了，死了一头骆驼；它驮的东西都分派给下人们负担，查第格也分到一份。赛多克看见所有的奴隶弓着背走路，不禁哈哈大笑。查第格不怕唐突，和他解释理由，告诉他平衡的原理。商人听了诧异，对他另眼相看了。查第格看到引起了他的好奇心，越发在这方面下功夫，告诉他许多与他买卖有关的知识；例如体积相同的各种金属与各种货物的比重，几种与人有用的动物的特性，怎样使无用的动物变成有用等等。后来赛多克觉得查第格竟是个大智大慧的人了。他原先很看重查第格的同伴，现在却更加喜欢查第格，待他很好，而赛多克的这番好意也没有落空。

回到自己的部落，赛多克向一个希伯来人讨五百两银子的债。借的时候有两个见证，都死了，没法再叫希伯来人认帐。他吞没了赛多克的钱，感谢上帝给了他欺骗一个阿拉伯的人机会。查第格已经成为主人的顾问，主人便向他诉苦。查第格问：“你在哪儿把五百两银子借给那骗子的？”赛多克回答：“在奥兰勃山近边的一块大石头上。”——“你的债务人是怎么样的性格?”——“还不是骗子那种性格!”赛多克回答。——“我问他的脾气是急躁的还是冷静的，谦慎的还是冒失的?”——赛克多道:“在所有赖债的人里头，他是最急躁不过的。”查第格便要求道:“好吧，让我代你去向法官申诉。”他果然想法把希伯来人传到庭上，然后向法官说:“当今圣主临朝，全靠大人代行公道。这个人欠我主人五百两银子，不肯归还，我代表主人追讨。”法官问:“可有证人没有?”——“证人都死了;不过当时借款是在一块大石头上点交的;只要大人下个命令，叫人把石头搬来，我想上面一定有凭据。我和希伯来人都留在这儿，等石头搬来，搬运费可以归我主人负担。”——“好罢。”法官说着，先去审理别的官司了。

官司都审完了，法官问查第格:“怎么!你的石头还没有搬来?”希伯来人笑道:“大人等到明天，石头还不会来呢;它离开这儿有几十里地，要十五个人才能搬动。”查第格叫道:“对啦，我早告诉大人，石头会作证的;他既然知道石头在什么地方，就是承认借款是在石头上点交的。”希伯来人听着慌了，一会儿只得全盘招认。法官判令把希伯来人缚在石头上，不给饮食，直到他把五百两银子偿还为止。他就很快的把欠款还清了。

奴隶查第格和大石头的故事，在阿拉伯名闻遐迩，大受重视。

# 一一　殉夫

赛多克喜出望外，把查第格当作了知己。他和以前巴比仑王一样少不了查第格，查第格也因为赛多克没有娶老婆，觉得很高兴。他发见主人本性善良，非常正直，极明事理；只可惜他崇拜天神天将，就是说按照古代阿拉伯风俗，崇拜太阳，月亮和明星。查第格很婉转的和他谈过几次。最后告诉他，那些物体和别的物体并无分别，不比树木岩石更值得尊敬。赛多克道："它们是永恒的生命，我们享受的好处全是它们的恩赐；它们化育万物，调节四时；并且和我们离得这么远，不由我们不尊敬。"查第格答道："红海的水把你的货物运住印度，给你的好处更多；难道红海就不像明星一样古老吗？如果你崇拜距离遥远的东西，就该崇拜地球边上的孟加拉的土地。"赛多克道："话不是这么说的；明星的光太灿烂了，使我不能不崇拜。"当天晚上，查第格在平时和赛多克一同吃饭的帐幕里，点起大量的火把；主人一到，查第格便跪在蜡烛前面祷告："永恒而灿烂的光明啊，求你永远保佑我。"说完，他坐下吃饭，对赛多克瞧都不瞧一眼。赛多克很诧异，问道："你这是干什么？"查第格答道："我跟你一样，我崇拜这些蜡烛，不把蜡烛的主人和我的主人放在心上。"赛多克体会到这个寓言的深意。他的奴隶的智慧渗透了他的心，他不再崇拜一般的物体而崇拜永恒的造物主了。

那时阿拉伯有个惨无人道的风俗，源出大月氏，由于婆罗门僧的影响，在印度已经根深蒂固，大有蔓延全部东方国家的危险。一个已婚的男人死后，他的爱妻倘要成为圣女，就得当众抱着丈夫的遗体一同烧死。这是一个庄严的典礼，叫做节妇殉夫。殉夫的寡妇最多的部落最受尊敬。赛多克的部落中有个阿拉伯人死了，他的寡妇阿莫娜是个虔诚的信女，宣布当于某日某时在鼓声与喇叭声中投火。查第格向赛多克解释，这个残酷的风俗与人类的利益完全不合；年轻的孤孀还能为国家生儿育女，至少也能抚养原有的孩子，不该让她们投火自焚。他劝告赛多克，要是可能，应当消灭这风俗。赛多克道："妇女投火的习惯已经有一千多年。经过时间钦定的老规矩，谁敢变更？还有什么东西比古老的陋俗更不可侵犯的？"查第格答道："要讲古老，理性更古老。你去和部落的首领说话；让我去见那个年轻的孤孀。"

他叫人带往寡妇家；先称赞她的美丽，博取她的欢心；再告诉她把这些迷人的风韵付之一炬是多么可惜；然后赞美她的贞节的勇气。他说："想来你是极爱你的丈夫了？"那阿拉伯女子回答："才不爱呢。他是个又粗暴，又嫉妒，叫人受不了的汉子；可是我拿定主意要跟他一同火葬。"查第格道："那末一个人活活烧死，想必是有说不出的乐趣了。"那太太说："啊！我一想到就灵魂出窍；但是非如此不可。我是信女，不殉葬就要名誉扫地，受众人耻笑。"查第格和她解释，她的殉葬是为了别人，为了虚名。接着又和她谈了半天，使她不但对人生有所留恋，甚至对和她谈话的人也有好感。查第格问她："要是你肯放弃殉葬的虚名，打算怎么办呢？"那太太回答："唉！我想会要求你跟我结婚的。"

查第格一心一意只想着阿斯达丹，把话支开去了。但他立刻去见部落的首领，告诉他经过情形，劝他们定下规矩，寡妇先得跟一个青年男子单独谈过一小时话，才准她殉葬。从此以后，阿拉伯就没有一个投火的妇女。这个残酷的风俗流行了千百年，靠查第格一人之力，一日之间就取消了。可见他是阿拉伯的恩人。

# 一二 晚餐

赛多克觉得查第格浑身都是智慧，再也少他不得，带着他去赶罢左拉的庙会；那是个大集，世界各地的富商大贾无有不到的。查第格看见这么多地域不同的人会齐在一处，非常快慰，觉得世界是个大家庭，在罢左拉团聚。第二天，他就在饭桌上遇到一个埃及人，一个孟加拉地方的印度人，一个汉人，一个希腊人，一个克尔特人，还有几个别的外国人，都是常到阿拉伯海湾来作客，懂阿拉伯文，能彼此通话的。埃及人好像火气十足，说道："罢左拉这地方太可恶了！我带着天下最贵重的宝贝，讨价一千两金子都没人要。"赛多克问："怎么的？是什么宝贝，人家不肯出这个价呢？"埃及人回答："是我姑母的遗体。她生前是全埃及最好的女人，一向和我在一起；这回死在路上，我把她做成一具最讲究的木乃伊；在我们国内拿它做抵押品，要什么就什么。真怪，这儿的人看到这样可靠的货色，连一千两金子都不愿意给。"他一边气恼，一边正要动手吃一只白煮肥鸡；印度人却抓着他的手，痛苦万分的嚷道："啊！你这是干什么呢？"那个带着木乃伊的人回答："吃鸡啊。"孟加拉人道："使不得，使不得。说不定亡人的灵魂转生在这只母鸡身上，你总不愿意冒险吃你的姑母吧？何况吃鸡明明是不敬天地。”容易动火的埃及人说：“什么吃鸡不敬天地，这话是什么意思？我们崇拜牛，我们照样吃。”印度人道：“崇拜牛？怎么可能呢？”埃及人答道：“太可能了。这习惯，我们已经有十三万五千年，谁也没说过一句话。”印度人道：“啊！十三万五千年！这数目未免夸张了些。八万年以前，印度地方才开始住人，可是我们确实比你们古老。婆罗门神禁止我们吃牛的时节，你们还没想到把牛放在祭坛上跟肉叉上去呢。”埃及人道：“比起我们的阿比斯神，你们的婆罗门简直是可笑的混蛋①！他做过什么了不起的事？”婆罗门教徒回答：“婆罗门教人识字，教人写字；全世界的人会下棋，也是出于他的传授。”坐在旁边的一个加尔提人插嘴道：“你错了；这些功德都是圣鱼奥奈斯赏赐我们的，敬它才是正理。谁都会告诉你，这位神道长的好漂亮的人头，后面有条金色的尾巴；每天出水三小时向人间布道。它有好几个孩子，大家都知道是国王。我家里供着它的像，向它虔诚顶礼。牛尽吃不妨；吃鱼可是大不敬；并且你们两人出身太低，辈分太晚，没资格跟我争辩。埃及人的历史只有十三万五千年，印度人也只夸口说八万年；我们却有四十万年的历本。相信我的话罢，放弃你们的邪教，我可以送你们美丽的奥奈斯神像，每人一幅。”

汉人开言道：“我十二分敬重埃及人，加尔提人，希腊人，克尔特人，婆罗门神，圣牛阿比斯，美丽的奥奈斯鱼；但也许理或者像有些人所谓的天，跟牛和鱼一样有价值。我对本国一字不提；它的土地有埃及，加尔提和印度合起来那么大。我不争论立国的古老；人只要快乐，古老没有什么相干。但要提到历本的话，整个亚洲都是用我们的，而且加尔提人还不会做算术的时

① 阿比斯为古代埃及人崇拜的圣牛。

候，我们已经有了完美的历法。”

希腊人叫道：“你们这批人太没知识了。难道你们不知道混沌为万有之母，不知道这个世界是形与物造成的吗?”他说了半天，被克尔特人打断话头。克尔特人在大家争辩的时候喝了很多酒，便自以为比谁都博学。他连咒带骂的说，值得谈论的只有条太斯和橡树上的寄生树①；这寄生树，他是随身带着的。从古以来，世界上只有他的祖先大月氏人是好人；固然他们吃过人，但不能因此而不尊敬他们的民族。谁要毁谤条太斯，非受他一顿教训不可。说到这儿，大家争论激烈；赛多克眼看饭桌要变成战场了。自始至终不出一声的查第格，终究站起来，先向火气最盛的克尔特人开口，说他理由充足，向他要了寄生树；然后把希腊人的辞令恭维了一阵，又平了众人的怒气。查第格对汉人只说寥寥几句，因为他是全场最讲理的一个。接着他对大家说道：“诸位朋友，你们差点儿白吵一场；你们的意见原是一致的。”听到这句，他们一齐嚷起来。查第格对克尔特人道：“你崇拜的并非寄生树，而是寄生树和橡树的创造者，可不是?”克尔特人回答：“当然罗。”——“至于你，埃及先生，大概你是借了某一种牛，敬一个给你们生许多牛的主宰吧?”——“是的。”埃及人回答。查第格又道：“比圣鱼奥奈斯更尊贵的是创造鱼和水的主宰。”加尔提人道：“我同意这话。”查第格往下又说：“印度人和汉人，跟你们一样承认有个万物的本原；希腊人的高论，我听不大懂，但我断定他也敬重一个造出形与物的，最高的主宰。”大家钦佩的希腊人说查第格完全了解他的思想。查第格便接口道：“可见你们的意见都一样，没有什么可争执的。”在场的人都拥抱查第

---

① 条太斯为一切高卢人信奉的最高的神道。橡树上的寄生树，名叫“琪”，为高卢人的圣树。克尔特为印度－罗巴族之一支，史前即有大规模的移民运动；后遍及中欧，高卢，西班牙，及不列颠岛屿；终被罗马人同化。

格。赛多克的货卖了很高的价钱，带着朋友查第格回部落去了。查第格一到，知道他出门的时期被人告了一状，要用文火把他烧死。

# 一三　约会

查第格去罢左拉旅行的时期，供奉星辰的祭司们决定要惩罚他。向例，祭司们把青年孤孀送去殉葬以后，遗下的珠宝首饰都归他们所有。查第格跟他们捣乱，罚他受火刑还是最客气的呢。他们控告查第格对天神天将不怀好意；他们出面作证，赌神发咒的说听他讲过，星辰早上不是落到海里去的。这种大逆不道的言论，把法官们气得浑身发抖，差点儿把衣服都撕破；倘若查第格有钱赔偿，他们早就撕破了；但他们极度悲愤之下，仅仅判决把查第格用文火烧死。赛多克又惊又急，到处买面子，托人营救，可是没用；后来连他自己也不敢开口了。那时，年轻的寡妇阿莫娜觉得活着很有意思，对查第格感激不尽；她听了他的解释，已经明白烧死活人的害处，便拿定主意不让查第格受火刑。阿莫娜只在心中盘算，不露一点风声。查第格第二天就要处决，阿莫娜只有当夜营救。这慈悲而细心的女人便想了这样的办法。

她搽了香水，装扮得极其风流极其华丽，愈加衬托出她的美，跑去见那供奉星辰的大祭司，要求密谈。到了那位年高德劭的长老前面，她道："大熊星的长子，金牛星的兄弟，天狼星的堂弟（这都是大司祭的尊号），我要告诉你我心中的顾虑。我没有和亲爱的丈夫一同火葬，恐怕是犯了滔天大罪。真的，我有什么东西值得保存呢？不过是一堆早晚要腐烂，而现在已经凋残的肉。”她撩起丝衫的长袖，露出雪白耀眼，非常好看的手臂。她说：“你瞧，这还有什么可留恋的？”大司祭心中觉得大可留恋；他先用眼睛表示，又用嘴巴证实，赌咒说他一辈子也没见过这样美的胳膊。寡妇叹道：“也许手臂不像别的部分那么丑；但你不能不承认，我的胸部的确不值得爱惜。”于是她露出一对天下无双的乳房。跟它相比，便是象牙球上放一颗蔷薇花苞，也只等于黄杨木上插一根茜草；而刚洗过澡的羔羊也好像是黄里带黑的了。除了这酥胸以外，她的脉脉含情的大黑眼睛射出温柔的火焰；鲜艳的绯色和纯洁的乳白色在她脸上交相辉映；鼻子决不像里庞山上的高塔；嘴唇好比两行珊瑚礁，藏着阿拉伯海中最美的珍珠。老司祭看着，觉得自己返老还童，只有二十岁了。他结结巴巴说了几句痴情的话。阿莫娜看他动了火，趁此替查第格求情。他说：“唉！美丽的太太，即使我答应饶他也无济于事；赦免状还得我另外三个同事签字。”阿莫娜道：“不管，你签了再说。”祭司道：“我很愿意，只要你肯行个方便，作为我通融的代价。”阿莫娜道：“这是承蒙抬举了；请你等太阳下山，明亮的希德星在天边出现的时候上我家去；我准定在一张粉红色的沙发上恭候，像奴婢一样的听你摆布。”她带着签过字的赦免状走了；丢下那老人在那里神魂颠倒，唯恐精力不济。直到晚上，他都忙着洗澡，喝一种用锡兰的桂皮，跟提多累和德拿特两处最名贵的香料合成的酒，好不心焦的等希德星出现。

美丽的阿莫娜跑去见第二位祭司。这祭司向她保证，说太阳、月亮、明星和天上所有的光辉，跟她迷人的风韵相比，不过是些磷火罢了。阿莫娜替查第格求情，对方要她付代价。阿莫娜就应允了，约他在阿日尼勃星升起的时候相会。从第二位祭司家出来，她又去见第三第四位祭司，要他们签字，挨着一颗颗星定了约会。然后她叫人通知法官，说有要事请他们到她家里去。他们来了；阿莫娜拿出四个人的签字，说出祭司们为了赦免查第格所勒索的代价。一个一个祭司都来准时赴约，一个一个祭司都很惊奇，不但遇到了同事，还有法官在场，不禁满面羞惭。查第格得救了。赛多克对阿莫娜的智巧钦佩不置，娶了她做老婆。查第格扑在救命的美人脚下谢了恩，动身往别处去。赛多克和他两人临别哭了一场，发誓结为生死之交，相约谁要发了大财，一定和朋友共享。

查第格往叙利亚方面走去，始终挂念遭难的阿斯达丹，也始终想着那老是捉弄他、磨难他的命运。他说："怎么！看见一只母狗走过，就得出四百两金子！写了四行打油诗歌颂国王，就得砍头！因为王后的拖鞋和我的便帽颜色相同，就得绞死！救了一个挨打的妇女，就得当奴隶；又因为救了阿拉伯所有青年孤孀的性命，差点儿被活活烧死！"

# 一四　强盗

将近贝德累－阿拉伯①和叙利亚接境的边界上，查第格走过一座相当坚固的宫堡；里面走出一群阿拉伯人把他团团围住，喝道："你的财物都是我们的，你的人是我们主人的。"查第格一言不答，拔出剑来；他的仆人也有胆量，跟着拔剑。为首的几个阿拉伯人冲上来，被他们刺死了；围攻的人越来越多；他们俩毫不惊慌，决意周旋到底。两人抵抗一大群人，这样的战斗当然不能持久。宫堡的主人叫做阿蒲迦，从一扇窗里看见查第格勇猛非凡，动了敬爱之心。他急忙赶来，拨开手下的人，救出两位旅客。他说："打我地面上过的都是我的，我在别人土地上碰到的也是我的。但看你是个好汉，我为你破一次例。"他叫查第格进入宫堡，吩咐从人好好款待。晚上，阿蒲迦请查第格一同吃饭。

宫堡里的王爷是那种所谓绿林大盗的阿拉伯人；但他在许多坏事中间也偶尔做些好事；他狠命的抢劫，大量的施舍；行事不顾一切，待人倒还温和；大吃大喝的时候，心情十分快活，尤其是爽直无比。他对查第格颇有好感，查第格谈锋越来越健，一顿

---

① 贝德累－阿拉拍是阿拉伯半岛上一大片多石而荒瘠的高原。

饭直吃了半天。最后阿蒲迦说道："我劝你在这儿入伙罢；包你找不到更好的出路；这行业不坏，将来你也能跟我一样。"查第格道："请问你这高尚的行业干了多久啦？"王爷回答："我年纪轻轻就干了。我先在一个精明的阿拉伯人手下做跟班，苦不堪言。眼看人人有份的地面上，命运就没给我留下一份，我灰心透了。我把心中的苦恼告诉一个阿拉伯老头；他说：'孩子，别灰心。从前有一颗沙子，自叹不过是沙漠之中一个无声无臭的原子；过了几年，这沙子变成钻石，现在做了印度王冠上最美的装饰品。'这话打动了我的心；我本来是沙子，可是决心要变做钻石了。我先抢了两匹马，再纠合一些伙伴，装配起来，居然有了拦劫小队客商的实力。这样，我与众人之间财富的距离就逐渐消灭。世界上的财宝，我也有份了，不但得了补偿，还加上厚利：大家对我很敬重；我做了打家劫舍的大王，强占了这座宫堡。叙利亚总督想从我手里夺去；但我已经财源充足，不用害怕；我送了总督一笔钱，把宫堡留下了，又扩充了地盘。总监还派我替王上掌管贝德累－阿拉伯地区的赋税。我尽了收税的责任，可不管缴税的义务。

"巴比仑的大都督以摩勃达王的名义，派一个小官儿来想把我绞死。那家伙带着命令来了；我早已得到消息；先当他的面把他带来的四个帮手勒死；然后问他绞死了我，他能到手多少钱。他说大概有三百金洋。我叫他明白跟着我好处更多。我收他做了副头领，如今是我手下最得力的一个头目，也是最有钱的一个。你要相信我的话，可以跟他一样得意。自从摩勃达王被杀，巴比仑大乱之后，打劫的时机再好没有了。"

查第格道："摩勃达王被杀了！王后阿斯达丹又怎么啦？"阿蒲迦回答："不知道。我只晓得摩勃达王发了疯，被人杀了，巴比仑秩序大乱，全国各地都遭了破坏。我已经捞进不少，好买卖还有的是。”查第格道：“可是王后呢？难道你一点不知道她的下落吗？”他回答：“有人提到一个叫做伊尔加尼的诸侯；王后不在大乱中送命，便是被伊尔加尼掳去作了妃子。不过我关心的是财物，不是新闻。我几次出马，也掳了些妇女，可是一个不留，有些姿色的都卖了好价，从来不追究她们姓甚名谁。买主不买出身；哪怕是王后，长得难看也没人要。说不定阿斯达丹王后是我手里卖出去的，也说不定早已死了。我不管这些，我看你也犯不上比我多操心。”阿蒲迦这么说着，喝酒喝得那末勇猛，终于思路不清，查第格什么话都问不出来了。

他垂头丧气，失魂落魄，呆着不动了。阿蒲迦一边喝酒，一边胡说八道，口口声声自称为天下最有福的人，还劝查第格想法跟他一样快活。末了他迷迷糊糊的有了醉意，上床做他的好梦去了。查第格心惊肉跳，打熬了一夜。他说：“怎么！国王发了疯？被人杀死了？我还不免可怜他呢。国家大乱，这强盗倒逍遥快活。命运啊命运！强盗得福，天生的最可爱的人偏偏遭了惨死，或者活着而比死还难受。噢，阿斯达丹！你究竟怎么啦？”

天一亮，查第格在宫堡里逢人便问；但大家都忙着，谁也不理他；半夜里又抢到一批财物，正在分赃，乱哄哄的闹成一片。他们只答应他一件事，就是准他上路。他趁此机会，连忙动身；但是许多痛苦的感想使他更加丧气了。

查第格走在路上又急又慌，脑子里想的无非是遭难的阿斯达丹，巴比仑的国王，朋友加陶，快活的强盗阿蒲迦，被巴比仑差官在埃及边境抓去的使性女人，还有他自己身受的种种不幸和阴错阳差的倒楣事儿。

# 一五　渔夫

离开阿蒲迦的宫堡一二十里，查第格走到一条小河边上，老是怨命，自认为受尽苦难的典型。他看见一个渔夫躺在河滨，眼睛望着天，有气无力的拉着一个网，好像扔在那里不管似的。

渔夫说："我真是天底下最苦的人了。大家公认我是巴比仑最出名的乳酪商，现在可倾家荡产了。我的老婆是我这等人所能娶到的最好看的女人，可是她把我欺骗了。我剩下一所破房子，却眼看它抢得精光，毁掉了。我躲在茅蓬里，只能靠打鱼为生，可是一条鱼都捉不到。鱼网啊鱼网！我不叫你下水了，还是我自己投河罢。"说着他站起身子向前，好像要投水自尽的样子。

查第格心上想："怎么！还有人跟我一样倒楣！"感慨之下，立刻有了救人的念头。他奔上去拦着渔夫，用同情的安慰的神气盘问。据说一个人只要不是单独受难，痛苦就会减轻。查拉图斯脱拉认为这倒不是由于幸灾乐祸，而是由于需要。你会把不幸的人当作同胞一般亲近。幸运儿的快乐对你近于侮辱；但两个可怜虫好比两株嫩弱的小树靠在一起，互相倚傍着抵抗大雷雨。

查第格问渔夫："你为什么向苦难屈服呢？"渔夫回答："因为我无路可走了。在巴比仑郊外的但尔巴克镇上，我原是数一数二的人物。老婆帮我做的干乳酪可以说全国第一；阿斯达丹王后和有名的宰相查第格，都喜欢吃。我供给了他们六百块。有一天我进城收账，到了巴比仑，知道王后和查第格都失踪了。我从来没见过查第格大人，我赶到他府上，碰见大都督的一般弓箭手，带着王上的诏书，正在那里忠心耿耿的，有条有理的抢劫，我奔到王后的御厨房；有几位掌膳大臣说王后死了；另有几位说她关在牢里；还有说她逃走的；但他们一致担保，谁也不会付我的乳酪账。我带着我女人到另一位主顾奥刚大爷府上，求他可怜我们走了背运，请他照顾；他照顾了我女人，可不照顾我。乳酪原是我的祸根，但我女人比她做的乳酪还白，白里泛出来的红光，便是泰尔城出的朱砂也未必能胜过。就为这缘故，奥刚把她留下，把我逐出大门。我痛不欲生，给我亲爱的妻子写了一封信。她对送信的人说：'啊，是的，我知道这写信的人，人家跟我提过：听说他做的一手好乳酪，叫他给送点来，钱照给就是了。'

"我倒了楣，想告状。身边只剩六两金子：替我出主意的讼师要我二两，经办案子的检察官要二两，首席法官的书记要二两。这些费用交清了，案子还没开审；我花的钱已经超过我的乳酪和老婆的价值。我回到村里，打算卖掉屋子，要回老婆。

"屋子明明值六十两金子，但人家知道我穷，又急于脱手。我找的第一个买主出价三十两，第二个二十两，第三个十两。我没了主意，正想成交；不料伊尔加尼的诸侯来攻打巴比仑，过一处抢一处，把我的屋子先抢光了，又放火烧了。

"我丢了钱，丢了老婆，丢了屋子，躲到这地方来想靠打鱼过活；谁知道鱼跟人一样跟我开玩笑。我一条都捉不到，饿得要命；不是遇到你大恩人，我早死在河里了。"

渔夫这番话不是一口气说的；因为查第格激动非凡，不时打断他的话，紧盯着问："怎么！你完全不知道王后的下落吗？"渔夫回答："不知道，大人；我只晓得王后和查第格不付我的乳酪账，我只晓得人家抢走我的老婆，只晓得我走投无路。”查第格道：“我希望你的钱不至于全部落空，听说查第格是个君子；他想回巴比仑，要是能回去，除了还你的旧账，还会给你更多的钱。可是你的女人并不怎样老实，还是不要讨回了罢。听我的话，上巴比仑去；我比你先到，因为我骑马，你走路。你去见那位赫赫有名的加陶，告诉他说你遇到了他的朋友；你在他家里等我。好罢，也许你会有苦尽甘来的日子。”

接着他又道：“噢，法力无边的奥洛斯玛特大神，你利用我来安慰这个人，你又派谁来安慰我呢?”查第格说着，把从阿拉伯带来的钱分了一半给渔夫，渔夫又惊又喜，吻着加陶的朋友的脚，说道：“啊，你真是我的救命星君!”

查第格老是向渔夫打听消息，流着眼泪。渔夫叫道：“怎么!大人，难道你这个大善士也有痛苦吗?”查第格回答：“比你还痛苦百倍。”——“一个施舍的人怎么会比一个受恩的人更可怜呢?”——查第格答道：“因为你最大的痛苦是在于生活，我的不幸在于感情。”渔夫问：“是不是奥刚抢走了你的太太?”这句话使查第格想起所有的遭遇，说出他一桩桩的祸事，从王后的母狗起，到遇见强盗阿蒲迦为止。他对渔夫说：“奥刚应该受罚。但命运偏疼的往往就是这等人。不管怎样，你去见加陶大人，在他家等我罢。”两人就此分手：渔夫一边走一边感谢命运，查第格一边走一边怨恨命运。

# 一六　四脚蛇

他走到一片美丽的草原上，看见好些妇女专心一意的在那里找什么东西。他大胆走近去，问一个女的可不可以让他帮着找。那叙利亚女人答道："不行；我们找的东西是男人碰不得的。"查第格说："怪了；能不能请你告诉我，男人碰不得的是什么东西?"她说："是四脚蛇。"——"是四脚蛇吗，太太？请问为什么要找四脚蛇?"——"为了我们的主子奥瞿大人；你不看见草原尽头，河边上有座宫堡吗？那就是他的府上。我们是他手下低微的奴隶。奥瞿大人病了，医生要他吃一条用玫瑰香水煎的四脚蛇。四脚蛇很少见，并且只有女人能捉到；所以奥瞿大人出了赏格，我们之中谁要捉到一条四脚蛇，他就娶做夫人。请你别打搅我；因为你瞧，要是我的同伴占了先着，我的损失就大了!"

查第格丢下这叙利亚女人，让她和别的妇女找她们的四脚蛇；他继续在草原上走去。到一条小溪旁边，看见另外有个太太躺在草地上，根本不找四脚蛇。她长得气宇不凡，但是戴着面网。她对着小溪弯着腰，长吁短叹，手时拿着一根小棒，在草原和小溪之间的细沙上划来划去。查第格为了好奇，想看看她写些什么；他走近去，先看到一个 Z 字，又是一个 A 字，大为惊奇；接着又看到一个 D 字，查第格不由得打了个寒噤。等到他姓名的末了两个字母出现，他的诧异真是从来未有的了。他先呆了一会；然后声音断断续续的问道："噢，慈悲的太太，请你原谅一个落难的异乡人问句话：怎么有这等怪事，你的美丽的手会写出查第格这个姓氏？"一听这声音，一听这几句，那太太手指颤巍巍的撩起面网，瞧着查第格，又感动、又惊奇、又快乐的叫了一声：种种感触一时涌上心头，她支持不住，倒在查第格怀里昏迷了。原来她就是阿斯达丹，就是巴比仑的王后，就是查第格责备自己不该爱的爱人，就是查第格为之痛哭，为她的遭遇担惊受怕的人。查第格也失去了知觉；一会儿醒过来，只见阿斯达丹有气无力的睁开眼睛，又是羞怯又是怜爱。查第格叫道："噢！各位不朽的神明！弱小的人类，命运都操在你们手里。你们居然把阿斯达丹还给我了吗？想不到在这个时间，这个地方，这个情形之下和她相会！"他跪在阿斯达丹面前，把头碰着尘土。王后扶他起来，教他在小溪旁边挨着她坐下。她把眼睛抹了又抹，只是流不完的眼泪。她几次三番开口，几次三番被呜咽声打断。她问查第格他们怎么会相遇的；查第格来不及回答，她又问别的事了。她才开头诉说自己的苦难，忽然又想知道查第格的苦难。等到两人激动的心情平静了些，查第格方始三言两语，说出他走到这片草原上的缘由。"可是，不幸的可敬的王后！您怎么会待在这个偏僻的地方，穿着奴隶的服式，跟那些听着医生嘱咐，找四脚蛇的女奴做伴的呢？"

美丽的阿斯达丹说道："趁她们找四脚蛇的时候，让我把所受的罪和所有的遭遇统统告诉你。我直到与你相会之后，才原谅上天给我吃了那些苦。你知道王上看到你是天下最可爱的男人，大不乐意；为了这缘故，有天夜里他决计把你绞死，把我毒死。你也知道，靠天照应，我那个小哑巴把国王的命令通知了我。忠心的加陶逼你听我的话逃走以后，立即从暗门中进入宫内，把我带走，送往奥洛斯玛特神庙。加陶的哥哥是庙里祭司，把我藏在一尊魁梧的神像里头，神像的头碰到庙顶，下面直到庙基。我待在那儿像活埋一样，但有祭司服侍，生活所需。一应俱全。第二天清早，太医拿着四种毒药和鸦片合成的药酒，进我的寝宫；另外一个官员拿了蓝帛上你家去；都扑了空。加陶为了骗王上，假装去告发我们，说你取道上印度，说我逃往孟斐斯。王上就派武弁去追。

“缉捕我的差役不认得我。我一向只对你一个人露面，还是在御前，奉了王上的命。所以他们只能凭着口述的相貌来追我。到了埃及边境，他们瞧见有个女人和我身材相仿，也许比我更有风韵，在路上哭哭啼啼的徘徊。他们断定她就是巴比仑的王后，带她去见摩勃达。摩勃达发见他们认错了人，先是大发雷霆；但过了一会，把那女的细看之下，觉得她长得很美，也就平了气。她名叫弥苏弗。我后来听说，这名字在埃及文中的意思是使性的美人。果然，她名不虚传；但她笼络男人的本领不亚于她的使性。她得了摩勃达的欢心，把他收拾得服服帖帖，居然做了他的妻子。从此她本性毕露，毫无顾忌的逞着荒唐的念头胡作非为。大司祭年纪大了，又害着痛风症，弥苏弗强迫他表演跳舞；大司祭不肯，她便百般虐待。她又要大司马做一种包馅子的点心。大司马说他不是点心司务，可是没用，非做不可；他丢了官，因为把点心烤焦了。弥苏弗叫侍候她的一个矮子当了大司马，派一个侍从当了枢密大臣。她就是如此这般的治理巴比仑的。百姓都在追念我。国王在没有想到把我毒死，把你绞死之前，还算为人正直；一朝宠幸了使性的美人，爱情把他的德性湮没了。圣火节那天，他到庙里来。我看见他跪在我躲藏在神像前面为弥苏弗祈福。我提高着嗓子，向他叫道：“你想谋害一个安分守己的女子，娶上一个无法无天的泼妇：你已经变成暴君，神明不会再接受你的祈祷了。”摩勃达听了好生惭愧，心都乱了。从我嘴里出来的神示和弥苏弗的专横，吓得摩勃达神魂颠倒，不多几天就发了疯。

“国王的发疯成为全国叛乱的讯号，因为百姓都觉得他是受了上天的惩罚。大家抢着武器，纷纷造反。养尊处优，承平日久的巴比仑，一变而为互相残杀，惨不堪言的战场。我被人从神像底下拉出来，做了一个党派的领袖。加陶赶往孟斐斯，找你回巴比仑。伊尔加尼的诸侯听到这些坏消息，又带着军队到加尔提来成立第三个党派。他攻打国王；国王带着荒唐的埃及女人迎战，死于乱枪之下；弥苏弗落在敌人手里。我不幸也被伊尔加尼的党羽掳去，恰好跟弥苏弗同时带去见那位诸侯。他说我比埃及女人更漂亮；你听了这话一定很得意，可是你马上要生气的，因为他把我派入后宫。他很坚决的和我说，等他就要发动的一仗打完之后，就来找我。你想我那时多么痛苦。我跟摩勃达已经毫无关系，满可以和查第格结合了，谁知又给这蛮子套上锁链。我凭着我的身份和志气，尽量拿出我的高傲来跟他顶撞。我一向听说，像我这等人物自有一种天生的威严，一开口，一瞪眼，就能叫胆大妄为的人俯首贴耳。当时我用王后的口气说话，不料人家把我当作侍女看待。伊尔加尼诸侯连话都不屑和我说，只告诉他的黑人太监，说我狂妄无礼，但长得还好看。他吩咐黑太监好生照料，起居饮食和别的宠姬一样，为的是要把我调养得皮肤娇嫩，等他有便枉顾的时候，不至于辱没他的恩泽。我说要自杀；他笑着回答说不会的，这一套玩艺儿，他早已见惯。他走开的时候得意扬扬，好像把一只鹦鹉关进了笼子。你看，一个天下第一位的王后，而且一心向着查第格的人，竟然落到这步田地！”

听了这两句，查第格跪在阿斯达丹前面，在她膝上洒满眼泪。阿斯达丹不胜怜爱的把他扶起，接着说：“我眼看跳不出蛮子的掌心，还有一个妖精般的女人和我关在一起，把我当作情敌。她和我讲她在埃及的事。她所描写的你的相貌，事情发生的时期，你骑的单峰骆驼，还有其他的情形，都使我断定为她打架的人就是查第格。我认为你一定在孟斐斯，便决计逃往那儿。我对她说：‘美丽的弥苏弗，你比我风趣得多，更能替伊尔加尼消愁解闷。你还是帮我逃走，那就是你一个人的天下了；你摆脱了情敌，又促成了我的幸福。’弥苏弗果然帮我设计划策。我便带着一个埃及女奴，私下溜了。

“我快到阿拉伯了，忽然被一个出名的强盗，叫做阿蒲迦的掠去，卖给一批商人；他们又送我进这座奥瞿大人住的宫堡。他买我下来，并不知道我是谁。这家伙生性好吃，一味讲究珍馐美馔，以为上帝生他下来就是为的吃喝。他胖得不可收拾，往往喘不过气来。消化正常的时候，他从来不听医生的话；一朝吃坏了，就任凭医生摆布。这回他信了医生的话，以为吞一条用玫瑰香水煎的四脚蛇，就能治病。因此奥瞿大人许下愿心，女奴之中谁要捉到一条四脚蛇，就能做他的夫人。你瞧，我不是让她们去立功吗？而且自从上天保佑，和你相遇之后，我更没意思去找那四脚蛇了。”

长期压制的心意，两人的苦难和深情，在高尚热烈的心中自然引起许多感触；阿斯达丹和查第格把这些感触诉说完了，又被执掌爱情的天神把他们的话传到维纳斯耳里[1]。

---

① 希腊神话以维纳斯为执掌爱情之神。

那些妇女一无所获，回到奥瞿的宫堡。查第格上门求见，对奥瞿说道："但愿上天降福，保佑您终身安泰！我是医生，听说贵体违和，特意拿着一条用玫瑰香水煎好的四脚蛇赶来。我并不想嫁给您，只求您释放一个巴比仑的青年女奴，她到府上才不过几天。倘若我不能治好你大人的贵恙，我情愿代她在府上当奴隶。"

这个提议被接受了。阿斯达丹带着查第格的仆人动身往巴比仑，答应随时派人送信，报告那边的情形。他们俩的告别和相会一样多情。正如藏特经上说的，离别和聚首是人生两个最重大的时间。查第格爱王后的心，和他的海誓山盟一样深；王后爱查第格的心，比她嘴里说的还要热。

然后查第格对奥瞿说道："大人，我的四脚蛇不是给人吞服的，它的药性必须由您的毛孔吸收；我把它装在一只吹饱了气的口袋里，口袋外面包着一层细腻的皮。您得使尽气力推这个袋，我再把袋扔还给您，这样一来一往要做好几遍：几天之后，您就可看出我的医道如何。"

第一天，奥瞿弄得上气不接下气，累死了。第二天，他疲劳略减，睡得好一些。不到八天，他的精力，健康，轻快的心情，一齐恢复，和年富力强的时代一样。查第格和他说："这是因为您抛了皮球，饮食有了节制。奉告大人：天底下并没有什么四脚蛇①；只要经常运动，饮食有度，就能长保康宁。要求滥吃滥喝和身体强壮两全的办法，正和点铁成金的丹方，占星术与祭司们的神学同样的虚妄。"

奥瞿手下的大医官觉得查第格对医学界是个很大的威胁，便

① 这时所谓四脚蛇，是传说中近乎四脚蛇的一种怪兽。

跟药剂师联合一致，预备打发查第格到他世界去找四脚蛇。老是行善得祸的查第格，为了治好一个贪嘴的贵人，又要性命不保了。他们办了一桌精美的酒席请他，预定在第二道菜上把他毒死；但吃到第一道，来了阿斯达丹的信差。查第格离开饭桌，动身了。伟大的查拉图斯脱拉说过："一个人有了美女垂青，往往能逢凶化吉。"

# 一七　比武

像美丽而落难的后妃一样，阿斯达丹王后回到巴比仑大受欢迎。城中已经比较安定。伊尔加尼的诸侯在某次战役中阵亡了。巴比仑人得胜之余，宣称要挑选一位国君与阿斯达丹结为夫妇。巴比仑的国王兼阿斯达丹的夫君这个天下第一的名位，谁都不愿意让阴谋与党派操纵。大家发誓，非立一个智勇双全的人不可。当下在离城一二十里的地方辟了一个大校场，四周搭起华丽的看台。选手穿着全副武装到场，各人在看台后面有间独立的卧房，不准外人与他相见或是相认。竞赛的项目是先跟四个骑士格斗，再由四战四胜的人互相角逐，以压倒群雄为优胜。优胜的人过四天再来，穿着原来的盔甲，解答祭司们的谜语。解答不出的取消资格。还得重新比武，直到选出一个文武两场都获优胜的人为止；因为群众决定要立一个智勇双全的国王。比赛期间，王后从头至尾都受着严密的监视，只许戴着面网观战，不能和选手交谈，免得有徧袒不公之事。

这便是阿斯达丹报告查第格的消息，她只希望查第格为了她拿出勇气和才智来压倒众人。查第格立即动身，暗中求告爱神维纳斯加强他的勇气，增长他的智力。大会前日，他到了幼发拉的河边。他把自己的徽号，跟别的选手的徽号在一处登记了；然后按照比赛规则，隐着姓名，遮着面部，到抽签排定的房内歇息。查第格的朋友加陶，在埃及白找了他一场。回到巴比仑，叫人把王后赠送的全副盔甲送进他的卧房，还代王后牵来一匹最好的波斯马。查第格看出礼物是阿斯达丹送的，他的勇气与爱情也就添加了新的力量与新的希望。

第二天，王后坐在满缀珠宝的华盖之下；四周的看台上挤满了巴比仑所有的妇女和各个阶级的人。选手登场，把各人的徽号放在大司祭脚下，听候抽签。查第格抽在最后。第一个上场的是个家财富有的贵人，名叫伊多巴，虚荣透顶，胆子很小，身手笨拙，毫无头脑。手下的奴仆说像他这样的人应当做国王，他答道："是的，像我这样的人应当统治天下。"他便从头到脚武装起来：披着黄金的战袍，外浇绿色珐琅，头盔上插着绿色羽毛，枪上缀着绿色丝缨。但看伊多巴骑马的架式，便知巴比仑的王位，上天决不是留给他的。第一个和他交锋的骑士把他挑下马；第二个把他刺翻在马背上，两脚朝天，张着手臂。伊多巴重新坐起，姿势难看之极，引得观众哈哈大笑。第三个武士连枪都不用，只纵上一步，抓着伊多巴的右腿绕了半圈，把他摔在沙地上；值场的马夫笑着赶来，扶他上马。第四个骑士抓着他的左腿，把他向另外一边摔下。他在一片倒彩声中被人送往小房间过夜；这是比赛的规矩。伊多巴勉强拖着身子走去，说道："想不到像我这样的人遇到这样的事！"

其余的选手应付得比较高明。有的接连打败两个骑士，还有连胜三个的。只有奥泰默王爷四战四胜。最后轮到查第格：他姿势优美，一连把四个骑士挑下马去。那就要看奥泰默和查第格两人谁胜谁负了。奥泰默穿着金地蓝花的战袍，羽毛也是蓝的；查第格是白盔白甲。看客分做两派，有的希望穿蓝的得胜，有的希望穿白的得胜。王后心跳不已，只求上天保佑穿白的。

两位争冠军的选手互相冲刺，闪避，矫捷非凡，枪法那么巧妙，坐在鞍上那么稳定：除了王后以外，大家巴不得有两个国王。后来两人的马都累了，枪也断了；查第格使出解数，窜到穿蓝的背后，跃上马背，把他拦腰抱着，摔在地下。奥泰默躺在场上，查第格跨着他的坐骑在他周围打转，表演种种骑马的架式。看台上观众一齐呐喊："白衣武士得胜了！"奥泰默气愤交加，纵起身子，掣出佩剑；查第格从马上跃下，举刀相迎。两人就在地下重新交锋，一忽儿是勇力占先，一忽儿是智巧得势。盔上的羽毛，护臂上钉子，战袍上的锁片，在急攻猛打之下纷纷飞落。两人有时往横里砍去，有时从直里刺来，忽左忽右，不是对着头部，便是照准胸部；或是后退，或是向前；时而分开，时而合拢；他们像蛇一般的蜷做一团，像狮子一般的向前猛扑；刀剑相击，金星乱迸。末了，查第格定了定神，收住刀虚晃一下，一个箭步上前把奥泰默摔倒，劈手夺下他的武器。奥泰默嚷道："噢，白袍选手，巴比仑的王位被你抢去了！"王后快乐得无以复加。穿白的和穿蓝的两位勇士，和别的选手一样，都被照章送往下处歇宿；他们自有一般哑巴侍候，张罗饮食。王后的那个小哑巴是否在那里服侍查第格，只有让读者去猜了。他们单独睡过一晚，第二大早上，冠军还得把徽号送交大司祭查验，同时宣布自己的姓名。

查第格筋疲力尽，虽然心上有爱人，也睡着了。伊多巴住在隔壁，可睡不着。他半夜起来，走进查第格的卧房，偷了查第格的徽号，把绿盔绿甲替换了查第格的白盔白甲。天一亮，伊多巴得意扬扬的去见大司祭，自称为夺得锦标的人。大家没防他这一着；查第格好梦正酣，场上已经宣布伊多巴优胜。阿斯达丹回到巴比仑，心中说不出的惊骇和着急。看台上的人差不多已经散尽，查第格方始醒来。他找他的盔甲，只有一套绿的。身边没有旁的衣服，只有穿上。他又诧异又气恼，恨恨的穿着那装束出场。

看台上和校场上还剩下些人，都把查第格大声吆喝，围着他当面羞辱。从来没有人受过这样的难堪。查第格按捺不住，挥着刀，把欺侮他的群众赶散了，但他不知怎么办。他不能去见王后，也不能追讨王后送的盔甲，恐怕连累她。阿斯达丹固然痛苦万分，查第格也怒火中烧，忧急不已。他沿着幼发拉的河走去，以为命中注定要终身受难，没有救星的了。他把一桩桩的倒楣事儿温了一遍，从厌恶独眼的女人起，到盔甲被盗为止；他心上想："醒得太晚竟会有这样的结果！我只要少睡一会，就能登上巴比仑的王位，做阿斯达丹的丈夫。学问，品行，勇气，从头至尾只替我惹祸招殃。"末了他不免嘀嘀咕咕的咒骂上帝，疑心真有什么残酷的命运操纵一切，欺压善良，保佑穿绿的武士飞黄腾达。他多少伤心事里头，有一件是身上还穿着那套招人笑骂的绿盔绿甲。正好有个商人走过，查第格把那盔甲三钱不值两文的卖了，另外买了件袍子，一顶小帽。这样打扮好了，他沿着幼发拉的河前进，心里只怪怨上帝老是跟他作对。

# 一八　隐士

查第格走在路上遇到一个隐士，令人起敬的白发直挂到腹部，手里捧着一本书，专心一意的念着。查第格站住了，向他深深鞠了一躬。隐者答礼的时候高雅大方，十分和气，引起查第格的好奇心，想跟他攀谈。他问隐士看的什么书。隐者道："是命运之书，要不要看看?"他把书递给查第格。查第格虽则精通好几种文字，看到这本书却一字不识，心里越发奇怪了。和善的老人说道："我看你郁闷得很。"查第格回答："唉！我有我的伤心事啊！"老人接口道："要是你愿意我跟你做伴，也许对你有些好处；有时候我能够在遭难的人心里播下些安慰的种子。"隐士的风度，白须和他手里的书，都叫查第格肃然起敬。他发觉老人的议论中间颇有些卓越的智慧。隐士提到命运，正义，道德，至高无上的善，人类的缺陷，德行与邪恶，都发挥得淋漓尽致，真切动人。查第格听着，觉得有股不可抵抗的力量把他吸住了。他央求老人一路陪他回巴比仑。老人答道："这是我求之不得的。请你用奥洛斯玛特的圣名起誓，在这几天之内，不管我作些什么，你决不离开我。"查第格起了誓，两人便一同出发。

当夜两位旅客走近一座壮丽的宫堡。隐士要求让他和同行的青年借宿。门房俨然像个贵人，摆着一副大施主面孔引他们入内，交给一个总管，由总管带去参观富丽堂皇内室；还让他们坐在桌子下首，和主人一同吃饭。主人对他们望都不望。但他们受到的款待跟大家一样，又周到又丰盛。吃完饭，仆人叫他们在一只镶嵌珐琅和红宝石的金浴盆内洗澡，然后送入一间华丽的卧房安息。第二天早上，仆人给旅客每人一块金洋，把他们打发了。

查第格在路上说道："那主人虽然有些骄傲，人倒宽宏大量，待客非常豪爽。"他这么说着，发觉隐士背的那只大行囊绷得很紧，很大；原来他偷了镶宝石的金浴盆，装在袋里。查第格面上不敢有所表示，心里却好生奇怪。

中午，隐士走到一所很小的屋子门口，要求歇一会脚。屋主是个吝啬的富翁。一个衣衫褴褛的老当差出来接客，口气很粗暴，带他们到马房里，拿出一些霉橄榄，粗面包和坏了的啤酒。隐士和头天晚上吃得一样得意。老当差在旁监视，唯恐他们偷东西，一面还催他们快走。隐士叫他过来，把早上到手的两块金洋给了他，还谢他的照应，接着又道："请你让我跟贵主人说句话。"当差很诧异，带两位旅客进去。隐士见了主人，说道："慷慨的大爷，我受了您这样盛大的招待，不胜感激；送上金盆一只，表示我一点心意，务请收下。"吝啬鬼大吃一惊，几乎仰面朝天摔在地下。他还在那里发愣，隐士已经急急忙忙带着年轻的旅伴走了。查第格说道："师傅，这是什么意思呢？我觉得你和一般人完全不同：一位贵人豪爽非凡的招待你，你倒偷了他一只镶宝石的金盆，拿去送给一个对你这么怠慢的吝啬鬼。"老人答道："孩子，那豪爽的主人招待过客，只是为了沽名钓誉，卖弄财富，从此他可以安份一些；吝啬鬼却会慷慨一些。你别大惊小怪，跟我走就是了。"查第格猜不透这个人究竟是荒唐透顶的疯子，还是大智大慧的哲人；但隐士的话说得好不威严，查第格又起过誓，只得跟着他走。

傍晚，他们俩走到一所建筑精美而朴素的屋子，既不显得奢华，也不显得俭啬。主人是个退休的哲学家，安安静静的在那里修心养性，但并不感到无聊。他造了这所隐居；对过往旅客无不竭诚招待，没有一点炫耀的意味。他亲自出来迎接两位客人，让他们先到一间舒服的房内歇息。一会儿，他亲自来陪他们去吃饭，菜肴精美可口。吃饭中间，他谈到巴比仑最近的革命，说话很得体。他似乎真心爱戴王后，希望查第格能参加这次比武，竞争王位。“但是，”他又说，“百姓就不配有一个像查第格那样的国君。”查第格听着脸红了，心里越发痛苦。他们谈话之间，都承认世界上的事情不能永远合乎圣人贤士的心意。隐者始终认为大家不明白天意所在，只看到一鳞半爪而判断全局是不对的。

接着谈到情欲。查第格道：“啊！情欲真是祸水！”隐士回答：“那好比鼓动巨帆的风；有时大风过处，全舟覆没；但没有风，船又不能行动。胆汁使人发怒，使人害病；但没有胆汁又不能活命。世界上没有一样东西不危险，又没有一样东西少得了。”

然后又提到快乐；隐士断定那是神明的恩赐，他说：“因为人的感觉与思想都不是自发的，一切都从外界得来；苦与乐，跟人的生命同样来自外界。”

查第格大为惊异，怎么一个行为如此荒唐的人，说理会如此透彻。彼此又愉快又得益的谈了一会，主人把他们带往卧室，感谢上天送了两位道高德重的客人上门。他送他们钱，态度大方自然，决不令人难堪。隐者辞谢了。他向主人告别，声明天不亮就得动身回巴比仑。宾主依依不舍的作别；查第格尤其敬重这样一位可爱的人，对他仰慕不置。

隐士和查第格进入卧房，谈了半天赞美主人的话。天才透亮，老人唤醒同伴，说道：“该动身了；可是趁大家还在睡觉，我要给主人留些纪念，表示我的敬意和好意。”说着，他拿起一个火把，点着屋子。查第格吓得大叫，拦着他，不让他作出这样狠毒的事。但隐士力气很大，把查第格拉着就走。屋子已经着火。两人走了好一程，隐士又停下来，若无其事的看火烧，说道："谢谢上帝，我这主人翁真有福气，他的屋子从上到下，整个儿毁了！"听着这几句，查第格又想笑出来，又想把尊严的老人骂一顿，打一顿，又想自个儿逃跑。结果他一样都没有做，只是震于老人的威严，身不由主的跟着他去过最后一宿。

那是在一个寡妇家里，她又慈悲又贤德，有一个十四岁的侄儿，非常可爱，是她唯一的希望。寡妇想尽办法款待他们。第二天，她吩咐侄儿送两位客人过一座桥，桥新近断了，是个危险的口子。少年挺殷勤的走在他们前面。到了桥上，隐士招呼少年道："你过来，我要表示对你叔母的感激。"他揪着少年的头发，把他摔在河里。孩子掉下去，在水面上冒了一冒，被急流吞没了。查第格嚷道："噢，你这个禽兽！你这个十恶不赦的坏蛋！"隐士打断了他的话，说道："你不是答应我耐性的吗？告诉你，在那天火烧的屋子底下，主人得了大宗藏金；至于这个被上帝处死的孩子，一年之内要谋杀他的叔母，两年之内要谋杀你。"查第格嚷道："谁告诉你的，蛮子？即使你看了那本命运之书，预先知道这些事，孩子又没得罪你，怎么能把他淹死？"

查第格正说着，发觉老人的须没有了，脸变得跟年轻人一样。隐士的服装不见了；通体放光，色相庄严的身上，长出四个美丽的翅膀。查第格扑在地下，叫道："噢，天使！噢，天神！原来你是从天而降，来感化一个凡夫俗子，要他顺从千古不变的法则的。"天使奥斯拉答道："凡人一事不知，事事臆断。不过芸芸众生，最值得我点醒的还是你。"查第格道："我不敢相信自己的判断；可是请你替我解释一个疑问：训导那个孩子，使他一心向善，不是比把他淹死更好吗？"奥斯拉回答："他要是一心向善，要是活在世上，命中注定他将来要跟他的女人和儿子一齐被人谋害。”查第格道：“怎么！难道世界上非有罪恶与灾祸不可吗？好人一定得遭难吗？”奥斯拉答道：“恶人终究是苦恼的：他们的作用不过是磨练世上少数的正人君子；须知善恶相生，没有一种恶不生一点儿善果的。”——“可是。”查第格道，“假定有善无恶又怎么呢？”奥斯拉答道：“那末这世界不是这样的世界了；世事演变也将受另外一类的智慧调度；那种完善的智慧只存在于天国之内，因为恶是不能接近上帝的。上帝造出无数的世界，没有一个相同。变化无穷的种类就是他法力无边的象征。地球上没有两张相同的树叶，无垠的太空没有两个相同的星球。你生活在一颗原子上面，你所看到的都是由一个无所不包的主宰，根据永久不变的法则使它们各居其位，生逢其时。大家以为刚才死掉的那个孩子是偶然落水的，那所屋子是偶然起火的；可是天下没有一桩出于偶然的事；什么都是考验，或是惩罚，或是奖赏，或是预防。你别忘了那个渔夫，他自认为天下最倒楣的人。奥洛斯玛特却派你改变了他的命运。弱小的人啊，你应当崇拜主宰，别跟他反抗。”查第格说：“可是……”言犹未了，天使已经往十重天上飞去。查第格心悦诚服，跪在地下颂赞上帝。天使却在云端里对他大声叫着：“上巴比仑去罢。”

# 一九　猜谜

查第格怔住了，好像一个霹雳打在他身边；他茫茫然走着。进巴比仑那天，参加过比武的人已经在王宫的大厅上会齐，预备解释谜语，答复大司祭的问题。除了绿袍武士，其余的都到了。查第格在城里才露面，就被群众围住；他们把他百看不厌的瞧着，嘴里不住的祝福，心里不住的祝祷，但愿他能统治天下。眼红的阿利玛士看见他走过，马上浑身发抖，掉过头去。众人抬着查第格，直送到会场。王后听说查第格来了，一边存着希望，一边觉得害怕，心里七上八下，说不出的焦急：她既不明白查第格怎么会丢了盔甲，更不明白伊多巴怎么会穿着白的。查第格一到，场上就唧唧哝哝，起了一阵骚动。大家重新见到他，惊喜交集；但当天的会只有比过武的人才能出席。

查第格说道："我跟别的选手一样比过武；但我的盔甲今天给另外一个人穿在身上。我要求先解答谜语，再提出我参加过竞赛的证据。"大会把这件事付表决：查第格诚实不欺的名声还深深的印在众人心里，大家便毫不迟疑，允许他参加了。

大司祭先提出一个问题：世界上哪样东西是最长的又是最短的，最快的又是最慢的，最能分割的又是最广大的，最不受重视的又是最受惋惜的；没有它，什么事都作不成；它使一切渺小的东西归于消灭，使一切伟大的东西生命不绝？

轮到伊多巴发言。他回答说像他这样的人是不懂什么谜语的，只要一刀一枪胜过别人就行了。其余的人，有的说谜底是运气，有的说是地球，又有的说是光线。查第格认为是时间。他说：“最长的莫过于时间，因为它永无穷尽；最短的也莫过于时间，因为我们所有的计划都来不及完成；在等待的人，时间是最慢的；在作乐的人是最快的；它可以扩展到无穷大，也可以分割到无穷小；当时谁都不加重视，过后谁都表示惋惜；没有它，什么事都作不成；不值得后世纪念的，它都令人忘怀；伟大的，它都使它们永垂不朽。”全场一致认为查第格的解释是对的。

第二谜语是：什么东西得到的时候不知感谢，有了的时候不知享受，给人的时候心不在焉，失掉的时候不知不觉？

各人说出各人的答案。只有查第格猜中是生命。其余的谜语，查第格都同样轻而易举的解答了。伊多巴口口声声说，这是最容易不过的事，只要他肯费心，他照样能应对如流。接着又问到正义，问到至高无上的善，问到治国之道。查第格的回答都被认为最有道理。有人说道：“可惜这样一个聪明人武艺这样不行。”

查第格道：“求诸位大人明鉴，我曾经在比武场中战胜群雄。白盔白甲是我的。伊多巴大人趁我睡着的时候把它拿去了，大概他认为比绿的更合适。现在让他穿着从我那儿拿去的漂亮盔甲，我只穿着长袍，我预备凭我的剑在诸位面前向伊多巴证明，打败英勇的奥泰默的不是他，而是我。”

伊多巴心里十拿九稳，接受了挑战。他觉得戴着头盔，穿着战袍，裹着护臂，打败一个身穿便衣，头戴睡帽的敌人，真是太方便了。查第格向王后行了礼，拔出剑来；王后瞧着他，又快活又害怕。伊多巴掣出剑来，对谁都不理。他往查第格直冲过去，仿佛勇猛非凡。他打算劈开查第格的脑袋。查第格躲过了，挺着剑的后三段往对方的剑尖只一砍，就把伊多巴的剑斩断了。查第格随即抱着伊多巴的身子把他摔倒，剑尖指着他胸甲的隙缝。说道：“要不让我解除武装，我就要你性命。”伊多巴始终觉得奇怪，像他那样的人竟会处处失利；当下他听凭摆布。查第格不慌不忙，脱下他漂亮的头盔，华丽的胸甲，好看的护臂，明晃晃的护腿，披戴在自己身上，奔过去拜倒在阿斯达丹脚下。加陶毫不费事的证明了这盔甲原是查第格的。大会一致通过，立查第格做国王；阿斯达丹的赞成，尤其不在话下。她受了那么多灾难，终于苦尽甘来，看到她那举世钦仰的爱人做了她的丈夫。伊多巴回到家里称孤道寡去了。查第格登了王位，十分快乐。他心上记着奥斯拉天使的话，也没忘了沙子变成钻石的事。王后和他都敬爱上帝。查第格让使性的美人弥苏弗天南地北的流浪。但他把强盗阿蒲迦召来，封他一个体面的军职，答应他只要做一个真正的军人，将来还有高官厚爵可得；倘使胆敢重操旧业，一定把他吊死。

赛多克和他美丽的妻子阿莫娜，从阿拉伯奉诏而来，管理巴比仑的贸易。加陶论功行赏，授了官职，极受宠爱。他做了王上的朋友。全世界的君主唯独这位国王有一个朋友。小哑巴也没有被遗忘。渔夫得了一所美丽的屋子；奥刚罚出一大笔钱赔偿渔夫，还得归还他妻子；但渔夫已经醒悟，只收了赔款。

美丽的赛弥尔因为错认查第格会变做独眼，后悔不迭；阿曹拉因为想割掉查第格的鼻子，痛哭不已。查第格送了礼物去安慰她们。眼红的阿利玛士羞愤交加，一病不起。从此天下太平，说不尽的繁荣富庶，盛极一时。国内的政治一以公平仁爱为本。百姓都感谢查第格，查第格却是感谢上天。

# 老实人

Lao Shi Ren

# 第一章　老实人在一座美丽的宫堡中怎样受教育，怎样被驱逐

从前威斯发里地方，森特－登－脱龙克男爵大人府上，有个年轻汉子，天生的性情最是和顺。看他相貌，就可知道他的心地。他颇识是非，头脑又简单不过；大概就因为此，人家才叫他做老实人。府里的老佣人暗中疑心，他是男爵的姊妹和邻近一位安分善良的乡绅养的儿子；那小姐始终不肯嫁给那绅士，因为他旧家的世系只能追溯到七十一代，其余的家谱因为年深月久，失传了。

男爵是威斯发里第一等有财有势的爵爷，因为他的宫堡有一扇门，几扇窗。大厅上还挂着一幅毡幕。养牲口的院子里所有的狗，随时可以编成狩猎大队；那些马夫是现成的领队；村里的教士是男爵的大司祭。他们都称男爵为大人；他一开口胡说八道，大家就跟着笑。

男爵夫人体重在三百五十斤上下，因此极有声望，接见宾客时那副威严，越发显得她可敬可佩。她有个十七岁的女儿居内贡，面色鲜红，又嫩又胖，教人看了馋涎欲滴。男爵的儿子样样都跟父亲并驾齐驱。教师邦葛罗斯是府里的圣人，老实人年少天真，一本诚心的听着邦葛罗斯的教训。

邦葛罗斯教的是一种包罗玄学、神学、宇宙学的学问。他很巧妙的证明天下事有果必有因，又证明在此最完美的世界上，男爵的宫堡是最美的宫堡，男爵夫人是天底下好到不能再好的男爵夫人。

他说："显而易见，事无大小，皆系定数；万物既皆有归宿，此归宿自必为最美满的归宿。岂不见鼻子是长来戴眼镜的吗？所以我们有眼镜。身上安放两条腿是为穿长裤的，所以我们有长裤。石头是要人开凿，盖造宫堡的，所以男爵大人有一座美轮美奂的宫堡；本省最有地位的男爵不是应当住得最好吗？猪是生来给人吃的，所以我们终年吃猪肉；谁要说一切皆善简直是胡扯，应当说尽善尽美才对。"

老实人一心一意的听着，好不天真的相信着；因为他觉得居内贡小姐美丽无比，虽则从来没胆子敢对她这么说。他认定第一等福气是生为男爵；第二等福气是生为居内贡小姐；第三等福气是天天看到小姐；第四等福气是听到邦葛罗斯大师的高论，他是本省最伟大的，所以是全球最伟大的哲学家。

有一天，居内贡小姐在宫堡附近散步，走在那个叫做猎场的小树林中，忽然瞥见丛树之间，邦葛罗斯正替她母亲的女仆，一个很俊俏很和顺的棕发姑娘，上一课实验物理学。居内贡小姐素来好学，便屏气凝神，把她亲眼目睹的，三番四复搬演的实验，观察了一番。她清清楚楚看到了博学大师的根据，看到了结果和原因；然后浑身紧张，胡思乱想的回家，巴不得做个博学的才女；私忖自己大可做青年老实人的根据，老实人也大可做她的根据。

回宫堡的路上，她遇到老实人，不由得脸红了；老实人也脸红了；她跟他招呼，语不成声；老实人和她答话，不知所云。第二天，吃过中饭，离开饭桌，居内贡和老实人在一座屏风后面；

居内贡把手帕掉在地下，老实人捡了起来；她无心的拿着他的手，年轻人无心的吻着少女的手，那种热情，那种温柔，那种风度，都有点异乎寻常。两人嘴巴碰上了，眼睛射出火焰，膝盖直打哆嗦，手往四下里乱动。森特－登－脱龙克男爵打屏风边过，一看这个原因这个结果，立刻飞起大腿，踢着老实人的屁股，把他赶出大门。居内贡当场晕倒，醒来挨了男爵夫人一顿巴掌。于是最美丽最愉快的宫堡里，大家为之惊惶失措。

# 第二章　老实人在保加利亚人中的遭遇

老实人，赶出了地上的乐园，茫无目的，走了好久，一边哭一边望着天，又常常回头望那座住着最美的男爵小姐的最美的宫堡。晚上饿着肚子，睡在田里；又遇着大雪。第二天，老实人冻僵了，挣扎着走向近边一个市镇，那市镇叫做伐特勃谷夫－脱拉蒲克－狄克陶夫。他一个钱没有，饿得要死，累得要死。好不愁闷的站在一家酒店门口。两个穿蓝衣服①的人把他看在眼里，其中一个对另外一个说："喂，伙计，这小伙子长得怪不错，身量也合格。"他们过来很客气的邀他吃饭。老实人挺可爱挺谦逊的答道："承蒙相邀，不胜荣幸，无奈我囊空如洗，付不出份头啊。"两个穿蓝之中的一个说："啊，先生，凭你这副品貌才具，哪有破钞之理！你不是身长五尺半吗？"老实人鞠了一躬，道："不错，我正是五尺半高低。"——"啊。先生，坐下吃饭罢；我们不但要替你惠钞，而且决不让你这样一个人物缺少钱用；患难相助，人之天职，可不是吗？"老实人回答："说得有理；邦葛罗

① 当时招募新兵的差役都穿蓝制服。

斯先生一向这么告诉我的；我看明白了，世界真是安排得再好没有。”两人要他收下几块银洋，他接了钱，想写一张借据，他们执意不要。宾主便坐下吃饭。他们问：“你不是十分爱慕？……”老实人答道：“是啊，我十分爱慕居内贡小姐。”两人之中的一个忙说：“不是这意思；我们问你是否爱慕保加利亚国王？”老实人道：“不，我从来没见过他。”——“怎么不？他是天底下最可爱的国王，应当为他干杯。”——“好罢，我遵命就是了。”说着便干了一杯。两人就说：“得啦得啦，现在你已经是保加利亚的柱石，股肱，卫士，英雄了；你利禄也到手了，功名也有望了。”随即把老实人上了脚镣，带往营部，叫他向左转，向右转，扳上火门，扳下火门，瞄准，开放，快步跑，又赏他三十军棍。第二天他操练略有进步，只挨了二十棍；第三天只吃了十棍，弟兄们都认为他是天才。

老实人莫名其妙，弄不清他怎么会成为英雄的。一日，正是美好的春天，他想出去溜溜，便信步前行，满以为随心所欲的调动两腿，是人和动物共有的权力。还没走上七八里地，四个身长六尺的英雄追上来，把他捆起，送进地牢。他们按照法律规定，问他喜欢哪一样：还是让全团弟兄鞭上三十六道呢，还是脑袋里同时送进十二颗子弹？他声明意志是自由的，他两样都不想要；只是枉费唇舌，非挑一样不可。他只能利用上帝的恩赐，利用所谓自由，决意挨受三十六道鞭子。他挨了两道。团里共有两千人，两道就是四千鞭子：从颈窝到屁股，他的肌肉与神经统统露在外面了。第三道正要开始，老实人忍受不住，要求额外开恩，干脆砍掉他的脑袋。他们答应了，用布条蒙住他的眼睛，教他跪下。恰好保加利亚国王在旁走过，问了犯人的罪状；国王英明无比，听了老实人的情形，知道他是个青年玄学家，世事一窍不通，便把他赦免了；这宽大的德政，将来准会得到每份报纸每个世纪的颂扬。一位热心的外科医生，用希腊名医狄俄斯戈里传下的伤药，不出三星期就把老实人治好。他已经长了些新皮，能够走路了，保加利亚王和阿伐尔①王却打起仗来。

① 阿伐尔人一称阿巴尔人，为匈奴族的一支，曾于七、八世纪时侵入欧洲，后为查理曼大帝逐走；自第十世纪后即不见史乘。服尔德仅以之为寓言材料，读者幸勿以史实绳之。

# 第三章 老实人怎样逃出保加利亚人的掌握，以后又是怎样的遭遇

两支军队的雄壮，敏捷，辉煌和整齐，可以说无与伦比。喇叭，横笛，长箫，军鼓，大炮，合奏齐鸣，连地狱里也从来没有如此和谐的音乐，先是大炮把每一边的军队轰倒六千左右。排枪又替最美好的世界扫除了九千到一万名玷污地面的坏蛋。刺刀又充分说明了几千人的死因。总数大概有三万上下。老实人像哲学家一样发抖，在这场英勇的屠杀中尽量躲藏。

两国的国王各自在营中叫人高唱吾主上帝，感谢神恩；老实人可决意换一个地方去推敲因果关系了。他从已死和未死的人堆上爬过去，进入一个邻近的村子，只见一片灰烬。那是阿伐尔人的村庄，被保加利亚人依照公法焚毁的。这儿是戳满窟窿的老人，眼睁睁的看着他们被杀的妻子，怀中还有婴儿衔着血污的奶头；那儿是满足了英雄们的需要，被开肠破肚的姑娘，正在咽最后一口气；又有些烧得半死不活的，嚷着求人结果他们的性命。地下是断臂折腿，旁边淌着脑浆。

老实人拔步飞奔，逃往另外一个村子：那是保加利亚人的地方；阿伐尔人对付他们的手段也一般无二。老实人脚下踩着的不是瓦砾，便是还在扭动的肢体。他终于走出战场，褡裢内带着些

干粮，念念不忘的想着居内贡小姐。到荷兰境内，干粮完了；但听说当地人人皆是富翁，并且是基督徒，便深信他们待客的情谊决不亚于男爵府上。就是说和他没有为了美丽的居内贡而被逐的时代一样。

他向好几位道貌岸然的人求布施，他们一致回答，倘若他老干这一行，就得送进感化院，教教他做人之道。

接着他看见一个人在大会上演讲，一口气讲了一个钟点，题目是乐善好施。他讲完了，老实人上前求助。演说家斜视着他，问道："你来干什么？你是不是排斥外道，拥护正果的？"老实人很谦卑的回答："噢！天下事有果必有因；一切皆如连锁，安排得再妥当没有。我必须从居内贡小姐那边被赶出来，必须挨鞭子。我必须讨面包，讨到我能自己挣面包为止。这都是必然之事。"演说家又问："朋友，你可相信教皇是魔道吗①？"老实人回答："我还没听见这么说过；他是魔道也罢，不是魔道也罢，我缺少面包是真的。"那人道："你不配吃面包；滚开去，坏蛋；滚，流氓，滚，别走近我。"演说家的老婆在窗口探了探头，看到一个不信教皇为魔道的人，立刻向他倒下一大……噢，天！妇女的醉心宗教竟会到这个地步！

一个未受洗礼的，再浸礼派②信徒，名叫雅各，看到一个同胞，一个没有羽毛而有灵魂的两足动物，受到这样野蛮无礼的待遇，便带他到家里，让他洗澡，给他面包，啤酒，送他两个弗洛冷③，还打算教老实人进他布厂学手艺，布厂的出品是荷兰织造，

---

① 荷兰在宗教革命时代为新教徒的大本营，当然反对教皇。

② 再浸礼派为基督教中的一个小派，认为婴儿受洗完全无效，必于成人后再行洗礼。该派起源于十六世纪，正当日耳曼若干地区发生农民革命的时期。

③ 弗洛冷为一种货币名称，十三世纪起由翡冷翠政府发行，原为金币。以后各国皆有仿制，并改铸为银币，法、荷、奥诸国均有。

而叫作波斯呢的一种印花布。老实人差不多扑在他脚下，叫道："邦葛罗斯老师早告诉我了，这个世界上样样都十全十美；你的慷慨豪爽，比着那位穿黑衣服的先生和他太太的残酷，使我感动多了。"

第二天，他在街上闲逛，遇到一个化子，身上长着脓疱，两眼无光，鼻尖烂了一截，嘴歪在半边，牙齿乌黑，说话逼紧着喉咙，咳得厉害，呛一阵就掉一颗牙。

# 第四章　老实人怎样遇到从前的哲学老师邦葛罗斯博士，和以后的遭遇

老实人一见之下，怜悯胜过了厌恶，把好心的雅各送的两个弗洛冷给了可怕的化子。那鬼一样的家伙定睛瞧着他，落着眼泪，向他的脖子直扑过来。老实人吓得后退不迭。“唉！”那个可怜虫向这个可怜虫说道：“你认不得你亲爱的邦葛罗斯了吗？”——“什么！亲爱的老师，是你？你会落到这般悲惨的田地？你碰上了什么倒楣事呀？干么不住在最美的宫堡里了？居内贡小姐，那女中之宝，天地的杰作，又怎么了呢？”邦葛罗斯说道：“我支持不住了。”老实人便带他上雅各家的马房，给他一些面包；等到邦葛罗斯有力气，老实人又问：“那末居内贡呢？”——“她死了。”老实人一听这话就晕了过去。马房里恰好有些坏醋，邦葛罗斯拿来把老实人救醒了。他睁开眼叫道：“居内贡死了！啊，最美好的世界到哪里去了？她害什么病死的？莫非因为看到我被她令尊大人一边踢，一边赶出了美丽的宫堡吗？”邦葛罗斯答道：“不是的；保加利亚兵先把她蹂躏得不像样了，又一刀戳进她肚子；男爵上前救护，被乱兵砍了脑袋；男爵夫人被人分尸，割作几块；我可怜的学生和他妹妹的遭遇完全一样；宫堡变了平地，连一所谷仓，一头羊，一只鸭子，一棵树都不留

了；可是人家代我们报了仇，阿伐尔人对近边一个保加利亚男爵的府第，也如法泡制。”

听了这番话，老实人又昏迷了一阵；等到醒来，把该说的话说完了，便追问是什么因，什么果，什么根据，把邦葛罗斯弄成了这副可怜的形景。邦葛罗斯答道：“唉，那是爱情啊；是那安慰人类，保存世界，为一切有情人的灵魂的、甜蜜的爱情啊。”老实人也道：“噢！爱情，这个心灵的主宰，灵魂的灵魂，我也领教过了。所得的酬报不过是一个亲吻，还有屁股上挨了一二十下。这样一件美事，怎会在你身上产生这样丑恶的后果呢？”

于是邦葛罗斯说了下面一席话：“噢，亲爱的老实人！咱们庄严的男爵夫人有个俊俏的侍女，叫做巴该德，你不是认识的吗？我在她怀中尝到的乐趣，赛过登天一般；乐趣产生的苦难却像堕入地狱一样，使我浑身上下受着毒刑，巴该德也害着这个病，说不定已经死了。巴该德的那件礼物，是一个芳济会神甫送的；他非常博学，把源流考证出来了：他的病是得之于一个老伯爵夫人，老伯爵夫人得之于一个骑兵上尉，骑兵上尉得之于一个侯爵夫人，侯爵夫人得之于一个侍从，侍从得之于一个耶稣会神甫，耶稣会神甫当修士的时候，直接得之于哥仑布的一个同伴。至于我，我不会再传给别人了，我眼看要送命的了。”

老实人嚷道：“噢，邦葛罗斯！这段家谱可离奇透了！祸根不都在魔鬼身上吗？”——“不是的。”那位大人物回答，“在十全十美的世界上，这是无可避免的事，必不可少的要素。固然这病不但毒害生殖的本源，往往还阻止生殖，和自然界的大目标是相反的；但要是哥仑布没有在美洲一座岛上染到这个病，我们哪会有巧克力，哪会有作胭脂用的胭脂虫颜料？还得注意一点：至此为止，这病和宗教方面的争论一样，是本洲独有的。土耳其人，印度人，波斯人，中国人，暹罗人，日本人，都还没见识过；可是有个必然之理，不出几百年，他们也会领教的。目前这病在我们中间进步神速，尤其在大军之中，在文雅，安分，操纵各国命运的佣兵所组成的大军之中；倘有三万人和员额相等的敌军作战，每一方面必有两万人身长毒疮。”

老实人道：“这真是妙不可言。不过你总得医啊。”邦葛罗斯回答：“我怎么能医？朋友，我没有钱呀。不付钱，或是没有别人代付钱，你走遍地球也不能放一次血①，洗一个澡。”

听到最后几句，老实人打定了主意；他去跪在好心的雅各面前，把朋友落难的情形说得那么动人，雅各竟毫不迟疑，招留了邦葛罗斯博士，出钱给他治病。治疗的结果，邦葛罗斯只损失了一只眼睛和一只耳朵。他笔下很来得，又精通算术。雅各派他当账房。过了两月，雅各为了生意上的事要到里斯本去，把两位哲学家带在船上。邦葛罗斯一路向他解释，世界上一切都好得无以复加。雅各不同意。他说：“无论如何，人的本性多少是变坏了，他们生下来不是狼，却变了狼。上帝没有给他们二十四磅的大炮②，也没有给他们刺刀；他们却造了刺刀大炮互相毁灭。多少起的破产，和法院攫取破产人财产，侵害债权人利益的事。我可以立一本清账。”独眼博士回答道：“这些都是应有之事，个人的苦难造成全体的幸福；个人的苦难越多，全体越幸福。”他们正在这么讨论，忽然天昏地黑，狂风四起，就在望得见里斯本港口的地方，他们的船遇到了最可怕的飓风。

---

① 至十九世纪中叶为止，放血为欧洲最普遍的一种治疗方法，其作用略如吾国民间之“放痧”。

② 二十四磅炮即发射二十四磅重的炮弹的炮。

# 第五章　飓风，覆舟，地震；邦葛罗斯博士，老实人和雅各的遭遇

船身颠簸打滚，人身上所有的液质①和神经都被搅乱了：这些难以想象的痛苦使半数乘客软瘫了，快死了，没有气力再为眼前的危险着急。另外一半乘客大声叫喊，作着祷告。帆破了，桅断了，船身裂了一半。大家忙着抢救，七嘴八舌，各有各的主意，谁也指挥不了谁。雅各帮着做点儿事；他正在舱面上，被一个发疯般的水手狠狠一拳，打倒在地；水手用力过猛，也摔出去倒挂着吊在折断的桅杆上。好心的雅各上前援救，帮他爬上来；不料一使劲，雅各竟冲下海去，水手让他淹死，看都不屑一看。老实人瞧着恩人在水面上冒了一冒，不见了。他想跟着雅各跳海；哲学家邦葛罗斯把他拦住了，引经据典的说：为了要淹死雅各，海上才有这个里斯本港口的。他正在高谈因果以求证明的当口，船裂开了，所有的乘客都送了性命，只剩下邦葛罗斯，老实人和淹死善人雅各的野蛮水手；那坏蛋很顺利的泅到了岸上；邦葛罗斯和老实人靠一块木板把他们送上陆地。

他们惊魂略定，就向里斯本进发；身边还剩几个钱，只希望

① 此液质（humeur）指人身内部的各种液体，如血，淋巴等等。

凭着这点儿盘川，他们从飓风中逃出来的命，不至于再为饥饿送掉。

一边走一边悼念他们的恩人；才进城，他们觉得地震了①。港口里的浪像沸水一般往上直冒，停泊的船给打得稀烂。飞舞回旋的火焰和灰烬，盖满了街道和广场；屋子倒下来，房顶压在地基上，地基跟着坍毁；三万名男女老幼都给压死了。水手打着唿哨，连咒带骂的说道："哼，这儿倒可以发笔财呢。"邦葛罗斯说："这现象究竟有何根据呢?"老实人嚷道："啊！世界末日到了!"水手闯进瓦砾场，不顾性命，只管找钱，找到了便揣在怀里；喝了很多酒，醉醺醺的睡了一觉，在倒坍的屋子和将死已死的人中间，遇到第一个肯卖笑的姑娘，他就掏出钱来买。邦葛罗斯扯着他袖子，说道："朋友，使不得，使不得；你违反理性了，干这个事不是时候。"水手答道："天杀的，去你的罢！我是当水手的，生在巴太维亚；到日本去过四次，好比十字架上爬过四次，理性，理性，你的理性找错了人了!"

几块碎石头砸伤了老实人；他躺在街上，埋在瓦砾中间，和邦葛罗斯说道："唉，给我一点儿酒和油罢；我要死了。"邦葛罗斯答道："地震不是新鲜事儿；南美洲的利马去年有过同样的震动；同样的因，同样的果；从利马到里斯本，地底下准有一道硫磺的伏流。"——"那很可能。"老实人说；"可是看上帝份上，给我一些油和酒呀。"哲学家回答："怎么说可能？我断定那是千真万确的事。"老实人晕过去了，邦葛罗斯从近边一口井里拿了点水给他。

第二天，他们在破砖碎瓦堆里爬来爬去，弄到一些吃的，略微长了些气力。他们跟旁人一同救护死里逃生的居民。得救的人

① 影射一七五五年十一月七日的里斯本地震。

中有几个请他们吃饭，算是大难之中所能张罗的最好的一餐不用说，饭桌上空气凄凉得很；同席的都是一把眼泪，一口面包。邦葛罗斯安慰他们，说那是定数：“因为那安排得不能再好了；里斯本既然有一座火山，这座火山就不可能在旁的地方。因为物之所在，不能不在，因为一切皆善。”。

旁边坐着一位穿黑衣服的矮个子，是异教裁判所的一个小官；他挺有礼貌的开言道：“先生明明不信原始罪恶了；倘使一切都十全十美，人就不会堕落，不会受罚了①。”

邦葛罗斯回答的时候比他礼貌更周到：“敬请阁下原谅，鄙意并非如此。人的堕落和受罚，在好得不能再好的世界上，原是必不可少的事。”那小官儿又道：“先生莫非不信自由吗？”邦葛罗斯答道：“敬请阁下原谅；自由与定数可以并存不悖；因为我们必须自由，因为坚决的意志……”邦葛罗斯说到一半，那小官儿对手下的卫兵点点头，卫兵便过来替他斟包多酒或是什么奥包多酒。

---

① 最后两句指亚当与夏娃偷食禁果之事。

# 第六章　怎样的举办功德大会禳解地震，老实人怎样的被打板子

地震把里斯本毁了四分之三，地方上一般有道行的人，觉得要防止全城毁灭，除了替民众办一个大规模的功德会，别无他法。科印勃勒大学[①]的博士们认为，在庄严的仪式中用文火活活烧死几个人，是阻止地震万试万灵的秘方。

因此他们抓下一个波斯加伊人。两个葡萄牙人；波斯加伊人供认娶了自己的干亲妈[②]，葡萄牙人的罪名是吃鸡的时候把同煮的火腿扔掉。刚吃过饭的邦葛罗斯和他的门徒老实人也被捕了，一个是因为说了话，一个是因为听的神气表示赞成。两人被分别带进一间十分凉快，永远不会受到阳光刺激的屋子。八天以后，他们俩穿上特制的披风，头上戴着尖顶纸帽：老实人的披风和尖帽，画的是倒垂的火焰，一些没有尾巴没有爪子的魔鬼；邦葛罗斯身上的魔鬼又有尾巴又有爪子，火焰是向上的。他们装束停当[③]，跟着大队游行，听了一篇悲壮动人的讲道，紧跟着又是很

① 科印勃勒大学为葡萄牙有名的大学。一七五六年六月二十日，葡萄牙确曾举办此种“功德大会”。

② 教徒受洗时有教父教母各一人，干亲妈为教父对教母的称谓。

③ 十六七世纪时，异教裁判所执行火刑时，犯人装束确如作者所述。

美妙的几部合唱的音乐。一边唱歌，一边就有人把老实人按着节拍打屁股。皮斯加伊人和两个吃鸡没吃火腿的葡萄牙人，被烧死了，邦葛罗斯是吊死的，虽然这种刑罚与习惯不合。当天会后，又轰隆隆的来了一次惊心动魄的地震[1]。

老实人吓得魂不附体，目瞪口呆，头里昏昏沉沉，身上全是血迹，打着哆嗦，对自己说道："最好的世界尚且如此，别的世界还了得？我挨打屁股倒还罢了，保加利亚人也把我打过的；可是亲爱的邦葛罗斯！你这个最伟大的哲学家！我连你罪名都不知道，竟眼看你吊死，难道是应该的吗？噢，亲爱的雅各，你这个最好的好人，难道应该淹死在港口里吗？噢，居内贡小姐，你这女中之宝，难道应当被人开肠剖肚吗？"

老实人听过布道，打过屁股，受了赦免，受了祝福，东倒西歪，挣扎着走回去，忽然有个老婆子过来和他说："孩子，鼓起勇气来，跟我走。"

---

① 一七五五年十二月二十一日葡萄牙再度地震。

# 第七章　一个老婆子怎样的照顾老实人，老实人怎样的重遇爱人

老实人谈不到什么勇气，只跟着老婆子走进一所破屋：她给他一罐药膏叫他搽，又给他饮食；屋内有一张还算干净的床，床边摆着一套衣服。她说："你尽管吃喝；但愿阿多夏的圣母，巴杜的圣·安东尼，刚波斯丹的圣·雅各，一齐保佑你：我明儿再来。"老实人对于见到的事，受到的灾难，始终莫名其妙，老婆子的慈悲尤其使他诧异。他想亲她的手。老婆子说道："你该亲吻的不是我的手；我明儿再来。你搽着药膏，吃饱了好好的睡罢。"

老实人虽则遭了许多横祸，还是吃了东西，睡着了。第二天老婆子送早点来，看了看他的背脊，替他涂上另外一种药膏；过后又端中饭来；傍晚又送夜饭来。第三天，她照常办事。老实人紧盯着问："你是谁啊？谁使你这样大发善心的？教我怎么报答你呢？"好心的女人始终不出一声；晚上她又来了，却没有端晚饭，只说："跟我走，别说话。"她扶着他在野外走了半里多路，到一所孤零零的屋子，四周有花园，有小河。老婆子在一扇小门上敲了几下。门开了；她带着老实人打一座暗梯走进一个金漆小房间，叫他坐在一张金银铺绣的便榻上，关了门，走了。老实人

以为是做梦，他把一生看作一个恶梦，把眼前看做一个好梦。

一忽儿老婆子又出现了，好不费事的扶着一个浑身发抖的女子，庄严魁伟，戴着面网，一派的珠光宝气。老婆子对老实人说：“你来，把面网揭开。”老实人上前怯生生的举起手来。哪知不揭犹可，一揭就出了奇事！他以为看到了居内贡小姐；他果然看到了居内贡小姐，不是她是谁！老实人没了气力，说不出话，倒在她脚下。居内贡倒在便榻上。老婆子灌了许多酒，他们才醒过来，谈话了：先是断断续续的一言半语，双方同时发问，同时回答，不知叹了多少气，流了多少泪，叫了多少声。老婆子教他们把声音放低一些，丢下他们走了。老实人和居内贡说：“怎么，是你！你还活着！怎么会在葡萄牙碰到你？邦葛罗斯说你被人强奸，被人开肠剖肚，都是不确的吗？”美丽的居内贡答道：“一点不假。可是一个人受了这两种难，不一定就死的。”——“你爸爸妈妈被杀死，可是真的？”——“真的。”居内贡哭着回答。——“那么你的哥哥呢？”——“他也被杀了。”——“你怎么在葡萄牙的？怎么知道我也在这里？你用了什么妙计，教人带我到这屋子来的？”那女的说道：“我等会告诉你。你先讲给我听：从你给了我纯洁的一吻，被踢了一顿起，到现在为止，经过些什么事？”

老实人恭恭敬敬听从了她的吩咐。虽则头脑昏沉，声音又轻又抖，脊梁还有点儿作痛，他仍是很天真的把别后的事统统告诉她。居内贡眼睛望着天；听到雅各和邦葛罗斯的死，不免落了几滴眼泪。接着她和老实人说了后面一席话，老实人一字不漏的听着，目不转睛的瞅着她，仿佛要把她吞下去似的。

# 第八章　居内贡的经历

“我正躺在床上，睡得很熟，不料上天一时高兴，打发保加利亚人到我们森特－登－脱龙克美丽的宫堡中来；他们把我父亲和哥哥抹了脖子，把我母亲割做几块。一个高大的保加利亚人，身长六尺，看我为了父母的惨死昏迷了，就把我强奸；这一下我可醒了，立刻神志清楚，大叫大嚷，拼命挣扎，口咬，手抓，恨不得挖掉那保加利亚高个子的眼睛，我不知道我父亲宫堡中发生的事原是常有的。那蛮子往我右腋下戳了一刀，至今还留着疤。”天真的老实人道：“哎哟！我倒很想瞧瞧这疤呢。”居内贡回答：“等会给你瞧。先让我讲下去。”——“好，讲下去罢。”老实人说。

她继续她的故事：“那时一个保加利亚上尉闯进来，看我满身是血，那兵若无其事，照旧干他的。上尉因为蛮子对他如此无礼，不禁勃然大怒，就在我身上把他杀了；又叫人替我包扎伤口，带往营部作为俘虏。我替他煮饭洗衣，其实也没有多少内衣可洗。不瞒你说，他觉得我挺美；我也不能否认他长的挺漂亮，皮肤又白又嫩；除此以外，他没有什么思想，不懂什么哲学；明明没受过邦葛罗斯博士的熏陶。过了三个月，他钱都花完了，对我厌倦了，把我卖给一个犹太人，叫做唐·伊萨加，在荷兰与葡萄牙两地做买卖的，极好女色。他对我很中意，可是占据不了；我抗拒他不像抗拒保加利亚兵那样软弱。一个清白的女子可能被强奸一次，但她的贞操倒反受了锻炼。

“犹太人想收服我，送我到这座乡下别墅来。我一向以为森特－登－脱龙克宫堡是世界上最美的屋子，现在才发觉我错了。

“异教裁判所的大法官有天在弥撒祭中见到我，用手眼镜向我瞄了好几回，叫人传话，说有机密事儿和我谈。我走进他的府第，说明我的出身；他解释给我听，让一个以色列人霸占对我是多么有失身份。接着有人出面向唐·伊萨加提议，要他把我让给法官大人。唐·伊萨加是宫廷中的银行家，很有面子，一口回绝了。大法官拿功德会吓他。犹太人受不了惊吓，讲妥了这样的条件：这所屋子跟我作为他们俩的共有财产，星期一、三、六，归犹太人，余下的日子归大法官。这协议已经成立了六个月。争执还是有的；因为决不定星期六至星期日之间的那一夜应该归谁。至于我，至今对他们俩一个都不接受，大概就因为此，他们对我始终宠爱不衰。

“后来为了禳解地震，同时为了吓吓唐·伊萨加，大法官办了一个功德大会。我很荣幸的被邀观礼，坐着上席；弥撒祭和行刑之间的休息时期，还有人侍候女太太们喝冷饮。看到两个犹太人和娶了干亲妈的那个老实的皮斯加伊人被烧死，我的确非常恐怖，但一见有个身穿披风，头戴纸帽的人，脸孔很像邦葛罗斯，我的诧异，惊惧，惶惑，更不消说了。我抹了抹眼睛，留神细看；他一吊上去，我就昏迷了。我才苏醒，又看到你剥得精赤条条的；我那时的恐怖，错愕，痛苦，绝望，真是达于极点。可是老实说，你的皮肤比我那保加利亚上尉的还要白，还要红得好看。我一见之下，那些把我煎熬把我折磨的感觉更加强了。我叫着嚷着，想喊：‘喂，住手呀！你们这些蛮子！’只是喊不出声音，而且即使喊出来也未必有用。等你打完了屁股，我心里想：怎么大智大慧的邦葛罗斯和可爱的老实人会在里斯本，一个挨了鞭子，一个被吊死？而且都是把我当作心肝宝贝的大法官发的命令！邦葛罗斯从前和我说，世界上一切都十全十美；现在想来，竟是残酷的骗人话。

“紧张，慌乱，一忽儿气得发疯，一忽儿四肢无力，快死过去了；我头脑乱糟糟的，想的无非是父母兄长的惨死，下流的保加利亚兵的蛮横，他扎我的一刀，我的沦为奴仆，身为厨娘，还有那保加利亚上尉，无耻的唐·伊萨加，卑鄙的大法官，邦葛罗斯博士的吊死，你挨打屁股时大家合唱的圣诗，尤其想着我最后见到你的那天，在屏风后面给你的一吻。我感谢上帝教你受尽了折磨仍旧回到我身边来。我吩咐侍候我的老婆子照顾你，能带到这儿来的时候就带你来。她把事情办得很妥当。现在能跟你相会，听你说话，和你谈心，我真乐死了。你大概饿极了罢；我肚子闹饥荒了；来，咱们先吃饭罢。”

两人坐上饭桌；吃过晚饭，又回到上文提过的那张便榻上；他们正在榻上的时候，两个屋主之中的一个，唐·伊萨加大爷到了。那天是星期六，他是来享受权利，诉说他的深情的。

# 第九章　居内贡，老实人，大法官和犹太人的遭遇

自从以色列国民被移置巴比仑到现在，这伊萨加是性情最暴烈的希伯来人了①。他说："什么！你这加利利②的母狗，养了大法官还不够，还要我跟这个杂种平分吗？"说着抽出随身的大刀，直扑老实人，没想到老实人也有武器。咱们这个威斯发里青年，从老婆子那儿得到衣服的时候也得了一把剑。他虽是性情和顺，也不免拔出剑来，教以色列人直挺挺的横在美丽的居内贡脚下。

她嚷起来："圣母玛丽亚！怎么办呢？家里出了人命了！差役一到，咱们就完啦。"老实人说："邦葛罗斯要没有吊死，在这个危急的关头，一定能替咱们出个好主意，因为他是大哲学家。既然他死了，咱们去跟老婆子商量罢。"她非常乖巧，刚开始发表意见，另外一扇小门又开了。那时已经半夜一点，是星期日了。这一天是大法官的名分。他进来，看见打过屁股的老实人握

---

① 希伯来族自所罗门王薨后，分为犹太与以色列两国，纪元前六世纪为巴比仑王尼布甲尼撒二世征服。大批希伯来人被移往巴比仑为奴。西方所谓希伯来人，以色列人，犹太人，皆指同一民族。

② 加利利人为异教徒对基督徒之称谓，因伊萨加为犹太人，居内贡为基督徒。

着剑，地下躺着个死人，居内贡面无人色，老婆子正在出主意。

那时老实人转的念头是这样的："这圣徒一开口叫人，我就万无侥幸，一定得活活烧死；他对居内贡也可能如法泡制。他多狠心，叫人打我屁股；何况又是我的情敌；现在我杀了人，被他当场撞见，不能再三心两意了。"这些念头来得又快又清楚；他便趁大法官还在发愣的当口，马上利剑一挥，把他从前胸戳到后背，刺倒在犹太人旁边。"啊，又是一个！"居内贡说。"那还有宽赦的希望吗？我们要被驱逐出教，我们的末日到了。你性子多和顺，怎么不出两分钟会杀了一个犹太人一个主教的①？"老实人答道："美丽的小姐，一个人动了爱情，起了妒性，被异教裁判所打了屁股，竟变得连自己也认不得了。"

老婆子道："马房里有三匹安达鲁齐马，鞍辔俱全；叫老实人去套好牲口；太太有的是金洋钻石；快快上马，奔加第士去；我只有半个屁股好骑马，也顾不得了；天气很好，趁夜凉赶路也是件快事。"

老实人立刻把三匹马套好。居内贡，老婆子和他三人一口气直赶了四五十里。他们在路上逃亡的期间，公安大队到了那屋子；他们把法官大人葬在一所华丽的教堂内，把犹太人扔在垃圾堆上。

老实人，居内贡和老婆子，到了莫雷那山中的一个小镇，叫做阿伐赛那。他们在一家酒店里谈了下面一段话。

---

① 异教裁判所的法官均系高级的教士兼的。

# 第一〇章　老实人，居内贡和老婆子怎样一贫如洗的到加第士，怎样的上船

居内贡一边哭一边说：“啊，谁偷了我的比斯多①和钻石的？教咱们靠什么过活呢？怎么办呢？哪里再能找到大法官和犹太人，给我金洋和钻石呢？”老婆子道：“唉！昨天晚上有个芳济会神甫，在巴大育和我们宿在一个客栈里，我疑心是他干的事；青天在上，我决不敢冤枉好人，不过那神甫到我们房里来过两次，比我们早走了不知多少时候。”老实人道：“哎啊！邦葛罗斯常常向我证明，尘世的财富是人类的公产，人人皆得而取之。根据这原则，那芳济会神甫应当留下一部分钱，给我们做路费。美丽的居内贡，难道他什么都不留给我们吗？”她说：“一个子儿都没留。”老实人道：“那怎办呢？”老婆子道：“卖掉一匹马罢；我虽然只有半个屁股，还是可以骑在小姐背后；这样我们就可以到加第士了。”

小客栈中住着一个本多会修院的院长，花了很低的价钱买了马。老实人，居内贡和老婆子，经过罗赛那，基拉斯，莱勃列克撒，到了加第士。加第士正在编一个舰队，招募士兵，预备教巴

---

① 比斯多为西班牙的一种金币。

拉圭的耶稣会神甫①就范，因为有人告他们煽动某个部落反抗西班牙与葡萄牙的国王。老实人在保加利亚吃过粮，便到那支小小的远征军中，当着统领的面表演保加利亚兵操，身段动作那么高雅，迅速，利落，威武，矫捷，统领看了，立即分拨一连步兵归他统率。他当了上尉，带着居内贡小姐，老婆子，两名当差和葡萄牙异教裁判所大法官的两匹安达鲁齐马，上了船。

航行途中，他们一再讨论可怜的邦葛罗斯的哲学。老实人说："现在咱们要到另外一个世界去了；大概那个世界是十全十美的。因为老实说，我们这儿的物质生活和精神生活，的确有点儿可悲可叹。"居内贡道："我真是一心一意的爱你，可是我所看到的，所经历的，使我还惊慌得很呢。"——"以后就好啦。"老实人回答；"这新世界的海洋已经比我们欧洲的好多了；浪更平静，风也更稳定。最好的世界一定是新大陆。"居内贡说："但愿如此！可是在我那世界上，我遭遇太惨了，几乎不敢再存什么希望。"老婆子说："你们都怨命；唉！你们还没受过我那样的灾难呢。"居内贡差点儿笑出来，觉得老婆子自称为比她更苦命，未免可笑；她道："哎！我的老妈妈，除非你被两个保加利亚兵强奸，除非你肚子上挨过两刀，除非你有两座宫堡毁掉，除非人家当着你的面杀死了你两个父亲两个母亲，除非你有两个情人在功德会中挨打，我就不信你受的灾难会超过我的；还得补上一句：我是七十二代贵族之后，身为男爵的女儿，结果竟做了厨娘。"——"小姐。"老婆子回答，"你不知道我的出身；你要是看到我的屁股，就不会说这种话，也不会下这个断语了。"这两句话大大的引起了居内贡和老实人的好奇心。老婆子便说出下面一番话来。

---

① 南美之巴拉圭于十七世纪时为西班牙属国，西王腓列伯三世授权耶稣会教士统治，直至一七六七年此神权政治方始告终。

# 第一一章　老婆子的身世

“我不是一向眼睛里长满红筋，眼圈这么赤红的；鼻子也不是一向碰到下巴的，我也不是一向当佣人的。我是教皇厄尔彭十世和巴莱斯德利那公主生的女儿；十四岁以前住的王府，把你们日耳曼全体男爵的宫堡做它的马房还不配；威斯发里全省的豪华，还抵不上我一件衣衫。我越长越美，越风流，越多才多艺；我享尽快乐，受尽尊敬，前程远大。我很早就能挑动人家的爱情了。乳房慢慢的变得丰满，而且是何等样的乳房！又白，又结实，模样儿活像梅迭西斯的《维纳斯》① 身上的。还有多美的眼睛！多美的眼皮！多美的黑眉毛！两颗眼珠射出来的火焰，像当地的诗人们说的，直盖过了天上的星光。替我更衣的女佣人们，常常把我从前面看到后面，从后面看到前面，看得出神了，所有的男人都恨不得做她们的替工呢。

“我跟玛沙－加拉的王子订了婚。啊！一位多么体面的王子！长得跟我一样美，说不尽的温柔，风雅，而且才华盖世，热情如

---

① 希腊古雕塑中有许多维纳斯像，均系杰作。后人均以掘得该像之所在地，或获得该像之诸侯之名名之。梅迭西斯为文艺复兴期统治翡冷翠的大族。

火。我爱他的情份就像初恋一样，对他五体投地，如醉若狂。婚礼已经开始筹备了。场面的伟大是空前未有的；连日不断的庆祝会，骑兵大操，滑稽歌剧；全意大利争着写十四行诗来歌颂我，我还嫌没有一首像样的。我快要大喜的时候，一个做过王子情妇的老侯爵夫人，请他到家里去喝巧克力茶。不到两小时，他抽搐打滚，形状可怕，竟自死了。这还不算一回事。我母亲绝望之下，——其实还不及我伤心，——想暂时离开一下那个不祥之地。她在迦伊埃德附近有块极好的庄田。我们坐着一条本国的兵船，布置得金碧辉煌，好比罗马圣·比哀教堂的神龛。谁知海盗半路上来袭击，上了我们的船。我们的兵不愧为教皇的卫队，他们的抵抗是丢下枪械，跪倒在地，只求饶命。

"海盗立即把他们剥得精光，像猴子一般；我的母亲，我们的宫女，连我自己都在内。那些先生剥衣服手法的神速，真可佩服。但我还有更诧异的事呢：他们把手指放在我们身上的某个部分，那是女人平日只让医生安放套管的。这个仪式，我觉得很奇怪。一个人不出门就难免少见多怪。不久我知道，那是要瞧瞧我们有没有隐藏什么钻石。在往来海上的文明人中间，这风俗由来已久，从什么时代开始已经不可考了。我知道玛德会的武士们①俘获土耳其人的时候，不论男女，也从来不漏掉这个手续；这是没有人违反的一条公法。

"一个年轻公主，跟着母亲被带住摩洛哥去当奴隶，那种悲惨也不必细说了。在海盗船上受的罪，你们不难想象。我母亲还非常好看；我们的宫女，连一个普通女仆的姿色，也是全非洲找不出来的。至于我，长得那么迷人，赛过天仙下凡，何况还是个处女。但我的童贞并没保持多久：我替俊美的王子保留的一朵

① 玛德会一名耶路撒冷的圣·约翰会，为基督旧教中的一个宗派，纯属军事性质的教会团体；创于十一世纪，以地中海的玛德岛为根据地。

花，给海盗船上的船长硬摘了去。他是一个奇丑无比的黑人，自以为大大抬举了我呢。不必说，巴莱斯德利那公主和我，身体都很壮健，因些受尽折磨，还能捱到摩洛哥。闲言少叙；这些事也太平常了，不值一提。

“我们到的时节，摩洛哥正是一片血海。摩莱·伊斯玛伊皇帝的五十个儿子各有党派；那就有了五十场内战；黑人打黑人，黑人打半黑人①，半黑人打半黑人，黑白混血种人打黑白混血种人。整个帝国变了一个日夜开工的屠宰场。

“才上岸，与我们的海盗为敌的一帮黑人，立刻过来抢他的战利品。最贵重的东西，除了钻石与黄金，就要算到我们了。我那时看到的厮杀，你们休想在欧洲地面上看到；这是水土关系。北方人没有那种热血。对女人的疯劲也不像在非洲那么普遍。欧洲人血管里仿佛羼着牛奶；阿特拉斯山②一带居民，血管里有的是硫酸，有的是火。他们的厮杀就像当地的狮虎毒蛇一般猛烈，目的是要抢我们。一个摩尔人抓着我母亲的右臂，我船上的大副抓着她的左臂，一个摩尔兵拽着她的一条腿，我们的一个海盗拽着另外一条。全体妇女几乎同时都被四个兵扯着。船长把我藏在他身后，手里握着大弯刀；敢冒犯他虎威的，他都来一个杀一个。临了，所有的意大利妇女，连我母亲在内，全被那些你争我夺的魔王撕裂了，扯做几块。海盗，俘虏，兵，水手，黑人，半黑人，白人，黑白混血种人，还有我那船长，全都死了；我压在死人底下，只剩一口气。同样的场面出现在一千多里的土地上，可是谟罕默德规定的一天五次祈祷，从来没耽误。

“我费了好大气力，从多少鲜血淋漓的尸首下面爬出来，一步一步，挨到附近一条小溪旁边，一株大橘树底下：又惊又骇，

① 半黑人指皮肤黝黑，近于紫铜色的人。
② 阿特拉斯为北非大山脉，主山在摩洛哥境内。

又累又饿，不由得倒下去了。我疲倦已极，一忽儿就睡着；那与其说是休息，不如说是晕厥。正当我困惫昏迷，半死半活的时候，忽然觉得有件东西压在我身上乱动。睁开眼来，只见一个气色很好的白种人，叹着气，含含糊糊说出几个意大利字：多倒楣啊，一个人没有了……

# 第一二章　老婆子遭难的下文

“我听到本国的语言惊喜交集，那句话也同样使我诧异。我回答他说，比他抱怨的更倒楣的事儿，多得很呢。我三言两语，说出我才经历的悲惨事儿，但我精神又不济了。他抱我到邻近一所屋子里，放在床上，给我吃东西，殷勤服侍，好言相慰，恭维我说，他从来没见过我这样的美人儿，他对自己那个无可补救的损失，也从来没有这样懊恼过。他道：‘我生在拿波里；地方上每年要阉割两三千儿童：有的割死了，有的嗓子变得比女人的还好听，又有的大起来治理国家大事①。我的手术非常成功，在巴莱斯德利那公主府上当教堂乐师。’我叫起来：‘那是我的母亲啊！’——‘你的母亲！’他哭着嚷道。‘怎么！你就是我带领到六岁的小公主吗？你现在的才貌，那时已经看得出了。’——‘是我呀；我母亲就在离开这儿四百步的地方，被人剁了几块，压在一大堆死尸底下……’

“我告诉了他前前后后的遭遇；他也把他的经历告诉了我。某基督教强国派他来见摩洛哥王，商量一项条约，规定由某强国

① 影射西班牙的加洛·勃罗斯儿（1705—1782），他被封为贵族，执掌朝政，烜赫一时。

供给火药，大炮，船只，帮助摩洛哥王破坏别个基督教国家的商业。那太监说：‘我的使命已经完成，正要到葛太去搭船，可以带你回意大利。可是多倒楣啊，一个人没有……’

“我感动得流下泪来，向他千恩万谢。但他并不带我回意大利，而是带往阿尔泽，把我卖给当地的总督。我刚换了主人，蔓延欧、亚、非三洲的那场大瘟疫，就在阿尔泽发作了，来势可真不小。你们见过地震，可是，小姐，你可曾见过鼠疫？”——“没有。”男爵小姐回答。

老婆子又道：“要是见过，你们就会承认比地震可怕得多。鼠疫在非洲是常事；我也传染了。你们想想罢：一个教皇的女儿，只有十五岁，短短三个月时间就变做赤贫，变做奴隶，几乎天天被强奸，眼看母亲的肢体四分五裂，自己又尝遍饥饿和战争的味道，在阿尔泽得了九死一生的鼠疫。可是我竟没有死。不过我那个太监和总督，以及总督的姬妾，都送了命。

“可怕的鼠疫第一阵袭击过了以后，总督的奴隶被一齐出卖。有个商人把我买下来，带往突尼斯，转卖给另一个商人；他带我上的黎波里，又卖了；从的黎波里卖到亚历山大，从亚历山大卖到斯麦那，从斯麦那卖到君士坦丁堡。最后我落入苏丹御林军中的一军官手里，不久他奉派出去，帮阿左夫抵抗围困他们的俄罗斯人①。

“那军官是个多情种子，把全部姬妾都带着走，安置在阿左夫海口上一个小炮台里，拨两个黑人太监和二十名士兵保护。我们这边杀了无数俄罗斯人，俄罗斯人也照样回敬我们。阿左夫变了一片火海血海，男女老幼无一幸免，只剩下我们的小炮台；敌人打算教我们活活饿死；可是二十名卫队早就赌神发咒，决不投

---

① 影射一六九五至一六九六年间的战事。服尔德当时正为其所著的《俄国史》搜集材料。

降。他们饿极了，没有办法，只得拿两名太监充饥，生怕违背他们发的愿。几天以后，他们决意吃妇女了。

“我们有个很虔诚很慈悲的回教祭司，对卫兵恳切动人的讲了一次道，劝他们别把我们完全杀死。他说：‘你们只消把这些太太们割下半个屁股，就可大快朵颐；倘若再有需要，过几天还有这么丰盛的一餐等着你们。你们这种大慈大悲的行为，足以上感苍天，得到救助的。’

“他滔滔雄辩，把卫兵说服了。我们便受了这个残酷的手术。祭司拿阉割的儿童用的药膏，替我们敷上。我们差不多全要死下来了。

“卫兵们刚吃完我们供应的筵席，俄罗斯人已经坐了平底船冲进来，把卫兵杀得一个不留。俄罗斯人对我们的情形不加理会。幸而世界上到处都有法国军医；其中有个本领挺高强的来救护我们，把我们治好了。我一辈子也不会忘记，我的伤疤完全结好的那天，他就向我吐露爱情。同时还劝我们大家别伤心；说好几次围城的战争都发生同样的事，那是战争的定律。

“等到我的同伴们都能走路了，就被带往莫斯科。分派之下，我落在一个贵族手里；他叫我种园地，每天赏我二十鞭子。两年之后，宫廷中互相倾轧的结果，我那位爵爷和三十来个别的贵族，都被凌迟处死。我乘机逃走，穿过整个俄罗斯，做了多年酒店侍女，先是在里加，后来在罗斯托克，维斯玛，来比锡，卡塞尔，攸德累克德，来顿，海牙，罗忒达姆。贫穷和耻辱，磨得我人也老了；我只剩着半个屁股，永远忘不了是教皇之女；几百次想自杀，却始终丢不下人生。这个可笑的弱点，大概就是我们的致命伤：时时刻刻要扔掉的枷锁，偏偏要继续背下去；一面痛恨自己的生命，一面又死抓不放；把咬你的毒蛇搂在怀里抚摩，直到它吃掉你的心肝为止：这不是愚不可及是什么？

“在我命里要飘流过的地方上，在我当过侍女的酒店里，诅咒自己生命的人，我不知见过多多少少；但自愿结束苦命的，只见到十二个：三个黑人，四个英国人，四个日内瓦人，还有一个叫做罗贝克的德国教授。最后我在犹太人唐·伊萨克家当老妈子；他派我服侍你，美丽的小姐；我关切着你的命运，对你的遭遇比对我自己的还要操心。我永远不会提到自己的苦难，要不是你们把我激了一下，要不是船上无聊，照例得讲些故事消遣消遣。总而言之，小姐，我有过经验，见过世面；你不妨请每个乘客讲一讲他们的历史，借此解闷；只要有一个人不自怨其生，不常常自命为世界上最苦的人，你尽管把我倒提着摔下海去。”

# 第一三章　老实人怎样的不得不和居内贡与老婆子分离

美丽的居内贡听了老婆子的故事，便按照她的身份与品德，向她施礼。居内贡也听了老婆子的主意，邀请全体乘客挨着次序讲自己的身世。老实人和居内贡听着，承认老婆子有理。老实人说："可惜葡萄牙的功德大会不照规矩，把大智大慧的邦葛罗斯吊死了；要不然他对于海陆两界的物质与精神的痛苦，准能发挥一套妙论，而我也觉得颇有胆气，敢恭恭敬敬的向他提出几点异议。"

每个乘客讲着他的故事，不觉航行迅速，已经到了布韦诺斯·爰累斯①。居内贡，老实人上尉和老婆子，一同去见唐·斐南多总督，他有伊巴拉②，腓加罗阿，玛斯卡林，朗波尔陶和索萨五处封邑。那位大人拥有这么多头衔，自然有一副高傲的气概，配合他的身份。他和人说话，用的是鄙夷不屑的态度，鼻子举得那么高，嗓子喊得那么响，口吻那么威严，神情那么傲慢，使晋见的人都恨不得揍他一顿。他好色若命，觉得居内贡是他生

---

① 即今南美阿根廷的京城。

② 伊巴拉等五个名字，乃一七五八年九月谋刺葡萄牙王凶犯之名。作者借作总督封邑之名。

平第一次见到的美人儿，一开口便问她是不是上尉的老婆。老实人看了问话的神气吓了一跳：他既不敢说是老婆，因为她其实不是；又不敢说是姊妹，因为她其实也不是；虽则这一类的谎话在古人中很通行①，对今人也有很多方便，但老实人太纯洁了，不敢有半点儿隐瞒，便道："承蒙居内贡小姐不弃，已经答应下嫁小人，我们还要请大人屈尊，主持婚礼呢。"

唐·斐南多·特·伊巴拉翘起胡子，狞笑了一下，吩咐老实人去检阅部队。老实人只得遵命；总督留下居内贡小姐，向她表示热情，宣布第二天就和她成婚，不管在教堂里行礼还是用别的仪式，他太喜欢她的姿色了。居内贡要求宽限一刻钟，让她定定神，跟老婆子商量一下，而她自己也得打个主意。

老婆子对居内贡说："小姐，你没有一个小钱，空有七十二代的家谱；总督是南美洲最有权有势的爵爷，长着一绺漂亮胡子；要做总督夫人只在你自己手里。莫非你还心高气傲，打算苦熬苦守，从一而终吗？你已经被保加利亚人强奸；一失身于犹太人，再失身于大法官。吃苦吃多了，也该尝尝甜头。换了我，决不三心两意，一定嫁给总督大人，一方面提拔老实人，帮他升官发财。"老婆子正凭着年龄与经验，说着这番考虑周详的话，港口里却驶进一条小船，载着一个法官和几名差役。事情是这样的：

老婆子原没猜错，当初居内贡和老实人匆匆忙忙逃走，在巴大育镇上失落的珠宝，的确是一个宽袍大袖的芳济会神甫偷的。他想把一部分宝石卖给一个珠宝商，珠宝商识破是大法官的东西。神甫被吊死以前，供认珠宝是偷来的，说出失主的面貌行踪。官方发觉了居内贡和老实人逃亡的路由，一直追踪到加第

---

① 此系隐指亚伯拉罕在基拉尔地方伪称妻子为妹的故事，详见《旧约·创世纪》第二十章。

士，到了加第士，立即派一条船跟着来。那船已经进入布韦诺斯·爱累斯港，外面纷纷传说，有个法官就要上岸，缉捕谋杀大主教的凶手。机灵的老婆子当下心生一计，对居内贡说道："你不能逃，也不用怕，杀大主教的不是你；何况总督喜欢你，决不让人家得罪你的，你尽管留在这儿。"她又赶去找老实人，说道："快快逃罢；要不然一小时之内，你就得送上火刑台。"事情果然紧急，一刻都耽误不得；可是怎么舍得下居内贡呢？又投奔哪儿去呢？

# 第一四章　老实人与加刚菩，在巴拉圭的耶稣会士中受到怎样的招待

老实人曾经在加第士雇了一个当差。在西班牙沿海和殖民地上，那种人是很多的。他名叫加刚菩，四分之一是西班牙血统，父亲是图库曼①地方的一个混血种。他当过助祭童子，圣器执事，水手，修士，乐器工匠，大兵，跟班。加刚菩非常喜欢他的东家，因为东家待人宽厚。当下他抢着把两匹安达鲁齐马披挂停当，说道："喂，大爷，咱们还是听老婆子的话，三十六着走为上。"老实人掉着泪说："噢！我亲爱的居内贡！总督大人正要替我们主婚了，我倒反而把你扔下来吗？路远迢迢的来到这里，你如今怎么办呢？"加刚菩道："由她去罢，女人家自有本领；她有上帝保佑；咱们快走罢。"——"你把我带往哪儿呢？咱们上哪里去呢？没有了居内贡，咱们如何是好呢？"——"哎。"加刚菩回答，"你原本是要去攻打耶稣会士的，现在不妨倒过来，去替他们出力。我认得路，可以送你到他们国内；他们手下能有个会保加利亚兵操的上尉，要不高兴才怪！你将来一定飞黄腾达。这边不得意，就上那边去。何况广眼界，干点儿新鲜事也怪有

① 图库曼为今阿根廷的一个省份。

趣的。”

老实人问：“难道你在巴拉圭耽过吗？”加刚菩道：“怎么没耽过？我在阿松西翁学院做过校役，我对于耶稣会政府，跟加第士的街道一样熟。那政府真是了不起。国土纵横千余里，划作三十行省。神甫们无所不有，老百姓一无所有；那才是理智与正义的杰作。以我个人来说，我从来没见过像那些神甫一样圣明的人，他们在这里跟西班牙王葡萄牙王作战，在欧洲听西班牙王葡萄牙王的忏悔；在这里他们见到西班牙人就杀，在玛德里把西班牙人送上天堂；我觉得有意思极了；咱们快快赶路罢。包你此去成为世界上第一个有福的人。神甫们知道有个会保加利亚兵操的上尉投奔，不知要怎样快活哩！”

到了第一道关塞，加刚菩告诉哨兵，说有个上尉求见司令。哨兵把话传到守卫本部，守卫本部一个军官亲自去报告司令。老实人和加刚菩的武器先被缴掉，两匹安达鲁齐马也被扣下，两个陌生人从两行卫兵中间走过去，行列尽头便是司令：他头戴三角帽，撩起着长袍，腰里挂着剑，手里拿着短枪。他做了一个记号，二十四个兵立刻把两个生客团团围住。一个班长过来传话，要他们等着，司令不能接见，因为省长神甫不在的时节，不许任何西班牙人开口，也不许他们在本地逗留三小时以上。加刚菩问：“那末省长神甫在哪儿呢？”班长答道：“他做了弥撒，阅兵去了；要过三个钟点，你们才能亲吻他的靴尖。”——“可是。”加刚菩说，“敝上尉是德国人，不是西班牙人。他和我一样饥肠辘辘；省长神甫没到以前，能不能让我们吃顿早饭？”

班长立即把这番话报告司令。司令说：“感谢上帝！既然是德国人，我就可以跟他说话了。带他到我帐下来。”老实人便进入一间树荫底下的办公厅，四周是绿的云石和黄金砌成的列柱，十分华丽；笼内养着鹦鹉，蜂雀，小纹鸟和各种珍异的飞禽。黄金的食器盛着精美的早点；巴拉圭土人正捧着木盅在大太阳底下吃玉蜀黍，司令官却进了办公厅。

司令少年英俊，脸颊丰满，白皮肤，好血色，眉毛吊得老高，眼睛极精神，耳朵绯红，嘴唇红里带紫，眉宇之间有股威武的气概，但不是西班牙人的，也不是耶稣会士的那种威武。老实人和加刚菩的兵器马匹都发还了；加刚菩把牲口拴在办公厅附近，给它们吃燕麦，时时刻刻瞟上一眼，以防万一。

老实人先亲吻了司令的衣角，然后一同入席。耶稣会士用德文说道："你原来是德国人？"老实人回答："是的，神甫。"两人这么说着，都不由自主的觉得很惊奇，很激动。耶稣会士又问："你是德国哪个地方的？"——"敝乡是该死的威斯发里省。我的出生地是森特－登－脱龙克宫堡。"——"噢，天！怎么可能呢？"那司令嚷着。老实人也叫道："啊！这不是奇迹吗？"司令问："难道竟是你吗？"老实人道："这真是哪里说起！"两人往后仰了一交，随即互相拥抱，眼泪像小溪一般直流。"怎么，神甫，你就是美人居内贡的哥哥吗？就是被保加利亚人杀死的，就是男爵大人的儿子吗？怎么又在巴拉圭做了耶稣会神甫？这世界真是太离奇了。噢，邦葛罗斯！邦葛罗斯！你要不是吊死的话，又该怎么高兴啊！"

几个黑奴和巴拉圭人端着水晶盂在旁斟酒，司令教他们回避了。他对上帝和圣·伊涅斯①千恩万谢，把老实人搂在怀里；两人哭做一团。老实人道："再告诉你一件事，你还要诧异，还要感动，还要莫名其妙哩。你以为令妹居内贡被人戳破肚子，送了性命；其实她还在人世，健康得很呢。"——"在哪里？"——"就在近边，在布韦诺斯·爱累斯的总督府上；我是特意来帮你

---

① 圣·伊涅斯（1491—1556）一名圣·伊涅斯·特·雷育拉，为耶稣会的创办。

们打仗的。”他们那次长谈，每句话都是奇闻。两人的心都跳上了舌尖，滚到了耳边，在眼内发光。因为是德国人，他们的饭老吃不完；一边吃一边等省长神甫回来。司令官对老实人讲了下面一番话。

# 第一五章　老实人怎样杀死他亲爱的居内贡的哥哥

“我一世也忘不了那悲惨的日子，看着父母被杀，妹妹被强奸。等到保加利亚人走了，大家找来找去，找不到我心爱的妹子。七八里以外，有一个耶稣会的小教堂：父亲，母亲，我，两个女佣人和三个被杀的男孩子，都给装上一辆小车，送往那儿埋葬。一位神甫替我们洒圣水，圣水咸得要命，有几滴洒进了我的眼睛；神甫瞧见我眼皮眨了一下，便摸摸我的心，觉得还在跳，就把我救了去。三个星期以后，我痊愈了。亲爱的老实人，你知道我本来长得挺好看，那时出落得越发风流倜傥；所以那修院的院长，克罗斯德神甫，对我友谊深厚，给我穿上候补修士的法衣；过了一晌又送我上罗马。总会会长正在招一批年轻的德国耶稣会士。巴拉圭的执政不欢迎西班牙的耶稣会士，喜欢用外国籍教士，觉得容易管理。总会会长认为我宜于到那方面去传布福音。所以我们出发了，一共是三个人，一个波兰人，一个提罗尔人，一个就是我。一到这儿，我就荣任少尉和助理祭司之职；现在已经升了中校，做了神甫。我们对待西班牙王上的军队毫不客气；我向你担保，他们早晚要被驱逐出教，被我们打败的。你这是上帝派来帮助我们的。告诉我，我的妹子可是真的在近边，在布韦诺斯·爱累斯总督那儿?”老实人赌神发咒，回答说那是千真万确的事。于是两人又流了许多眼泪。

男爵再三再四的拥抱老实人，把他叫做兄弟，叫做恩人。他说："啊，亲爱的老实人，说不定咱们俩将来打了胜仗，可以一同进城去救出我的妹子来。"老实人回答："这正是我的心愿；我早打算娶她的，至今还抱着这个希望。"——"怎么！混蛋！"男爵抢着说。"我妹妹是七十二代贵族之后，你好大胆子，竟想娶她？亏你有这个脸，敢在我面前说出这样狂妄的主意！"老实人听了这话呆了一呆，答道："神甫，家谱有什么用？我把你妹妹从一个犹太人和一个大法官怀中救出来，她很感激我，愿意嫁给我。老师邦葛罗斯常说的，世界上人人平等；我将来非娶她不可。"——"咱们走着瞧罢，流氓！"那森特－登－脱龙克男爵兼耶稣会教士一边说，一边拿剑背往老实人脸上狠狠的抽了一下。老实人马上拔出剑来，整个儿插进男爵神甫的肚子；等到把剑热腾腾的抽出来，老实人却哭着嚷道："哎哟！我的上帝！我杀了我的旧主人，我的朋友，我的舅子了；我是天底下最好的好人，却已经犯了三条人命，内中两个还是教士！"

在办公厅门口望风的加刚菩立刻赶进来。主人对他道："现在只有跟他们拼命了，多拼一个好一个。他们一定要进来的，咱们杀到底罢。"加刚菩事情见得多，镇静非凡；他剥下男爵的法衣穿在老实人身上，把死人头上的三角帽也给他戴了，扶他上马。这些事，一霎眼之间就安排停当了。"大爷，快走罢；他们会当你是神甫出去发布命令；即使追上来，咱们也早过了边境了。"说话之间，加刚菩已经长驱而出，嘴里用西班牙文叫着："闪开！闪开！中校神甫来啦！"

# 第一六章　两个旅客遇到两个姑娘，两只猴子，和叫做大耳朵的野蛮人

老实人和他的当差出了关塞，那边营里还没人知道德国神甫的死。细心的加刚菩办事周到，把行囊装满了面包，巧克力，火腿，水果，还有几升酒。他们骑着两匹安达鲁齐马，进入连路都没有的陌生地方。后来发见一片青葱的草原，中间夹着几条小溪。两位旅客先让牲口在草地上大嚼一顿。加刚菩向主人提议吃东西，他自己以身作则，先吃起来了。老实人说道："我杀了男爵大人的儿子，又一世见不到美人儿居内贡，教我怎么吃得下火腿呢？和她离得这么远，又是悔恨，又是绝望，这样悲惨的日子，过下去还有什么意思？德雷甫的《见闻录》[①] 又要怎样的说我呢？"

他这么说着照旧吃个不停。太阳下山了。两位迷路的人听见几声轻微的呼叫，好像是女人声音。他们辨不出是痛苦的叫喊，还是快乐的叫喊。一个人在陌生地方不免提心吊胆；他们俩便急忙站起。叫喊的原来是两个赤身露体的姑娘，在草原上奔跑，身子非常轻灵；两只猴子紧跟在后面，咬她们的屁股。老实人看了

① 十八世纪时，耶稣会于法国索纳州德雷甫城办一刊物，名《见闻录》，抨击当时反宗教的哲学思想。

大为不忍。他在保加利亚军中学会了放枪，能够在树林中打下一颗榛子，决不碰到两旁的叶子。他便拿起他的西班牙双膛枪，一连两响，把两只猴子打死了，说道："亲爱的加刚菩，我真要感谢上帝，居然把两个可怜的姑娘救了命。杀掉一个大法官和一个耶稣会士，固然罪孽不轻；这一来也可以将功赎罪了。或许她们是大人家的女儿，可能使我们在本地得到不少方便呢。"

他还想往下说，不料两个姑娘不胜怜爱的抱着两只猴子，放声大恸，四下里只听见一片凄惨的哭声。老实人顿时张口结舌，愣住了。终于他对加刚菩道："想不到有这样好心肠的人。"加刚菩答道："大爷，你做得好事；你把这两位小姐的情人打死了。"——"她们的情人！怎么可能！加刚菩，你这是说笑话罢？教我怎么能相信呢？"加刚菩回答说："大爷，你老是这个脾气，对什么事都大惊小怪。有些地方，猴子会博得女人欢心，有什么希奇！它们也是四分之一的人，正如我是四分之一的西班牙人。"老实人接着道："不错，老师邦葛罗斯讲过，这一类的事从前就有，杂交的结果，生下那些半羊半人的怪物；古时几位名人还亲眼见过；但我一向以为是无稽之谈。"加刚菩道："现在你该相信了罢！你瞧，没有教育的人会作出什么事来。我只怕这两个女的捣乱，暗算我们。"

这番中肯的议论使老实人离开草原，躲到一个树林里去。他和加刚菩吃了晚饭；两人把葡萄牙异教裁判所的大法官，布韦诺斯·爱累斯的总督，森特－登－脱龙克男爵，咒骂了一顿，躺在藓苔上睡着了。一早醒来，他们觉得动弹不得了；原来当地的居民大耳人①，听了两个女子的密告，夜里跑来用树皮把他们捆绑了。周围有五十来个大耳人，拿着箭、棍、石斧之类；有的烧着

① 此系印第安族的一支，戴大木耳环，故被称为大耳人。

一大锅水；有的在端整烤炙用的铁串；他们一齐喊着："捉到了一个耶稣会士！捉到了一个耶稣会士！我们好报仇了，我们有好东西吃了；大家来吃耶稣会士呀，大家来吃耶稣会士呀！"

加刚菩愁眉苦脸，嚷道："亲爱的大爷，我不是早告诉你吗？那两个女的要算计我们的。"老实人瞧见锅子和铁串，叫道："我们不是被烧烤，就得被白煮。啊！要是邦葛罗斯看到人的本性如此这般，不知又有什么话说！一切皆善！好，就算一切皆善，可是我不能不认为，失去了居内贡小姐，又被大耳人活烤，总是太残忍了。"加刚菩老是不慌不忙，对发愁的老实人道："我懂得一些他们的土话，让我来跟他们说罢。"老实人道："千万告诉他们，吃人是多么不人道，而且不大合乎基督的道理。"

加刚菩开言道："诸位，你们今天打算吃一个耶稣会士，是不是？好极了，对付敌人理当如此。天赋的权利就是教我们杀害同胞，全世界的人都是这么办的。我们没有运用吃人的权利，只因为我们有旁的好菜可吃；但你们不像我们有办法。把胜利的果实扔给乌鸦享受，当然不如自己把敌人吃下肚去。可是诸位，你们决不吃你们的朋友的。你们以为要烧烤的是一个耶稣会士，其实他是保护你们的人，你们要吃的是你们敌人的敌人。至于我，我是生在你们这里的；这位先生是我的东家，非但不是耶稣会士，还杀了一个耶稣会士，他穿的便是从死人身上剥下来的衣服，所以引起了你们的误会。为了证明我的话。你们不妨拿他穿的袍子送往神甫们的边境，打听一下我的的主人是不是杀了一个耶稣会军官。那要不了多少时间；倘若我是扯谎，你们照旧可以吃我们。但要是我并无虚言，那末你们对于公法、风俗、法律的原则，认识太清楚了，我想你们决不会不饶赦我们的。"

大耳人觉得这话入情入理，派了两位有声望的人士作代表，立即出发去调查真假；两位代表多才多智，不辱使命，很快就回来报告好消息。大耳人解了两个俘虏的缚，对他们礼貌周到，供给他们冷饮，妇女，把他们送出国境，欢呼道："他们不是耶稣会士！他们不是耶稣会士！"

老实人对于被释放的事赞不绝口。他道："喝！了不起的民族！了不起的人！了不起的风俗！我幸而把居内贡小姐的哥哥一剑刺死，要不然决无侥幸，一定给吃掉的了。可是，话得说回来，人的本性毕竟是善的，这些人非但不吃我，一知道我不是耶稣会士，还把我奉承得无微不至。"

# 第一七章　老实人和他的随从怎样到了黄金国，见到些什么

到了大耳人的边境，加刚菩和老实人说："东半球并不胜过西半球，听我的话，咱们还是抄一条最近的路回欧洲去罢。"——"怎么回去呢？"老实人道。"又回哪儿去呢？回到我本乡罢，保加利亚人和阿伐尔人正在那里见一个杀一个；回葡萄牙罢，要给人活活烧死；留在这儿罢，随时都有被烧烤的危险。可是居内贡小姐住在地球的这一边，我怎有心肠离开呢？"

加刚菩道："还是往开颜①那方面走。那儿可以遇到法国人，世界上到处都有他们的踪迹；他们会帮助我们，说不定上帝也会哀怜我们。"

到开颜去可不容易：他们知道大概的方向；可是山岭，河流，悬崖绝壁，强盗，野蛮人，遍地都是凶险的关口。他们的马走得筋疲力尽，死了；干粮吃完了；整整一个月全靠野果充饥；后来到了一条小河旁边，两旁长满椰子树，这才把他们的性命和希望支持了一下。

加刚菩出计划策的本领，一向不亚于老婆子；他对老实人

① 开颜为南美洲东北角匕一小岛，属法国。

道："咱们撑不下去了，两条腿也走得够了；我瞧见河边有一条小船，不如把它装满椰子，坐在里面顺流而去；既有河道，早晚必有人烟。便是遇不到愉快的事，至少也能看到些新鲜事儿。"老实人道："好，但愿上帝保佑我们。"

他们在河中飘流了十余里，两岸忽而野花遍地，忽而荒瘠不毛，忽而平坦开朗，忽而危崖高耸。河道越来越阔，终于流入一个险峻可怖，岩石参天的环洞底下。两人大着胆子，让小艇往洞中驶去。河身忽然狭小，水势的湍急与轰轰的巨响，令人心惊胆战。过了一昼夜，他们重见天日；可是小艇触着暗礁，撞坏了，只得在岩石上爬，直爬了三四里地。最后，两人看到一片平原，极目无际，四周都是崇山峻岭，高不可攀。土地的种植，是生计与美观同时兼顾的；没有一样实用的东西不是赏心悦目的。车辆赛过大路上的装饰品，式样新奇，构造的材料也灿烂夺目；车中男女都长得异样的俊美，驾车的是一些高大的红绵羊，奔驰迅速，便是安达鲁奇，泰图安，美基内斯的第一等骏马，也望尘莫及。

老实人道："啊，这地方可胜过威斯发里了。"他和加刚菩遇到第一个村子就下了地。几个村童，穿着稀烂的金银铺绣衣服，在村口玩着丢石片的游戏。从另一世界来的两位旅客，一时高兴，对他们瞧了一会：他们玩的石片又大又圆，光芒四射，颜色有黄的，有红的，有绿的。两位旅客心中一动，随手捡了几块：原来是黄金，是碧玉，是红宝石，最小的一块也够蒙古大皇帝做他宝座上最辉煌的装饰。加刚菩道："这些孩子大概是本地国王的儿女，在这里丢着石块玩儿。"村塾的老师恰好出来唤儿童上学。老实人道："啊，这一定是内廷教师了。"

那些顽童马上停止游戏，把石片和别的玩具一齐留在地下。老实人赶紧捡起，奔到教师前面，恭恭敬敬的捧给他，用手势说明，王子和世子们忘了他们的金子与宝石。塾师微微一笑，接过来扔在地下，很诧异的对老实人的脸瞧了一会，径自走了。

两位旅客少不得把黄金，碧玉，宝石，捡了许多。老实人叫道："这是什么地方呀？这些王子受的教育太好，居然会瞧不起黄金宝石。"加刚菩也和老实人一样惊奇。他们走到村中第一家人家，建筑仿佛欧洲的宫殿。一大群人都向门口拥去，屋内更挤得厉害，还传出悠扬悦耳的音乐，一阵阵珍馐美馔的异香。加刚菩走近大门，听见讲着秘鲁话；那是他家乡的语言；早先交代过，加刚菩是生在图库曼的，他的村子里只通秘鲁话。他便对老实人说："我来替你当翻译；咱们进去罢，这是一家酒店。"

店里的侍者，两男两女，穿着金线织的衣服，用缎带束着头发，邀他们入席。先端来四盘汤，每盘汤都有两只鹦鹉；接着是一盘白煮神鹰，直有两百磅重，然后是两只香美异常的烤猴子；一个盘里盛着三百只蜂雀；另外一盘盛着六百只小雀；还有几道烧烤，几道精美的甜菜；食器全部是水晶盘子。男女侍者来斟了好几种不同的甘蔗酒。

食客大半是商人和赶车的，全都彬彬有礼，非常婉转的向加刚菩问了几句，又竭诚回答加刚菩的问话，务必使他满意。

吃过饭，加刚菩和老实人一样，以为把捡来的大块黄金丢几枚在桌上，是尽够付账的了。不料铺子的男女主人见了哈哈大笑，半天直不起腰来。后来他们止住了笑。店主人开言道："你们两位明明是外乡人；我们却是难得见到的。抱歉得很，你们拿大路上的石子付账，我们见了不由笑起来。想必你们没有敝国的钱，可是在这儿吃饭不用惠钞。为了便利客商，我们开了许多饭店，一律归政府开支。敝处是个小村子，地方上穷，没有好菜敬客；可是别的地方，无论上哪儿你们都能受到应有的款待。"加刚菩把主人的话统统解释给老实人听，老实人听的时候，和加刚菩讲的时候同样的钦佩，惊奇。两人都说：“外边都不知道有这个地方；究竟是什么国土呢？这儿的天地跟我们的完全不同！这大概是尽善尽美的乐土，因为无论如何，世界上至少应该有这样一块地方。不管邦葛罗斯怎么说，我总觉得威斯发里样样不行。”

# 第一八章　他们在黄金国内的见闻

加刚菩把心中的惊异告诉店主人，店主人回答说：“我无知无识，倒也觉得很快活；可是这儿有位告老的大臣，是敝国数一数二的学者，最喜欢与人交谈。”说完带着加刚菩去见老人。那时老实人退为配角，只能陪陪他的当差了。他们进入一所顶朴素的屋子，因为大门只是银的，屋内的护壁只是金的，但镂刻的古雅，比着最华丽的护壁也未必逊色。固然，穿堂仅仅嵌着红宝石与碧玉，但镶嵌的式样补救了质料的简陋。

老人坐在一张蜂鸟毛垫子的沙发上，接见两位来宾，叫人端酒敬客，酒瓶是钻石雕的。接着他说了下面一席话，满足他们的好奇心：

“我今年一百七十二岁；先父做过王上的洗马，亲眼见到秘鲁那次惊人的革命，把情形告诉了我。我们现在的国土原是古印加族疆域的一部分，印加族当初冒冒失失的出去扩张版图，结果却亡于西班牙人之手。

“留在国内的王族比较明哲；他们征得老百姓的同意，下令任何居民不得越过我们小小的国境，这才保证了我们的纯洁和快乐。西班牙人对这个地方略有所知，不得其详；他们把它叫做黄金国。还有一个叫做拉莱爵士的英国人，一百年前差不多到了这儿附近；幸亏我们四面都是高不可攀的峻岭和峭壁，所以至今没有膏欧洲各民族的馋吻；他们酷爱我们的石块和泥巴，爱得发疯一般，为了抢那些东西，可能把我们杀得一个不留的。”

他们谈了很久，谈到政体，风俗，妇女，公共娱乐，艺术。素好谈玄说理的老实人，要加刚菩探问国内有没有宗教。

老人红了红脸，说道：“怎么你们会有这个疑问呢？莫非以为我们是无情无义的人吗？”加刚菩恭恭敬敬请问黄金国的宗教是哪一种。老人又红了红脸，答道：“难道世界上还有两个宗教不成？我相信我们的宗教是跟大家一样的；我们从早到晚敬爱上帝。”加刚菩始终替老实人当着翻译，说出他心中的疑问：“你们只崇拜一个上帝吗？”老人道：“上帝总不见得有两个，三个，四个罢？我觉得你们世界上的人发的问题怪得很。”老实人絮絮不休，向老人问长问短；他要知道黄金国的人怎样祈祷上帝的。那慈祥可敬的哲人回答说：“我们从来不祈祷，因为对他一无所求，我们所需要的，他全给了我们了；我们只是不断的感谢他。”老实人很希望看看他们的教士，问他们在哪儿。老人微微一笑，说道：“告诉两位，我们国内人人都是教士，每天早上，王上和全国人民的家长都唱着感谢神恩的赞美诗，庄严肃穆，由五六千名乐师担任伴奏。”——“怎么！你们没有修士专管传教，争辩，统治，弄权窃柄，把意见不同的人活活烧死吗？”老人道：“那我们不是发疯了吗？我们这儿大家都意见一致，你说的你们那些修士的勾当，我完全莫名其妙。”老实人听着这些话出神了，心上想：“那跟威斯发里和男爵的宫堡完全不同；倘若邦葛罗斯见了黄金国，就不会再说森特－登－脱龙克宫堡是世界上的乐土了；可见一个人非游历不可。”

长谈过后，慈祥的老人吩咐套起一辆六羊驾驶的四轮轿车，派十二名仆役送两位旅客进宫。他说：“抱歉得很，我年纪大了，不能奉陪。但王上接见两位的态度，决不至于得罪两位；敝国倘有什么风俗习惯使两位不快，想必你们都能原谅的。”

老实人和加刚菩上了轿车，六头绵羊像飞一样，不消四个钟点，已经到达京城一端的王宫前面。宫门高二十二丈，宽十丈；说不出是什么材料造的。可是不难看出，那材料比我们称为黄金珠宝的石子沙土，不知要贵重多少倍。

老实人和加刚菩一下车，就有二十名担任御前警卫的美女迎接，带他们去沐浴，换上蜂鸟毛织成的袍子；然后另有男女大臣引他们进入内殿，按照常例，两旁各站着一千名乐师。走近御座所在的便殿，加刚菩问一位大臣，觐见王上该用何种敬礼：“应当双膝下跪，还是全身伏在地下？应当把手按在额上，还是按着屁股？或者用舌头舐地下的尘土？总而言之，究竟是怎样的仪式？”大臣回答：“惯例是拥抱王上，亲吻他的两颊。”老实人和加刚菩便扑上去勾着王上的脖子，王上对他们优礼有加，很客气的请他们晚间赴宴。

宴会之前，有人陪他们去参观京城，看那些高入云表的公共建筑，千百列柱围绕的广场，日夜长流的喷泉：有的喷射清澈无比的泉水，有的喷射蔷薇的香水，有的喷射甘蔗酒；规模宏大的广场，地下铺着一种宝石，散出近乎丁香与肉桂的香味。老实人要求参观法院和大理院；据说根本没有这些机关，从来没有人打官司的。老实人问有没有监狱，人家也回答说没有。但他看了最惊异最高兴的是那个科学馆，其中一个走廊长两百丈，摆满着数学和物理的仪器。

整个下午在京城里逛了大约千分之一的地方，他们回到王宫。席上老实人坐在国王，加刚菩和几位太太之间。他们从来没有享受过更美的筵席，国王的饭桌上谈笑风生的雅兴，也从来没有人能相比。加刚菩把陛下的妙语一一解释给老实人听，虽然经过了翻译，还照样趣味盎然。这一点和旁的事情一样使老实人惊异赞叹。

两人在此宾馆中住了一个月。老实人再三和加刚菩说："朋友，我生长的宫堡固然比不上这个地方；可是，究竟居内贡不在此地；或许你也有个把情人在欧洲。住在这里，我们不过是普通人，不如回到我们的世界中去，单凭十二头满载黄金国石子的绵羊，我们的财富就能盖过普天下的国王，也不必再害怕异教裁判所，而要接回居内贡小组也易如反掌了。"

这些话正合加刚菩的心意：人多么喜欢奔波，对自己人炫耀，卖弄游历的见闻，所以两个享福的人决意不再享福，去向国王要求离境。

国王答道："你们这是发傻了。敝国固是蕞尔小邦，不足挂齿，但我们能苟安的地方，就不应当离开。我自然无权羁留外客；那种专制手段不在我们的风俗与法律之内；每个人都是自由的；你们随时可以动身，但出境不是件容易的事。你们能从岩洞底下的河里进来，原是奇迹，不可能再从原路出去。环绕敝国的山岭高逾千仞，陡若城墙，每座山峰宽三四十里，除了悬崖之外，别无他路可下。你们既然执意要走，让我吩咐机械司造一架机器，务必很方便的把你们运送出去。一朝到了山背后，可没有人能奉陪了；我的百姓发誓不出国境，他们不会那么糊涂，违反自己发的愿的。现在你们喜欢什么东西，尽管向我要罢。"加刚菩说："我们只求陛下赏几头绵羊，驮些干粮，石子和泥巴。"国王笑道："你们欧洲人这样喜欢我们的黄土，我简直弄不明白；好罢，你们爱带多少就带多少，但愿你们因此得福。"

国王随即下令，要工程师造一架机器把两个怪人举到山顶上，送他们出境。三千名优秀的物理学家参加工作；半个月以后，机器造好了，照当地的钱计算，只花了两千多万镑。老实人和加刚菩坐在机器上，带着两头鞍辔俱全的大红绵羊，给他们翻过山岭以后代步的；二十头载货的绵羊驮着干粮；三十头驮着礼品，都是当地最稀罕的宝物；五十头驮着黄金，钻石，宝石。国王很亲热的把两个流浪汉拥抱了。

他们动身了，连人带羊举到山顶上的那种巧妙方法，确是奇观。工程师们送他们到了安全地方，便和他们告别。此时老实人心中只有一个愿望，一个目的，就是把羊群去献给居内贡小姐。他说："倘若人家肯把居内贡小姐标价，我们的财力尽够向布韦诺斯·爱累斯总督纳款了。咱们上开颜去搭船，再瞧瞧有什么王国可以买下来。"

# 第一九章　他们在苏利南的遭遇，老实人与玛丁的相识

路上第一天过得还愉快。想到自己的财富比欧、亚、非三洲的总数还要多，两人不由得兴致十足。老实人兴奋之下，到处把居内贡的名字刻在树上。第二天，两头羊连着货物陷入沼泽；过了几日，另外两头不堪劳顿，倒毙了；接着又有七八头在沙漠中饿死；几天之后，又有些堕入深谷。走了一百天，只剩下两头羊。老实人对加刚菩道："你瞧，尘世的财富多么脆弱；只有德行和重见居贡小姐的快乐才可靠。"加刚菩答道："对；可是我们还剩下两头羊，西班牙王一辈子也休想有它们身上的那些宝物。我远远的看到一个市镇，大概就是荷兰属的苏利南。好啦，咱们苦尽甘来了。"

靠近市镇，他们瞧见地下躺着一个黑人，衣服只剩一半，就是说只穿一条蓝布短裤：那可怜虫少了一条左腿，缺了一只右手。老实人用荷兰话问他："唉，天哪！你这个样子好不凄惨，呆在这儿干么呢？"黑人回答："我等着我的东家，大商人范特登杜①先生。"

---

① 据专家考证，此名影射范·杜仑（Van Düren）；范为荷兰出版商，服尔德谓其在版税日舞弊，掘害服尔德权益。

老实人说："可是范特登杜先生这样对待你的？"——"是的，先生；这是老例章程。他们每年给我们两条蓝布短裤，算是全部衣着。我们在糖厂里给磨子碾去一个手指，他们就砍掉我们的手；要是想逃，就割下一条腿：这两桩我都碰上了。我们付了这代价，你们欧洲人才有糖吃。可是母亲在几尼亚海边得了十块钱把我卖掉的时节，和我说：'亲爱的孩子，你得感谢我们的神道，永远向他们礼拜，他们会降福于你；你好大面子，当上咱们白大人的奴隶；你爹妈也靠着你发迹了。'——唉！我不知他们有没有靠着我发迹，反正我没有托他们的福。狗啊，猴子啊，鹦鹉啊，都不像我们这么苦命。人家教我改信的荷兰神道，每星期日告诉我们，说我们不分黑白，全是亚当的孩子。我不懂家谱；但只要布道师说得不错，我们都是嫡堂兄弟。可是你得承认，对待本家不能比他们更辣手了。"

"噢，邦葛罗斯！"老实人嚷道，"你可没想到这种惨无人道的事。得啦得啦，我不再相信你的乐天主义了。"——"什么叫做乐天主义？"加刚菩问。——"唉！就是吃苦的时候一口咬定百事顺利。"老实人瞧着黑人，掉下泪来。他一边哭一边进了苏利南。

他们第一先打听，港内可有船把他们载往布韦诺斯·爱累斯。问到的正是一个西班牙船主，答应跟他们公平交易，约在一家酒店里谈判。老实人和加刚菩便带着两头羊上那边去等。

老实人心直口快，把经过情形向西班牙人和盘托出，连要抢走居内贡小姐的计划也实说了。船主回答："我才不送你们上布韦诺斯·爱累斯去呢；我要被吊死，你们俩也免不了。美人居内贡如今是总督大人最得宠的外室。"老实人听了好比晴天霹雳，哭了半日，终于把加刚菩拉过一边，说道："好朋友，还是这么办罢：咱们每人口袋里都有价值五六百万的钻石；你比我精明；你上布韦诺斯·爱累斯去取居内贡小姐。要总督作难，给他一百万；再不肯，给他两百万。你没杀过主教，他们不会防你的。我另外包一条船，上佛尼市等你；那是个自由地方，不用怕保加利亚人，也不用怕阿伐尔人，也不必担心犹太人和异教裁判所。”加刚菩一听这妙计，拍手叫好；但要跟好东家分手，不由得悲从中来，因为他们俩已经成为知心朋友了。幸而他还能替主人出力，加刚菩想到这一点，就转悲为喜，忘了分离的痛苦。两人抱头大哭了一场；老实人吩咐他别忘了那老妈子。加刚菩当日就动身。他可真是好人哪。

老实人在苏利南又住了一晌，希望另外有个船主，肯把他和那硕果仅存的两头绵羊载往意大利。他雇了几个佣人，把长途航行所需要的杂物也办齐了。终于有一天，一条大帆船的主人，范特登杜先生，来找他了。老实人道：“你要多少钱，才肯把我，我的下人，行李，还有两头绵羊，一径载往佛尼市？”船主讨价一万银洋。老实人一口答应了。

机灵的范特登杜在背后说：“噢！噢！这外国人一出手就是一万！准是个大富翁。”过了一会便回去声明，少了两万不能开船。老实人回答：“两万就两万。”

“哎啊！”那商人轻轻的自言自语，“这家伙花两万跟一万一样的满不在乎。”他又回去，说少了三万不能把他送往佛尼市。老实人回答：“好，依你三万就是了。”——噢！噢！”荷兰人对自己说：“三万银洋还不在他眼里；可见两头绵羊一定驮着无价之宝。别多要了：先教他付了三万，再瞧着办。”老实人卖了两颗小钻，其中一颗很小的，价值就不止船主所要的数目。他先付了钱。两头绵羊装上去了。老实人跟着坐了一条小艇。预备过渡到港中的大船上。船长认为时机已到，赶紧扯起篷来，解缆而去，又遇着顺风帮忙。老实人看着，目瞪口呆，一刹那就不见了帆船的踪影。他叫道：“哎哟！这一招倒比得上旧大陆的杰作。”

他回到岸上，说不出多么痛苦，因为抵得上一二十位国王财富的宝物，都白送了。

他跑去见荷兰法官；性急慌忙，敲门不免敲得太粗暴了些；进去说明案由，叫嚷的声音不免太高了些。法官因为他闹了许多声响，先罚他一万银洋，方始耐性听完老实人的控诉，答应等那商人回来，立即审理。末了又要老实人缴付一万银洋讼费。

这种作风把老实人气坏了；不错，他早先遇到了倒楣事儿，给他的痛苦还百倍于此；但法官和船主这样不动声色的欺负人，使他动了肝火，悲观到极点。人心的险毒丑恶，他完全看到了，一肚子全是忧郁的念头。后来有条开往波尔多的法国船：他既然丢了满载钻石的绵羊，便花了很公道的代价，包下一间房舱。他又在城里宣布，要找一个诚实君子作伴，船钱饭食，一应归他，再送两千银洋酬劳。但这个人必须是本省遭遇最苦，最怨恨自己的行业的人。

这样就招来一大群应征的人，便是包一个舰队也容纳不下。老实人存心要在最值得注目的一批中去挑，当场选出一二十个看来还和气，又自命为最有资格入选的人，邀到酒店里，请他们吃饭；条件是要他们发誓，毫不隐瞒的说出自己的历史。老实人声明，他要挑一个他认为最值得同情，最有理由怨恨自己行业的人；其余的一律酌送现金，作为酬报。

这个会直开到清早四点。老实人听着他们的遭遇，一边想着老婆子当初来的时候说的话，赌的东道，断定船上没有一个人不受过极大的灾难。每听一个故事，他必想着邦葛罗斯，他道："恐怕邦葛罗斯不容易再证明他的学说了罢！可惜他不在这里。世界上果真有什么乐土，那一定是黄金国，决不在别的地方。"末了他挑中一个可怜的学者，在阿姆斯特登的书店里作过十年事。他认为世界上没有一个职业比他的更可厌的了。

那学者原是好好先生，被妻子偷盗，被儿子殴打，被跟着一个葡萄牙人私奔的女儿遗弃。他靠着过活的小差事，最近也丢了；苏利南的牧师还迫害他，说他是索星尼派①。其实别的人至少也跟他一样倒楣；但老实人暗中希望这学者能在路上替他消愁解闷。其余的候选人认为老实人极不公平，老实人每人送了一百银洋，平了大家的气。

① 索星尼派为十六世纪时神学家索星所创，否认三位一体及耶稣为神之说。

# 第二〇章　老实人与玛丁在海上的遭遇

老学者名叫玛丁，跟着老实人上船往波尔多。两人都见多识广，饱经忧患；即使他们的船要从苏利南绕过好望角开往日本，他们对于物质与精神的痛苦也讨论不完。

老实人比玛丁占着很大的便宜：他始终希望和居内贡小姐相会，玛丁却一无希望；并且老实人有黄金钻石；虽然丢了一百头满载世界最大财富的大绵羊，虽然荷兰船主拐骗他的事始终不能忘怀，但一想到袋里剩下的宝物，一提到居内贡小姐，尤其在酒醉饭饱的时候，他又倾向邦葛罗斯的哲学了。

他对学者说："玛丁先生。你对这些问题有何意见？你对物质与精神的苦难又怎样想法？"玛丁答道："牧师们指控我是索星尼派，其实我是马尼教徒。"——"你这是说笑话罢？马尼教徒①早已绝迹了。"——"还有我呢。"玛丁回答。"我也不知道信了这主义有什么用，可是我不能有第二个想法。"老实人说："那你一定是魔鬼上身了。"玛丁道："魔鬼什么事情都要参预；既然到处有他的踪迹，自然也可能附在我身上。老实告诉你，我

① 马尼教为纪元三世纪时波斯人马奈斯所创，是一种二元论的宗教，言原人为善神所造，其性善；今人为恶神所造，其性恶，唯认识真理后方能解脱罪恶；并称世界上的光明与黑暗是永远斗争不已的。

瞧着地球，——其实只是一颗小珠子，——我觉得上帝的确把它交给什么恶魔了；当然黄金国不在其内。我没见过一个城市不巴望邻近的城市毁灭的，没见过一个家庭不希望把别的家庭斩草除根的。弱者一面对强者卑躬屈膝，一面暗中诅咒；强者把他们当作一群任凭宰割的绵羊。上百万编号列队的杀人犯在欧州纵横驰骋，井井有条的干着焚烧掳掠的勾当，为的是糊口，为的是干不了更正当的职业。而在一些仿佛太平无事，文风鼎盛的都市中，一般人心里的妒羡，焦虑，忧急，便是围城中大难当头的居民也不到这程度。内心的隐痛比外界的灾难更残酷。一句话说完，我见得多了，受的折磨多了，所以变了马尼教徒。”老实人回答道：“究竟世界上还有些好东西呢。”玛丁说：“也许有罢，可是我没见识过。”

辩论之间，他们听见一声炮响，接着越来越紧密。各人拿起望远镜，瞧见三海哩以外有两条船互相轰击；风把它们越吹越近，法国船上的人可以舒舒服服的观战。后来，一条船放出一阵排炮，不偏不倚，正打在另外一条的半中腰，把它轰沉了。老实人和玛丁清清楚楚看得甲板上站着一百多人，向天举着手臂，呼号之声惨不忍闻。一忽儿他们都沉没了。

玛丁道：“你瞧，人与人就是这样相处的。”老实人道：“不错，这简直是恶魔干的事。”言犹未了，他瞥见一堆不知什么鲜红的东西在水里游泳。船上放下一条小艇，瞧个究竟，原来是老实人的一头绵羊。老实人找回这头羊所感到的喜悦，远过于损失一百头满载钻石的绵羊所感到的悲伤。

不久，法国船长看出打胜的一条船，船主是西班牙人，沉没的那条，船主是一个荷兰海盗，便是拐骗老实人的那个。他抢去的偌大财宝，跟他一齐葬身海底，只逃出了一头羊。老实人对玛丁道：“你瞧，天理昭彰，罪恶有时会受到惩罚的，这也是荷兰流氓的报应。”玛丁回答：“对；可是船上的搭客，难道应当和他同归于尽吗？上帝惩罚了恶棍，魔鬼淹死了无辜。”

法国船和西班牙船继续航行，老实人和玛丁继续辩论，一连辩了半个月，始终没有结果。可是他们总算谈着话，交换着思想，互相安慰着。老实人抚摩着绵羊，说道：“我既然能把你找回来，一定也能找回居内贡的。”

# 第二一章　老实人与玛丁驶近法国海岸，他们的议论

终于法国海岸在望了。老实人问：“玛丁先生，你到过法国吗?”玛丁回答：“到过，我去过好几州。有的州里，半数居民都害狂疾，有几州民风奸刁得很，有几州的人性情和顺，相当愚蠢；又有几州的人喜欢卖弄才情；全国一致的风气是：第一、谈情说爱，第二、恶意中伤，第三、胡说八道。”——“玛丁先生，你可曾到过巴黎?”——“到过的，那儿可是各色人等，一应俱全了；只看见一片混乱，熙熙攘攘，人人都在寻求快乐，结果没有一个人找到，至少我觉得如此。我没耽搁多久；才到巴黎，身边的钱就给圣·日耳曼节场上的小偷扒光了。人家还把我当作小偷，抓去关了八天牢；以后我进印刷所当校对，想挣一笔路费，拼着两腿走回荷兰。我认识一批写文章的，掀风作浪的，为宗教入迷的，都不是东西。有人说巴黎也有些挺文雅的君子；但愿这话是真的。”

老实人道：“我没兴致游历法国；你不难想象，在黄金国待过一个月的人，除了居内贡小姐之外，世界上什么东西都不想再看了。我要经过法国到意大利，上佛尼市等她，你不陪我走一遭吗?”玛丁道：“一定奉陪；听说那地方只有佛尼市的贵族才住

得；可是本地人待外乡人很客气，只要外乡人十二分有钱。我没有钱，你有的是；不论你上哪儿，我都跟着走。”老实人道：“我想起一件事要问你，我们的船主有一本厚厚的书，书中说咱们的陆地原本是海洋，你相信吗?”玛丁回答：“我才不信呢，近年来流行的那些梦话，我全不信。”老实人道：“那末干么要有这个世界呢?”——“为了气死我们的。”玛丁回答。老实人又说：“我给你讲过犬耳人那里有两个姑娘爱上猴子的事，你不觉得奇怪吗?”——“我才不呢。”玛丁说；“我不觉得这种情欲有什么可怪；怪事见得多了，就什么都不以为怪了。”老实人道：“你可相信人一向就互相残杀，像现在这样的吗?一向就是扯谎，欺诈，反复无常，忘恩负义，强取豪夺，懦弱，轻薄，卑鄙，妒羡，馋痨，酗酒，吝啬，贪婪，残忍，毁谤，淫欲无度，执迷不悟，虚伪，愚妄的吗?”玛丁回答说：“你想鹞子看到鸽子是否一向都吃的?”——“那还用说吗?”——玛丁道：“既然鹞性不改，为什么希望人性会改呢?”——“噢！那是不大相同的；因为人的意志可以自由选择……”议论之间，他们到了波尔多。

# 第二二章　老实人与玛丁在法国的遭遇

老实人在波尔多办了几件事就走了。他在当地卖掉几块黄金国的石子，包定一辆舒服的双人座的驿车，因为他和哲学家玛丁成了形影不离的好友。他不得不把绵羊忍痛割爱，送给波尔多的科学院；科学院拿这头羊作为当年度悬赏征文的题目，要人研究为什么这头羊的毛是红的。得奖的是一个北方学者，他用A加B，减C，用Z除的算式，证明这头羊应当长红毛，也应当害疱疮死的①。

可是，老实人一路在酒店里遇到的旅客都告诉他："我们上巴黎去。"那股争先恐后的劲，终于打动了老实人的兴致，也想上京城去观光一番了；好在绕道巴黎到佛尼市，并没有多少冤枉路。

他从圣·玛梭城关进城，当下竟以为到了威斯发里省内一个最肮脏的村子。

老实人路上辛苦了些，一落客店便害了一场小病。因为他手上戴着一只其大无比的钻戒，行李中又有一口重得非凡的小银

① 此处所谓疱疮，原是羊特有的病症。

箱，所以立刻来了两名自告奋勇的医生，几位寸步不离的好友，两个替他烧汤煮水的虔婆。玛丁说："记得我第一次到巴黎也害过病；我穷得很，所以既没有朋友，也没有虔婆，也没有医生；结果我病好了。"

又是吃药，又是放血，老实人的病反而重了。一个街坊上的熟客，挺和气的来问他要一份上他世界去的通行证①。老实人置之不理；两位虔婆说这是新时行的规矩。老实人回答，他不是一个时髦人物。玛丁差点儿把来客摔出窗外。教士赌咒说，老实人死了，决不给他埋葬。玛丁赌咒说，他倒预备埋葬教士，要是教士再纠缠不清。你言我语，越吵越凶；玛丁抓着教士的肩膀，使劲撵了出去。这事闹得沸沸扬扬，连警察局都动了公事。

老实人复元了，养病期间，颇有些上流人士来陪他吃晚饭，另外还赌钱，输赢很大。老实人从来抓不到爱司②，觉得莫名其妙；玛丁却不以为怪。

老实人的向导中间，有个矮小的班里戈登神甫。巴黎不少像他那样殷勤的人，老是机灵乖巧，和蔼可亲，面皮既厚，说话又甜，极会趋奉人，专门巴结过路的外国人，替他们讲些本地的丑闻秘史，帮他们花大价钱去寻欢作乐。这位班里戈登神甫先带老实人和玛丁去看戏。那日演的是一出新编的悲剧。老实人座位四周都是些才子；但他看到表演精彩的几幕，仍禁不住哭了。休息期间，旁边有位辩士和他说："你落眼泪真是大错特错了：这女戏子演得很糟，搭配的男戏子比她更糟，剧本比戏子还要糟。剧情明明发生在阿拉伯，剧作者却不懂一句阿拉伯文，并且他不信

---

① 此系指忏悔证书。今日旧教徒结婚之前，教会尚限令双方缴纳忏悔证书。街坊上的熟客即暗指教士。

② 外国纸牌中普通最大的王牌为 A，读如爱司（As）。

先天观念论①。明天我带二十本攻击他的小册子给你看。”老实人问神甫：“先生，法国每年有多少本新戏?”——“五六千本。”——老实人说：“那很多了，其中有几本好的呢?”神甫道：“十五六本。”玛丁接着道：“那很多了。”

有一位女戏子，在一出偶尔还上演的，平凡的悲剧中，串伊丽莎白王后，老实人看了很中意，对玛丁道：“我很喜欢这演员，她颇像居内贡小姐，倘使能去拜访她一次，倒也是件乐事。”班里戈登神甫自告奋勇，答应陪他去。老实人是从小受的德国教育，便请问当地的拜见之礼，不知在法国应当怎样对待英国王后。神甫说：“那要看地方而定；在内地呢，带她们上酒店；在巴黎，要是她们相貌漂亮，大家便恭而敬之，死了把她们摔在垃圾堆上。”② 老实人嚷起来：“怎么，把王后摔在垃圾堆上!”玛丁接口道：“是的，神甫说得一点不错。从前莫尼末小组，像大家说的从此世界转到他世界去的时候，我正在巴黎；那时一般人不许她享受所谓丧葬之礼，所谓丧葬之礼，是让死人跟街坊上所有的小子，躺在一个丑恶不堪的公墓上一同腐烂；莫尼末小姐只能孤零零的埋在蒲高涅街的转角上；她的英魂一定因此伤心透顶的，因为她生前思想很高尚。”老实人道：“那太没礼貌了。”玛丁道：“有什么办法!这儿的人便是这样。在这个荒唐的国内，不论是政府，法院，教学，舞台，凡是你想象得到的矛盾都应有尽有。”老实人问：“巴黎人是不是老是嘻嘻哈哈的?”神甫回答：“是的；他们一边笑，一边生气；他们对什么都不满意，而抱怨

---

① 笛卡儿的哲学系统以生来自具之观念为意识之内容，此生来自具之观念即名为“先天观念”。

② 此段故事系隐指法国有名的女演员勒戈佛浧（1692—1730）事，生前声名藉盛，死后教堂拒绝为之举行葬礼，卒埋于巴黎蒲高涅街路角，塞纳河畔。

诉苦也用打哈哈的方式；他们甚至一边笑一边干着最下流的事。”

老实人又道：“那混账的胖子是谁？我为之感动下泪的剧本，我极喜欢的演员，他都骂得一文不值。”——“那是个无耻小人，所有的剧本，所有的书籍。他都要毁谤；他是靠此为生的。谁要有点儿成功，他就咬牙切齿，好比太监怨恨作乐的人；那是文坛上的毒蛇，把凶狠仇恨做粮食的；他是个报屁股作家。”——“什么叫做报屁股作家？” “专门糟蹋纸张的，所谓弗莱隆①之流。”神甫回答。

成群的看客拥出戏院；老实人，玛丁，班里戈登，却在楼梯高头大发议论。老实人道：“虽则我急于跟居内贡小姐相会，倒也很想和格兰龙小姐吃顿饭；我觉得她真了不起。”

格兰龙小姐只招待上等人，神甫没资格接近。他说：“今天晚上她有约会；但是我可以带你去见一位有身份的太太，你在她府上见识了巴黎，就赛过在巴黎住了四年。”

老实人天性好奇，便跟他到一位太太府上，坐落在圣·奥诺雷城关的尽里头，有人在那儿赌法老②：十二个愁眉不展的赌客各自拿着一叠牌，好比一本登记他们恶运的帐册。屋内鸦雀无声，赌客脸上暗淡无光，庄家脸上焦急不安，女主人坐在铁面无情的庄家身边，把尖利的眼睛瞅着赌客的加码；谁要把纸牌折个小角儿，她就教他们把纸角展开，神色严厉，态度却很好，决不因之生气，唯恐得罪了主顾。那太太自称为特·巴洛里里侯爵夫人。她的女儿十五岁，也是赌客之一；众人为了补救牌运而做的手脚，她都眨着眼睛作报告。班里戈登神甫，老实人和玛丁走进屋子，一个人也没站起来，一个人也没打招呼。甚至瞧都不瞧一

---

① 弗莱隆（1719—1776）为法国政论家，终身与百科全书派为敌，攻击服尔德尤为激烈。

② 法老是一种纸牌的赌博。

眼；大家一心都在牌上。老实人说："哼，森特－登－脱龙克男爵夫人还比他们客气一些。"

神甫凑着侯爵夫人耳朵说了几句，她便略微抬了抬身子，对老实人嫣然一笑，对玛丁很庄严的点点头，教人端一张椅子，递一副牌给老实人。玩了两局，老实人输了五万法郎。然后大家一团高兴的坐下吃晚饭。在场的人都奇怪老实人输了钱毫不介意，当差们用当差的俗谈，彼此说着："他准是一位英国的爵爷。"

和巴黎多数的饭局一样，桌上先是静悄悄的，继而你一句我一句，谁也听不清谁；最后是说笑打诨，无非是没有风趣的笑话，无稽的谣言，荒谬的议论，略为谈几句政治，缺德话说上一大堆。也有人提到新出的书。班里戈登神甫问道："神学博士谷夏先生的小说，你们看到没有？"一位客人回答："看到了，只是没法念完。荒唐的作品，咱们有的是；可是把全体坏作品加起来，还及不上神学博士谷夏的荒唐。这一类恶劣的书泛滥市场，像洪水一般，我受不了，宁可到这儿来赌法老的。"神甫说："教长T某某写的随笔，你觉得怎么样？"巴洛里涅太太插嘴道："噢！那个可厌的俗物吗？他把老生常谈说得非常新奇；把不值一提的东西讨论得酸气冲天；剽窃别人的才智，手段又笨拙透顶，简直是点金成铁！他教我讨厌死了！可是好啦，现在用不着我讨厌了，教长的大作只要翻过几页就够了。"

桌上有位风雅的学者，赞成侯爵夫人的意见。接着大家谈到悲剧；女主人问。为什么有些悲剧还能不时上演，可是剧本念不下去。那位风雅的人物，把一本戏可能还有趣味而毫无价值的道理，头头是道的解释了一番。他很简括的说明，单单拿每部小说都有的，能吸引观众的一二情节搬进戏文，是不够的；还得新奇而不荒唐，常常有些崇高的境界而始终很自然，识透人的心而教这颗心讲话，剧作者必须是个大诗人而剧中并不显得有一个诗人；深得语言三昧，文字精炼，从头到尾音韵铿锵，但决不让韵脚妨碍意义。他又补充说："谁要不严格遵守这些规则，他可能写出一二部悲剧博得观众掌声，却永远算不得一个好作家。完美的悲剧太少了；有些是文字写得不差，韵押得很恰当的牧歌；有些是教人昏昏欲睡的政论，或者是令人作恶的夸张；又有些是文理不通，中了邪魔的梦呓；再不然是东拉西扯，因为不会跟人讲话，便长篇大论的向神道大声疾呼；还有似是而非的格言，张大其辞的陈言俗套。"

老实人聚精会神的听着，以为那演说家着实了不起。既然侯爵夫人特意让他坐在身旁，他便凑到女主人耳畔，大着胆子问，这位能言善辩的先生是何等人物。她回答说："他是一位学者，从来不入局赌钱，不时由神甫带来吃顿饭的。他对于悲剧和书本非常内行；自己了写过一出悲剧，被人大喝倒彩；也写过一部书，除掉题赠给我的一本之外，外边从来没有看到过。"老实人道："原来是个大人物！不愧为邦葛罗斯第二。"

于是他转过身去，朝着学者说道："先生，你大概认为物质世界和精神领域都十全十美，一切都是不能更改的罢？"学者答道："我才不这么想呢；我觉得我们这里一切都倒行逆施；没有一个人知道他自己的身份，自己的责任，知道他做些什么，应当做什么；除了在饭桌上还算痛快，还算团结以外，其余的时间大家都喧呶争辩，无理取闹：扬山尼派攻击莫利尼派①，司法界攻击教会，文人攻击文人，幸臣攻击幸臣，金融家攻击老百姓，妻子攻击丈夫，亲戚攻击亲戚；简直是一场无休无歇的战争。"

老实人回答说："我见过的事比这个恶劣多呢；可是有位倒了楣被吊死的哲人，告诉我这些都十全十美，都是一幅美丽的图

---

① 莫利尼派为耶稣会中的一支，十六世纪时由耶稣会神学家莫利尼创立，以调和人的自由与神的恩宠为主要学说。

画的影子。”玛丁道：“你那吊死鬼简直是嘲笑我们；你所谓影子其实是丑恶的污点。”老实人说：“污点是人涂上去的，他们也是迫不得已。”玛丁道：“那就不能怪他们了。”大半的赌客完全不懂他们的话，只顾喝酒；玛丁只管和学者辩论，老实人对主妇讲了一部分自己的经历。

吃过晚饭，侯爵夫人把老实人带到小房间里，让他坐在一张沙发上，问道：“喂，这么说来，你是一往情深，永远爱着居内贡小姐了？”——“是的。”老实人回答。侯爵夫人对他很温柔的一笑：“你这么回答，表示你真是一个威斯发里的青年；换了一个法国人，一定说：我果然爱居内贡小姐；可是见了你，太太，我恐怕要不爱她了。”老实人说：“好罢，太太，你要我怎样回答都行。”侯爵夫人又道：“你替居内贡小姐捡了手帕才动情的；现在我要你替我捡吊袜带。”——“敢不遵命。”老实人说着，便捡了吊袜带。那太太说：“我还要你替我扣上去。”老实人就替她扣上。太太说：“你瞧，你是个外国人，我常常教那些巴黎的情人害上半个月的相思病，可是我第一夜就向你投降了，因为对一个威斯发里的年轻人，我们应当竭诚招待。”美人看见外国青年两手戴着两只大钻戒，不由得赞不绝口；临了两只钻戒从老实人手上过渡到了侯爵夫人手上。

老实人做了对不起居内贡小姐的事。和班里戈登神甫一路回去，一路觉得良心不安：神甫对他的痛苦极表同情。老实人在赌台上输的五万法郎和两只半送半骗的钻戒，神甫只分润到一个小数目；他存心要利用结交老实人的机会，尽量捞一笔，便和他大谈其居内贡。老实人对他说，将来在佛尼市见了爱人，一定要求她饶恕他的不忠实。

班里戈登变得格外恭敬，格外体贴了；老实人说什么，做什么，打算做什么，神甫都表示热心和关切。

他问老实人："那末先生，你是在佛尼市有约会了？"老实人答道："是啊，神甫，我非到佛尼市去跟居内贡小姐相会不可。"他能提到爱人真是太高兴了，所以凭着心直口快的老脾气，把自己和大名鼎鼎的威斯发里美人的情史，讲了一部分。

神甫说："大概居内贡小姐极有才气，写的信也十分动人罢？"老实人道："我从来没收到过；你想。我为了钟情于她而被赶出爵府的时候，我不能写信给她；不久听说她死了，接着又和她相会，又和她分手；最后我在离此一万多里的地方，派了一个当差去接她。"

神甫留神听着，若有所思。不一会他和两个外国人亲热的拥抱了一下，告辞了。第二天，老实人睁开眼来就收到一封信，措辞是这样的：

"我最亲爱的情人，我病在此地已有八天了；听说你也在城中。要是我能动弹，早已飞到你怀抱里来了。我知道你路过波尔多；我把忠心的加刚菩和老婆子留在那边，让他们随后赶来。布韦诺斯·爱累斯总督把所有的宝物都拿去了，可是我还有你的一颗心。快来罢，见了你，我就有命了，要不然我也会含笑而死。"

这封可爱的信，这封意想不到的信，老实人看了说不出的欢喜；心爱的居内贡病倒的消息又使他痛苦万分。老实人被两种情绪搅乱了，急忙拿着黄金钻石，教人把他和玛丁两个带往居内贡的旅馆。他走进去，紧张得全身打战，心儿乱跳，说话带着哭声；他想揭开床上的帐幔，教人拿支蜡烛过来。"不行，见了光她就没有命了。"女佣人说着，猛的把帐幔放下了。老实人哭道："亲爱的居内贡，你觉得好些吗？你不能见我的面，至少跟我说句话呀。"女佣人道："她不能说话。"接着她从床上拉出一只滚圆的手，让老实人把眼泪浇在上面，浇了半天。他拿几颗钻石塞在那只手里，又在椅子上留下一袋黄金。

他正在大动感情，忽然来了一个差官，后面跟着班里戈登神甫和几名差役。差官道：“嘿！这两个外国人形迹可疑！”随即喝令手下的人把他们逮捕，押往监狱。老实人道：“黄金国的人可不是这样对待外客的。”玛丁道：“啊！我更相信马尼教了。”老实人问：“可是，先生，你把我们带往哪儿去呢？”——“进地牢去。”差官回答。

玛丁定下心神想了想，断定冒充居内贡的是个女骗子，班里戈登神甫是个男骗子，他看出老实人天真不过，急于下手；差官又是一个骗子，可是容易打发的。

为了避免上公堂等等的麻烦，老实人听了玛丁劝告，又急于和货真价实的居内贡相会，便向差官提议送他三颗小钻，每颗值三千比斯多。差官说道：“啊，先生，哪怕你十恶不赦，犯尽了所有的罪，你也是世界上第一个规矩人；三颗钻石！三千比斯多一颗！我替你卖命都来不及，怎么还会把你送地牢？公家要把外国人全部抓起来，可是我有办法；我有个兄弟住在诺曼地的第挨普海港，让我带你去；只要你有几颗钻石给他，他会像我一样的侍候你。”

老实人问：“为什么要把外国人都抓起来呢？”班里戈登神甫插嘴道：“因为有个阿德雷巴西的光棍①，听了混账话，作了大逆不道的事，不是像一六一〇年五月的案子，而是像一五九四年十二月的那件②，还有像别的一些案子，是别的光棍听了混账话，在别的年份别的月份犯的。”

---

① 此系作者影射达眠安事件：一七五七年一月五日，一个精神不健全的乡下人，名叫达眠安，以小刀刺伤路易十五，卒被凌迟处死。

② 一五九四年十二月。亨利四世被约翰·夏丹行刺；又于一六一〇年五月，被拉伐伊阿克行刺，重伤身死。以上各案均与十六七世纪时宗教斗争有关。

差官把案情①解释给老实人听，老实人叫道："啊！这些野兽！一个整天唱歌跳舞的国家，竟有这样惨无人道的事！这简直是猴子耍弄老虎的地方，让我快快逃出去罢。我在本乡见到的是大熊；只有在黄金国才见过人！差官先生，看上帝份上，带我上佛尼市罢，我要在那儿等居内贡小姐。"差官道："我只能送你上诺曼地；"当下教人开了老实人的和玛丁的脚镣，说是误会了，打发了手下的人，亲自把两人送往诺曼地，交给他兄弟。那时港中泊着一条荷兰船。靠了另外三颗钻石帮忙，诺曼地人马上成为天下第一个热心汉，把老实人和玛丁送上船，开往英国的朴次茅斯海港。那不是到佛尼市去的路；但老实人以为这样已经逃出了地狱，打算一有机会就取道上佛尼市。

① 一七五七年达眠安处死以前，备受酷刑；拿过凶器的手被用火焚烧，又浇以沸油及溶化的铅。

# 第二三章　老实人与玛丁在英国海岸上见到的事

“啊，邦葛罗斯！邦葛罗斯！啊，玛丁！玛丁！啊，亲爱的居内贡！这是什么世界呀？”老实人在荷兰船上这么叫着。玛丁答道：“都是些疯狂丑恶的事儿。”——“你到过英国，那边的人是不是跟法国人一样疯狂的？”——玛丁道：“那是另外一种疯狂。英法两国正为了靠近加拿大的几百亩雪地打仗，为此英勇的战争所花的钱，已经大大超过了全加拿大的价值。该送疯人院的人究竟哪一国更多，恕我资质愚钝，无法奉告。我只知道我们要遇到的人性情忧郁，肝火很旺。”

说话之间，他们进了朴次茅斯港；港内泊着舰队；岸上人山人海，睁着眼望着一个胖子；他跪在一条兵船的甲板上，四个兵面对着他，每人若无其事的朝他脑袋放了三枪；岸上的看客便心满意足的回去了。老实人道：“怎么回事呀？哪个魔鬼这样到处发威的？”他向人打听，那个在隆重的仪式中被枪毙的胖子是谁。“是个海军提督①。”有人回答。“为什么要杀他呢？”——“因为他杀人杀得不够，他和一个法国海军提督作战，离开敌人太远了。”老实人道：“可是法国提督离开英国提督不是一样远吗？”

---

① 影射一七五七年三月英国海军提督平格被杀事，因平格于一七五六年与法国舰队作战败绩。

旁边的人回答："不错；可是这个国家，每隔多少时候总得杀掉个把海军提督，鼓励一下别的海军提督。"

老实人对于所见所闻，又惊骇，又厌恶，简直不愿意上岸；当下跟荷兰船主讲妥价钱，把船直放佛尼市；哪怕这船主会像苏利南的那个一样的拐骗他，也顾不得了。

两天以后，船主准备停当，把船沿着法国海岸驶去；远远望见里斯本的时候，老实人吓得直打哆嗦。接着进了海峡，驶入地中海；终于到了佛尼市。老实人搂着玛丁叫道："哎啊！谢谢上帝！这儿我可以和美人居内贡相会了。我相信加刚菩跟相信我自己一样。苦尽甘来，否极泰来，不是样样都十全十美了吗？"

# 第二四章　巴该德与奚罗弗莱的故事

老实人一到佛尼市，就着人到所有的酒店，咖啡馆，妓院去找加刚菩，不料影踪全无。他每天托人去打听大小船只，只是没有加刚菩的消息。他对玛丁说：“怎么的！我从苏利南到波尔多，从波尔多到巴黎，从巴黎到第揆普，从第揆普到朴次茅斯，绕过了葡萄牙和西班牙的海岸，穿过地中海，在佛尼市住了几个月：这么长久的时间，我的美人儿和加刚菩还没到！我非但没遇到居内贡，倒反碰上了一个女流氓和一个班里戈登神甫！她大概死了罢，那我也只有一死了事。啊！住在黄金的乐园里好多了，不应当回到这该死的欧洲来的。亲爱的玛丁，你说得对，人生不过是些幻影和灾难。”

他郁闷不堪，既不去看时行的歌剧，也不去欣赏狂欢节的许多游艺节目，也没有一个女人使他动心。玛丁说：“你太傻了，你以为一个混血种的当差，身边带着五六百万，真会到天涯海角去把你的情妇接到佛尼市来吗？要是找到的话，他就自己消受了。要是找不到，他也会另找一个。我劝你把你的当差和你的情人居内贡，一齐丢开了罢。”玛丁的话只能教人灰心。老实人愈来愈愁闷，玛丁还再三向他证明，除了谁也去不了的黄金国，德行与快乐在世界上是很少的。

一边讨论这个大题目，一边等着居内贡，老实人忽然瞧见一个年轻的丹阿德会①修士，搀着一位姑娘在圣·马克广场上走过。修士年富力强，肥肥胖胖，身体精壮结实，眼睛很亮，神态很安详，脸色很红润，走路的姿势也很威武。那姑娘长得很俏，嘴里唱着歌，脉脉含情的瞧着修士，常常拧他的大胖脸表示亲热。老实人对玛丁道："至少你得承认，这两人是快活的了。至此为止，除了黄金国以外，地球上凡是人住得的地方，我只看见苦难；但这个修士和这个姑娘，我敢打赌是挺幸福的人。"玛丁道："我打赌不是的。"老实人说："只要请他们吃饭，就可知道我有没有看错了。"

他过去招呼他们，说了一番客套话，请他们同到旅馆去吃通心粉，龙巴地鹧鸪，鲟鱼蛋，喝蒙德华岂阿诺酒，拉克利玛一克利斯底酒，希望酒，萨摩酒。小姐红了红脸，修士却接受了邀请；女的跟着他，又惊异又慌张的瞧着老实人，甚至于含着一包眼泪。才跨进老实人的房间，她就说："怎么，老实人先生认不得巴该德了吗？"老实人原来不曾把她细看，因为一心想着居内贡；听了这话，回答道："唉！可怜的孩子，原来是你把邦葛罗斯博士弄到那般田地的？"巴该德道："唉，先生，是呀。怪道你什么都知道了。我听到男爵夫人和居内贡小姐家里遭了横祸。可是我遭遇的残酷也不相上下。你从前看见我的时候。我还天真烂漫。我的忏悔师是一个芳济会修士，轻易就把我勾搭上了。结果可惨啦；你被男爵大人踢着屁股赶走以后，没几天我也不得不离开爵府。要不是一个本领高强的医生可怜我，我早死了。为了感激，我做了这医生的情妇。他老婆妒忌得厉害，天天下毒手打我，像发疯一样。医生是天底下顶丑的男人，我是天底下顶苦的

① 丹阿德会为旧教中的一派，十六世纪时由丹阿多主教创立。

女人，为了一个自己并不喜欢的男人整天挨打。先生，你知道，泼妇嫁给医生是很危险的。他受不了老婆的凶悍，有天给她医小伤风，配了一剂药，灵验无比，她吃下去抽搐打滚，好不怕人，两小时以内就送了命。太太的家属把先生告了一状，说他谋杀；他逃了，我坐了牢。倘不是我还长的俏，尽管清白无辜也救不了我的命。法官把我开脱了，条件是由他来顶医生的缺。不久，一位情敌又补了我的缺，把我赶走，一个钱也没给。我只得继续干这个该死的营生；你们男人以为是挺快活的勾当，我们女人只觉得是人间地狱。我到佛尼市来也是做买卖的。啊！先生，不管是做生意的老头儿，是律师，是修士，是船夫，是神甫，我都得陪着笑脸侍候；无论什么耻辱，什么欺侮，都得准备捱受；往往衣服都没有穿了，借着别人的裙子走出去，让一个混账男人撩起来；从东家挣来的钱给西家偷去；衙门里的差役还要来讹诈你；前途有什么指望呢？还不是又老又病，躺在救济院里，扔在垃圾堆上！先生，你要想想这个滋味，就会承认我是天底下最苦命的女人了。”

巴该德在小房间里，当着玛丁对老实人说了这些知心话。玛丁和老实人道：“你瞧，我赌的东道已经赢了一半。”

奚罗弗莱修士坐在饭厅里，喝着酒等开饭。老实人和巴该德道：“可是我刚才碰到你，你神气多快活，多高兴，你唱着歌，对教士那么亲热，好像是出于真心的，你自己说苦得要命，我看你倒是乐得很呢。”巴该德答道：“啊！先生，那又是我们这一行的苦处呀。昨天一个军官抢了我的钱，揍了我一顿，今天就得有说有笑的讨一个修士喜欢。”

老实人不愿意再听了；他承认玛丁的话不错。他们跟巴该德和丹阿德修士一同入席；饭桌上大家还高兴，快吃完的时候。说话比较亲密了。老实人道：“神甫，我觉得你的命很不差，大可羡慕；你的脸色表示你身体康健，心中快乐；又有一个挺漂亮的姑娘陪你散心，看来你对丹阿德修士这个职业是顶满意的了。”

奚罗弗莱修士答道：“嘿，先生，我恨不得把所有的丹阿德修士都沉到海底去呢。我几次三番想把修道院一把火烧掉，去改信回回教。我十五岁的时候，爹娘逼我披上这件该死的法衣，好让一个混账的，天杀的哥哥多得一份产业。修道院里只有妒忌，倾轧，疯狂。我胡乱布几次道，挣点儿钱，一半给院长克扣，一半拿来养女人。但我晚上回到修道院，真想一头撞在卧房墙上；而我所有的同道都和我一样。”

玛丁转身朝着老实人，照例很冷静的说道：“喂，我赌的东道不是全赢了吗？”老实人送了两千银洋给巴该德，送了一千给奚罗弗莱修士，说道：“我担保，凭着这笔钱，他们就快乐了。”玛丁道：“我可不信，这些钱说不定把他们害得更苦呢。”老实人道：“那也管不了；可是有件事我觉得很安慰：你以为永远不会再见的人竟会再见：既然红绵羊和巴该德都遇到了，很可能也会遇到居内贡。”玛丁说：“但愿她有朝一日能使你快活；可是我很怀疑。”——“你的心多冷。”老实人说。——“那是因为我事情经得多了。”玛丁回答。

老实人道：“你瞧那些船夫，不是老在唱歌吗[①]？”玛丁道：“你没瞧见他们在家里，跟老婆和小娃娃们在一起的情形呢。执政[②]有执政的烦恼，船夫有船夫的烦恼。固然，通盘算起来，还是船夫的命略胜一筹，可是也相差无几，不值得计较。”

老实人道：“外边传说这里有位元老，叫做波谷居朗泰，住着勃朗泰河上那所华丽的王府，招待外国人还算客气。听说他是

---

① 佛尼市游艇有名于世，舟子之善歌亦有名于世。

② 佛尼市共和城邦的政府首长，自七世纪末至十八世纪末均称 Doge，原义为公爵，但易与普通的公爵相混，故暂译作“执政”。

一个从来没有烦恼的人。”玛丁说：“这样少有的品种，我倒想见识见识。”老实人立即托人向波谷居朗泰大人致意，要求准许他们第二天去拜访。

# 第二五章　佛尼市贵族波谷居朗泰访问记

老实人和玛丁坐着游艇，驶进勃朗泰河，到了元老波谷居朗泰的府上。花园布置得很雅，摆着美丽的白石雕像。王府建筑极其宏丽。主人年纪六十左右，家财巨万；接见两位好奇的来客颇有礼貌，可并不热烈；老实人不免有点局促，玛丁倒还觉得满意。

两个相貌漂亮，衣著大方的姑娘，先端上泡沫很多的巧克力敬客。老实人少不得把她们的姿色，风韵和才干，称赞一番。元老说道："这两个姑娘还不错，有时我让她们睡在我床上；因为我对城里的太太们，对她们的风情，脾气，妒忌，争吵，狭窄，骄傲，愚蠢，还有非给她们写不可的，或是非教人写不可的十四行诗，都厌倦透顶；可是这两个姑娘也教我起腻了。"

吃过早点，老实人在画廊中散步，看着美不胜收的画惊叹不已。他问那开头的两幅是谁的作品。主人说："那是拉斐尔的。几年前，为了虚荣我花大价钱买了来；据说是全意大利最美的东西，我却一点不喜欢，颜色已经暗黄了，人体不够丰满，表现得不够有力；衣褶完全不像布帛。总而言之，不管别人怎么说，我觉得这两幅画不够逼真。一定要像看到实物一样的画，我才喜欢；但这种作品简直没有。我藏着不少画，早就不看了。”

饭前，波谷居朗泰教人来一支合奏曲。老实人觉得音乐美极了。波谷居朗泰道：“这种声音可以让你消遣半个钟点，再多，大家就听厌了，虽然没有一个人敢说出来。现在的音乐，不过是以难取胜的艺术；仅仅是难奏的作品，多听几遍就没人喜欢。

“我也许更爱歌剧，要不是人家异想天开，把它弄成怪模怪样的教我生气。那些谱成音乐的要不得的悲剧，一幕一幕只是没来由的插进几支可笑的歌，让女戏子卖弄嗓子，这种东西，让爱看的人去看罢。一个阉割的男人哼哼唧唧，扮演凯撒或加东，在台上愣头傻脑的踱方步：谁要愿意，谁要能够，对这种东西低徊叹赏，尽管去低徊叹赏；至于我，我久已不愿领教了；这些浅薄无聊的玩艺儿，如今却成为意大利的光荣，各国的君主还不惜重金罗致呢。”老实人很婉转的，略微辩了几句。玛丁却完全赞成元老的意见。

他们吃了一餐精美的饭，走进书房。老实人瞥见一部装订极讲究的《荷马全集》，便恭维主人趣味高雅。他说：“这一部是使伟大的邦葛罗斯，德国最杰出的哲学家，为之陶醉的作品。”波谷居朗泰冷冷的答道：“我并不为之陶醉。从前人家硬要我相信这作品很有趣味；可是那些翻来覆去，讲个不休的大同小异的战争；那些忙忙碌碌而一事无成的神道；那战争的祸根，而还够不上做一个女戏子的海仑；那老是围困而老是攻不下的脱洛阿城；都教我厌烦得要死。有时候我问几位学者，是不是看了这书跟我一样发闷。凡是真诚的都承认看不下去。但书房中非有一部不可，好比一座古代的纪念碑，也好比生锈而市面上没人要的古徽章。”

老实人问：“大人对维琪尔的见解不是这样罢？”波谷居朗泰

答道："我承认他的《埃奈伊特》① 第二、第四、第六各卷都很精采；但是那虔诚的埃奈伊，勇武的格劳昂德，好友阿夏德，小阿斯加尼于斯，昏君拉底奴斯，庸俗的阿玛太，无聊的拉维尼亚，却是意趣索然，令人生厌。我倒更喜欢塔索和阿利渥斯托笔下那些荒诞不经的故事②。"

老实人道："恕我冒昧，先生读荷拉斯是不是极感兴趣呢？"波谷居朗泰回答："不错，他写了些格言，对上流人物还能有点益处；而且是用精悍的诗句写的，比较容易记。可是他描写勃兰特的旅行，吃得挺不舒服的饭，两个粗人的口角，说什么一个人好比满口脓血，另外一个好比一嘴酸醋等等，我都懒得理会。他攻击老婆子和女巫的诗，粗俗不堪，我只觉得恶心。他对他的朋友曼塞纳说，如果自己能算得一个抒情诗人，一定高傲得昂然举首，上触星辰：这等话我也看不出有什么价值③。愚夫愚妇对于一个大名家的东西，无有不佩服的。可是我读书只为我自己，只有合我脾胃的才喜欢。"老实人所受的教育，使他从来不会用自己的眼光判断，听了主人的话不由得大为惊奇；玛丁却觉得波谷居朗泰的思想方式倒还合理。

老实人忽然叫道："噢！这儿是一部西塞罗④；这个大人物的作品，阁下想必百读不厌罢？"那佛尼市元老说："我从来不看

---

① 拉丁诗人维琪尔（纪元前70—前19年）著有未完成的史诗《埃奈伊特》，叙述荷马史诗中的英雄定居意大利的故事，以埃奈伊为主角。全书完成的有十二卷。

② 意大利诗人塔索（1544—1595），著有史诗《耶路撒冷之解放》。诗人阿利渥斯托（1474—1533）著有长诗（狂怒的洛朗》。

③ 拉丁诗人荷拉斯（纪元前64—前8年）与当时皇帝奥古斯德为友，尤受政治家曼塞纳之知遇；荷拉斯曾于有名的献词中，言人各有愿望理想，己之理想则为抒情诗人。

④ 西塞罗（纪元前106－前43年）为罗马共和时代之政论家，演说家。

的。他替拉皮里于斯辩护也罢，替格鲁昂丢斯辩护也罢，反正跟我不相干。我自己经手的案子已经多得很了。我比较惬意的还是他的哲学著作；但看到他事事怀疑，我觉得自己的知识跟他相差不多，也用不着别人再来把我教得愚昧无知了。”

“啊！”玛丁叫道，“这儿还有科学院出版的二十四册丛刊，也许其中有些好东西罢？”波谷居朗泰说道：“哼，只要那些作家中间有一个，能发明做别针的方法，就算是好材料了；可是这些书里只有空洞的学说，连一种实用的学识都找不到。”

老实人道：“这里又是多少剧本啊！有意大利文的，有西班牙文的，有法文的。”元老回答：“是的，一共有三千种，精采的还不满三打。至于这些说教的演讲，全部合起来还抵不上一页赛纳克①，还有那批卷帙浩繁的神学书；你们想必知道我是从来不翻的，不但我，而且谁也不翻的。”

玛丁看到书架上有好几格都插着英文书，便道：“这些书多半写得毫无顾忌，阁下既是共和城邦的人，想必喜欢的罢？”波谷居朗泰回答说：“不错，能把自己的思想写出来是件美事，也是人类独有的权利；我们全意大利的人，笔下写的却不是心里想的；凯撒与安东尼的同乡，没有得到多明我会修士的准许，就不敢自己转一个念头。启发英国作家灵感的那种自由，倘不是被党派的成见与意气，把其中一切有价值的部分糟蹋了，我一定会喜爱的。”

老实人看见一部《弥尔敦诗集》，便问在他眼里，这作家是否算得大人物。波谷居朗泰说道：“谁？他吗？这野蛮人用生硬的诗句，为《创世纪》第一章写了十大章注解：这个模仿希腊作家的俗物把创造世界的本事弄得面目全非；摩西明明说上帝用言

① 赛纳克（纪元前4年－纪元65年）为罗马时代哲学家，遗著除哲学论文外，尚有讽刺文集。

语造出世界的，那俗物却教弥赛亚到天堂的柜子里，去拿一个圆规来画出世界的轮廓①！我会把他当做大人物吗？塔索笔下的魔鬼和地狱都给他糟蹋了②，吕西番一忽儿变了癞蛤蟆，一忽儿变了小矮子，一句话讲到上百次；还要辩论神学；阿利渥斯托说到火枪的发明，原是个笑话，他却一本正经的去模仿，教魔鬼们在天上放大炮③：这样的人我会敬重吗？不用说我，全意大利也没有人喜欢这种沉闷乏味，无理取闹的作品。什么罪恶与死亡的结合，什么罪恶生产的毒蛇④，只要口味比较文雅一些的人都会看了作呕，他描写病院的长篇大论，只配筑坟墓的工人去念。⑤ 这部晦涩，离奇，丑恶的诗集，一出世就教人瞧不起；我现在对待他的态度，跟他同时代的本国人一样。并且，我只知道说出自己的思想，决不理会别人是否跟我一般思想。”老实人听了这话大为懊丧；他是敬重荷马，也有点喜欢弥尔敦的。他轻轻的对玛丁

---

① 《创世纪》第一章有“神说：要有光；就有光”等等之语，故基督教素来认为上帝是用言语创造世界的。摩西相传为《创世纪》的作者；今人考证，则谓《创世纪》系犹太人于纪元六世纪时得之于巴比仑传说。弥尔敦诗中《失乐园》则谓弥赛亚（意为神之子）以金圆规画出世界，使有边际，不致浩瀚无涯。

② 魔鬼虽从基督教观念中来，塔索写之仍用异教徒笔法，与古代拉丁诗人同；不若弥尔敦之形容魔鬼，高踞于地狱之中，横卧于火湖之上，半沉半浮，身遭缧绁。以纯粹古典趣味之服尔德观之，弥尔敦与塔索之描写，自有雅俗之分。魔鬼有许多名字，吕西番其一也。

③ 阿利渥斯托在《狂怒的洛朗》《在意大利文则为》《狂怒的奥朗多》中曾谓弗列查（Friza）之王有一兵器（火枪），举世莫敌。弥尔敦于《失乐园》中称魔鬼发明枪炮以攻天堂。

④ 此为服尔德误忆。（失乐园》第十卷中仅言罪恶与死在地狱中等候。一知撒旦诱致亚当与夏娃堕落一事成功。即结伴同贺，并未提及结婚。撒旦返地狱，自夸功绩，上帝罚之忽为蛇形，手下诸魔亦变为蛇，并非罪恶所生产。

⑤ 《失乐园》第十一卷，天使弥盖尔示亚当以将来世界，有病院中各种呻吟痛苦之状。

道："唉，我怕这家伙对我们的德国诗人也不胜鄙薄呢。"玛丁道："那也何妨?"老实人又喃喃说道："噢！了不起的人物！这波谷居朗泰竟是个大天才！他对什么都不中意。"

他们把书题过目完了，下楼到花园里去。老实人把园子的美丽极口称赞了一番。主人道："这花园恶俗不堪；只有些无聊东西；明儿我就叫人另起一所，布置得高雅一些。"

两个好奇的客人向元老告辞了，老实人对玛丁说："喂！这一回你总得承认见到了一个最快乐的人罢？因为他一无所惑，超脱一切。"玛丁道："你不看见他对自己所有的东西都厌恶吗？柏拉图早说过，这个不吃，那个不受的胃，决不是最强健的胃。"老实人道："能批评一切，把别人认为美妙的东西找出缺点来，不也是一种乐趣吗?"玛丁回答："就是说把没有乐趣当作乐趣，是不是?"老实人叫道："啊！世界上只有我是快乐的，只要能和居内贡小姐相会。"——"能够希望总是好的。"玛丁回答。

可是几天过去了，几星期过去了，加刚菩始终不回来。老实人陷在痛苦之中；甚至巴该德和奚罗弗莱修士谢都没来谢一声，他也不以为意。

# 第二六章　老实人与玛丁和六个外国人同席，外国人的身份

一天晚上，老实人和玛丁两个，正要和几个同寓的外国人吃饭，一个皮色像煤烟似的人从后面过来，抓着他的手臂，说道："请你准备停当，跟我们一起走，别错过了。"老实人掉过头来，一看是加刚菩。他惊喜交集的情绪，只比见到居内贡差一点。他几乎快乐得发疯，把朋友拥抱着叫道："啊！居内贡一定在这里了，在哪儿呢？快点带我去，让我跟她一块儿欢天喜地的快活一阵。"加刚菩道："居内贡不在这里，她在君士坦丁堡。"——"啊！天哪！在君士坦丁堡！不过哪怕她在中国，我也要插翅飞去；咱们走罢。"加刚菩答道："我们吃过晚饭才走，现在不能多谈；我做了奴隶，主人等着我；我得侍候他用餐；别多讲话；快去吃饭，准备出发。"

老实人一半快乐一半痛苦：高兴的是遇到了他忠心的使者，奇怪的是加刚菩变了奴隶；他只想着跟情人相会，心乱得很，头脑搅昏了。当下他去吃饭，同桌的是玛丁，——他看到这些事，态度是很冷静的，——还有到佛尼市来过狂欢节的六个外国人。

加刚菩替内中的一个外国人管斟酒，席终走近他的主人，凑着耳朵说道："陛下随时可以动身了，船已经准备停当。"说完便出去

了。同桌的人诧异之下，一声不出，彼此望了望。另外一个仆人走近他的主人，说道："陛下的包车在巴杜等着，渡船已经准备好了。"主人点点头，仆人走了。同桌的人又彼此望了望，觉得更奇怪了。第三个佣人也走近第三个外国人，说道："陛下不能多留了：我现在就去准备一切。"说完也马上走了。

老实人和玛丁，以为那是狂欢节中乔装取笑的玩艺。第四个仆人和第四个主人说："陛下随时可以动身了。"然后和别人一样，出去了。第五个佣人对第五个主人也是这一套。但第六个佣人，对坐在老实人旁边的第六个主人说的话大不相同："陛下，人家不肯再赊账了；今天晚上我和陛下都可能关进监狱；我现在去料理一些私事，再见罢。"

六个仆人都走了，老实人，玛丁和六个外国人，都肃静无声。最后，老实人忍不住开口道："诸位，这个取笑的玩艺儿真怪，为什么这个那个，你们全是国王呢？老实说，我和玛丁两个可不是的。"

加刚菩的主人一本正经用意大利文说道："我不是开玩笑，我是阿赫美特三世，做过好几年苏丹；我篡了我哥哥的王位，我的侄儿又篡了我的王位；我的宰相都砍了头，我如今在冷宫里养老。我的侄儿谟罕默德苏丹有时让我出门疗养，这一回是到佛尼市来过狂欢节的。"

阿赫美特旁边的一个青年接着说："我叫做伊凡，从前是俄罗斯皇帝，在摇篮中就被篡位了；父母都被幽禁，我是在牢里长大的；有时我可以由看守的人陪着，出门游历；这一回是到佛尼市来过狂欢节的。"

第三个人说道："我是英王查理-爱德华；父亲把王位让给我，我奋力作战维持我的权利，人家把我手下的八百党羽挖出心来，打在他们脸上，把我下了狱。现在我要上罗马去看我的父王，他跟我和我的祖父一样是被篡位的。这回我到佛尼市来过狂欢节。”

第四个接着说：“我是波拉葛①的王；因为战事失利，丢了世袭的国土；我父亲也是同样的遭遇，如今我听天由命，像阿赫美特苏丹，伊凡皇帝，英王查理－爱德华一样，但愿上帝保佑他们长寿；这回我是到佛尼市来过狂欢节的。”

第五个说：“我也是波拉葛的王，丢了两次王位；但上帝给了我另外一个行业，我做的好事，超过所有萨尔玛德王在维斯丢拉河边做的全部好事；我也是听天由命；这一回是到佛尼市来过狂欢节的。”

那时轮到第六个王说话了。他道：“诸位，我不像你们那样的天潢贵胄；但也做过王，像别的王一样。我叫做丹沃淘，高斯人立我为王。当初人家称我陛下，现在称我先生都很勉强。我铸过货币，如今囊无分文；有过两位国务大臣，结果只剩一个跟班；我登过宝座，后来却在伦敦坐了多年的牢，睡在草垫上。我很怕在这儿会受到同样的待遇，虽则我和诸位陛下一样，是到佛尼市来过狂欢节的。”

其余五个王听了这番话非常同情，每人送了二十金洋给丹沃淘添置内外衣服。老实人送了价值两千金洋的一枚钻石。五个王问道：“这位是谁？一个平民居然拿得出一百倍于你我的钱，而且肯随便送人！”

离开饭桌的时候，旅馆里又到了四位太子殿下，也是因战事失利，丢了国家，到佛尼市来过最后几天的狂欢节的。老实人对新来的客人根本没注意。他一心只想到君士坦丁堡去见他心爱的居内贡。

---

① 十七世纪时服役法国的波兰骑兵叫做波拉葛。

# 第二七章　老实人往君士坦丁堡

忠心的加刚菩，和载送阿赫美特苏丹回君士坦丁堡的船主讲妥，让老实人和玛丁搭船同行。老实人和玛丁向落难的苏丹磕过头，便出发上船。一路老实人对玛丁说："你瞧，和我们一同吃饭的竟有六个废王，内中一个还受我布施。更不幸的王侯，说不定还有许多。我啊，我不过丢了一百头绵羊，现在却是飞到居内贡怀抱中去了。亲爱的玛丁，邦葛罗斯毕竟说得不错：万事大吉。"玛丁道："但愿如此。"老实人道："可是我们在佛尼市遇到的事也真怪。六位废王在客店里吃饭，不是见所未见，闻所未闻吗？"玛丁答道："也未必比我们别的遭遇更奇。国王被篡位是常事；我们叨陪末座，和他们同席，也没什么了不起，不足挂齿。"

老实人一上船，就搂着他从前的当差，好朋友加刚菩的脖子。他说："哎，居内贡怎么啦？还是那么姿容绝世吗？照旧爱我吗？她身体怎样？你大概在君士坦丁堡替她买了一所行宫罢？"

加刚菩回答："亲爱的主人，居内贡在普罗篷提特海边洗碗，在一位并没多少碗盏的废王家里当奴隶；废王名叫拉谷斯基，每天从土耳其皇帝手里领三块钱过活；更可叹的是，居内贡变得奇丑无比了。"老实人道："啊，美也罢，丑也罢，我是君子人，我的责任是对她始终如一。但你带着五六百万，怎么她还会落到这般田地?”加刚菩道:“唉,我不是先得送布韦诺斯·爱累斯总督两百万,赎出居内贡吗?余下的不是全给一个海盗好不英勇的抢了去吗?那海盗不是把我们带到马塔班海角,带到弥罗,带到尼加利阿,带到萨摩斯,带到彼特拉,带到达达尼尔,带到斯康塔里吗?临了,居内贡和老婆子两人落在我刚才讲的废王手里,我做了前任苏丹的奴隶。”老实人道:“哎哟,祸不单行,一连串的倒楣事儿何其多啊!幸而我还有几颗钻石,不难替居内贡赎身。可惜她人变丑了。”

他接着问玛丁:“我跟阿赫美特苏丹,伊凡皇帝,英王查理-爱德华,你究竟觉得哪一个更可怜?”玛丁道:“我不知道,除非我钻在你们肚里。”老实人说:“啊,要是邦葛罗斯在这里,就能告诉我了。”玛丁道:“我不知道你那邦葛罗斯用什么秤,称得出人的灾难和痛苦。我只相信地球上有几千几百万的人,比英王查理-爱德华,伊凡皇帝和阿赫美特苏丹不知可怜多少倍。”——“那很可能。”老实人说。

不多几天,他们进入黑海运河。老实人花了很大的价钱赎出加刚菩,随即带着同伴改搭一条苦役船,到普罗篷提特海岸去寻访居内贡,不管她丑成怎样。

船上的桨手队里有两名苦役犯,划桨的手艺很差;船主是个小亚细亚人,不时用牛筋鞭子抽着那两个桨手的赤露的背。老实人无意中把他们特别细瞧了一会,不胜怜悯的走近去。他觉得他们完全破相的脸上,某些地方有点像邦葛罗斯和那不幸的耶稣会士,就是那位男爵,居内贡小姐的哥哥。这印象使他心中一动,而且很难过,把他们瞧得更仔细了。他和加刚菩道:“真的,要不是我眼看邦葛罗斯被吊死,要不是我一时糊涂,亲手把男爵杀死,我竟要相信这个划桨的就是他们了。”

听到男爵和邦葛罗斯的名字,两个苦役犯大叫一声,放下了桨，呆在凳上不动了。船主奔过来，越发鞭如雨下。老实人叫道："先生，别打了，别打了；你要多少钱我都给。"一个苦役犯嚷道："怎么！是老实人！"另外一个也道："怎么！是老实人！"老实人道："我莫非做梦不成？我究竟醒着还是睡着？我是在这条船上吗？这是我杀死的男爵吗？这是我眼看被吊死的邦葛罗斯大师吗？"

两人回答："是我们啊，是我们啊。"玛丁问："怎么，那位大哲学家就在这儿？"老实人道："喂，船主，我要赎出森特-登-脱龙克男爵，日耳曼帝国最有地位的一个男爵，还有全日耳曼最深刻的玄学家邦葛罗斯先生：你要多少钱？"船主答道："狗东西的基督徒！既然这两条苦役狗是什么男爵，什么玄学大家，那一定是他们国内的大人物了；我要五万金洋！"——"行！先生；赶快送我上君士坦丁堡，越快越好，到了那里我马上付钱。啊，不，你得带我上居内贡小姐那儿。"船主听到老实人要求赎出奴隶，早已掉转船头，向君士坦丁堡进发，教手下的人划得比飞鸟还快。

老实人把男爵和邦葛罗斯拥抱了上百次。——"亲爱的男爵，怎么我没有把你杀死的？亲爱的邦葛罗斯，怎么你吊死以后还活着的？你们俩又怎么都在土耳其船上做苦役的？"男爵道："我亲爱的妹妹果真在这里吗？"——"是的。"加刚菩回答。邦葛罗斯嚷道："啊，我又见到我亲爱的老实人了。"老实人把玛丁和加刚菩向他们介绍了。他们都互相拥抱，抢着说话。船飞一般的向前，已经到岸了。他们叫来一个犹太人，老实人把一颗价值十万的钻石卖了五万，犹太人还用亚伯拉罕的名字赌咒，说无论如何不能多给了。老实人立刻付了男爵和邦葛罗斯的身价。邦葛罗斯扑在地下，把恩人脚上洒满了眼泪；男爵只点点头表示谢意，答应一有机会就偿还这笔款子。他说："我妹子可是真的在土耳其?”加刚菩答道:“一点不假;他在一位德朗西末尼亚的废王家里洗碗。”他们又找来两个犹太人;老实人又卖了两颗钻,然后一齐搭着另外一条船去赎居内贡。

# 第二八章　老实人，居内贡，邦葛罗斯和玛丁等等的遭遇

老实人对男爵道："对不起，男爵，对不起，神甫，请你原谅我把你一剑从前胸戳到后背。"男爵道："别提了；我承认当时我火气大了一些；但你既然要知道我怎么会罚做苦役的，我就告诉你听：我的伤口经会里的司药修士医好之后，一队西班牙兵来偷袭，把我活捉了，下在布韦诺斯·爱累斯牢里，那时我妹妹正好离开那儿。我要求遣回罗马总会。总会派我到驻君士坦丁堡的法国大使身边当随从司祭。到任不满八天，有个晚上遇到一位宫中侍从，年纪很轻，长得很美。天热得厉害：那青年想洗澡；我也借此机会洗澡。谁知一个基督徒和一个年轻的回教徒光着身子在一起，算是犯了大罪。法官教人把我脚底打了一百板子，罚作苦役。我不信世界上还有比这个更冤枉的事。但我很想知道，为什么我妹妹替一个亡命在土耳斯的，德朗西末尼亚废王当厨娘？"

老实人道："那末你呢，亲爱的邦葛罗斯，怎么我又会见到你呢？"邦葛罗斯道："不错，你是看我吊死的；照例我是应当烧死的；可是你记得，他们正要动手烧我，忽然下起雨来；雨势猛烈，没法点火；他们无可奈何，只得把我吊死了事。一个外科医生买了我的尸体，拿回去解剖。他先把我从肚脐到锁骨，一横一

直划了两刀。我那次吊死的手续，做得再糟糕没有。执行异教裁判所救世大业的是个副司祭，烧死人的本领的确天下无双，但吊人的工作没做惯：绳子浸饱了雨水，不大滑溜了，中间又打了结；因此我还有一口气。两刀划下来，我不禁大叫一声，那外科医生仰面朝天摔了一交，以为解剖到一个魔鬼了，吓得掉过身子就逃，在楼梯上又栽了一个筋斗。他的女人听见叫喊，从隔壁房里跑来，看我身上划着两刀躺在桌上，比她丈夫吓得更厉害，赶紧逃走了，跌在丈夫身上。等到他们惊魂略定，那女的对外科医生说：'朋友，怎么你心血来潮，会解剖一个邪教徒的？你不知道这些人老有魔鬼附身吗？让我马上去找个教士来念咒退邪。'一听这话，我急坏了，迸着最后一些气力叫救命。终于那葡萄牙理发匠①大着胆子，把我伤口缝起来，连他的女人也来照顾我了；半个月以后我下了床。理发匠帮我谋了一个差事，荐给一个玛德会修士做跟班，随他上佛尼市；但那主人付不出工钱，我就去侍候一个佛尼市商人，跟他到君士坦丁堡。

"有一天我一时高兴，走进一座清真寺。寺中只有一个老法师，还有一个年轻貌美的信女在那里念念有词。她袒着胸部，两个乳头之间缀着一个美丽的花球，其中有郁金香，有蔷薇，有白头苗，有土大黄，有风信子，有莲馨花。她一不留神把花球掉在地下，我急忙捡起，恭恭敬敬替她放回原处。我放回原处的时间太久了些，恼了老法师；他一知道我是基督徒，就叫出人来，带我去见法官。法官着人把我脚底打了一百板子，罚作苦役。我恰好和男爵同时锁在一条船上，一条凳上。同船有四个马赛青年，五个拿波里教士，两个科孚岛上的修士，都说这一类的事每天都有。男爵认为他的案子比我的更冤枉；我呢，我认为替一个女人

① 自中古时代起，欧洲的外科手术大多操于理发匠之手；法国直至一七四三年，路易十五始下诏将外科医生与理发匠二业完全分离。

把花球放回原处，不像跟一个侍从官光着身子在一起那样有失体统。我们为些争辩不已，每天要挨二十鞭子；不料凡事皆有定数，你居然搭着我们的船，把我们赎了出来。”

老实人问他：“那末，亲爱的帮葛罗斯，你被吊死，解剖，鞭打，罚作苦工的时候，是不是还认为天下事尽善尽美呢?”邦葛罗斯答道：“我的信心始终不变，因为我是哲学家，不便出尔反尔。来布尼兹的话不会错的，先天谐和的学说，跟空间皆是实体和奇妙的物质等等，同样是世界上的至理名言①。”

---

① 先天谐和（一译“预定调和”）为德国哲学家来布尼兹（1646—1716）解释宇宙之学说；本书中常常提到天下事尽善尽美的话，亦系来布尼兹之说。奇妙的物质为笛卡儿解释万物动力的学说，谓宇宙间到处皆有一种液质推动万物。

# 第二九章　老实人怎样和居内贡与老婆子相会

老实人，男爵，邦葛罗斯，玛丁和加刚菩，讲着他们的经历，谈着世界上一切偶然的或非偶然的事故，讨论着因果关系，精神痛苦与物质痛苦，自由与命运，在土耳其商船上如何自慰等等，终于到了普罗篷提特海边上，德朗西未尼亚王的屋子前面。一眼望去，先就看到居内贡和老婆子在绳上晾饭巾。

男爵一见，脸就白了。多情的老实人，看到他美丽的居内贡皮肤变成棕色，眼中全是血筋，乳房干瘪了，满脸皱纹，通红的手臂长满着鱼鳞般的硬皮，不由得毛发悚然，倒退了几步；然后为了礼貌关系，只得走近去。居内贡把老实人和她的哥哥拥抱了；大家也拥抱了老婆子。老实人把她们俩都赎了出来。

附近有一块分种田；老婆子劝老实人暂且拿下，等日后大家时来运转，再作计较。居内贡不知道自己变丑了，也没有一个人向她道破：她和老实人提到当年的婚约，口气那么坚决，忠厚的老实人竟不敢拒绝。他便通知男爵，说要和他的妹子结婚了。男爵道："像她那样的下流，像你那样的狂妄，我万万不能容忍；我决不为这桩玷辱门楣的事分担责任：我妹妹的儿女将来永远不能写上德国的贵族谱。告诉你，我的妹子只能嫁给一个德国的男爵。”居内贡倒在他脚下，哭着哀求；他执意不允。老实人对他说：“你疯了；我把你救出苦役，付了你的身价，付了你妹妹的身价；她在这儿替人洗碗，变得这么丑，我好心娶她为妻，你倒胆敢拒绝；逞我性子，恨不得把你再杀一次才好!”男爵道：“再杀就再杀；要我活着答应你娶我的妹子，可是休想。”

# 第三〇章　结　局

老实人其实绝无意思和居内贡结婚。但男爵的蛮横恼了他，觉得非结婚不可了。何况居内贡逼得那么紧，他也不便翻悔。他跟邦葛罗斯，玛丁和忠心的加刚菩商量。邦葛罗斯写了一篇出色的论文，证明男爵绝无权力干涉妹子的事；她依照德国所有的法律，尽可嫁给老实人。玛丁主张把男爵扔在海里；加刚菩主张送还给小亚细亚船主，仍旧教他做苦工；有了便船，再送回罗马，交给他的总会会长。大家觉得这主意挺好，老婆子也赞成，便瞒着妹子，花了些钱把这件事办妥了：教一个耶稣会士吃些苦，把一个骄傲的德国男爵惩罚一下，谁都觉得高兴。

经过了这许多患难，老实人和情人结了婚，跟哲学家邦葛罗斯，哲学家玛丁，机灵的加刚菩和老婆子住在一起，又从古印加人那儿带了那么多钻石回来，据我们想象，老实人应当过着世界上最愉快的生活了。但他被犹太人一再拐骗，除掉那块分种田以外已经一无所有：他的女人一天丑似一天，变得性情暴戾，谁都见了头痛；老婆子本来是残废的人，那时比居内贡脾气更坏。加刚菩种着园地，挑菜上君士坦丁堡去卖，操劳过度，整天怨命。邦葛罗斯因为不能在德国什么大学里一露锋芒，苦闷不堪。玛丁认定一个人到处都是受罪，也就耐着性子。老实人，玛丁，邦葛罗斯，偶尔谈玄说理，讨论讨论道德问题。窗下常常看见一些船只，载着当地的贵族，官员，祭司，充军到来姆诺斯，米底兰纳，埃斯卢姆。又看见一些别的祭司，贵族，官员来接任，然后再受流配。也看到一些包扎得挺好的人头送往大苏丹的宫门。这些景象增加了他们辩论的题材；不辩论的时候，大家就厌烦得要死，甚至有一天老婆子问他们："我要知道，被黑人海盗强奸一百次，割掉半个屁股，被保加利亚人鞭打，在功德大会中挨板子，上吊，被解剖，在苦役船上划桨，受尽我们大家所受的苦难，跟住在这儿一无所事比起来，究竟哪一样更难受？"老实人道："嗯，这倒是个大问题。"

这一席话又引起众人新的感想：玛丁下了断语，说人天生只有两条路：不是在忧急骚动中讨生活，便是在烦闷无聊中挨日子。老实人不同意这话，但提不出别的主张。邦葛罗斯承认自己一生苦不堪言；可是一朝说过了世界上样样十全十美，只能一口咬定，坚持到底，虽则骨子里完全不信。

那时又出了一件事，使玛丁那种泄气的论调多了一个佐证，使老实人更加彷徨，邦葛罗斯更不容易自圆其说。有一天他们看见巴该德和奚罗弗莱修士狼狈不堪，走到他们的分种田上来。两人把三千银洋很快就吃完了，一忽儿分手，一忽儿讲和，一忽儿吵架，坐牢，越狱，奚罗弗莱终于改信了回回教。巴该德到处流浪，继续做她的买卖，一个钱也挣不到了。玛丁对老实人道："我早跟你说的，你送的礼不久就会花光，他们的生活倒反更苦。你和加刚菩发过大财，有过几百万银洋，却并没比巴该德和奚罗弗莱更快活。"邦葛罗斯和巴该德说："啊，啊，可怜的孩子，你又到我们这儿来了，大概是天意吧！你知道没有，你害我损失了一个鼻尖，一只眼睛和一只耳朵？如今你也完啦！这世界真是怎么回事啊!”这件新鲜事儿，使众人对穷通祸福越发讨论不完。

附近住着一位大名鼎鼎的回教修士，公认为土耳其最有智慧的哲学家；他们去向他请教，由邦葛罗斯代表发言，说道：“师傅，请你告诉我们，世界上为什么要生出人这样一种古怪的动物?”

修道士回答：“你问这个干什么?你管它做什么?”老实人道：“可是，大法师，地球上满目疮痍，到处都是灾祸啊。”修道士说：“福也罢，祸也罢，有什么关系?咱们的苏丹打发一条船到埃及去，可曾关心船上的耗子舒服不舒服?”邦葛罗斯问：“那末应当怎办呢?”修道士说：“闭上你的嘴。”邦葛罗斯道：“我希望和你谈谈因果，谈谈十全十美的世界，罪恶的根源，灵魂的性质，先天的谐和。”修道士听了这话，把门劈面关上了。

谈话之间，听到一个消息，说君士坦丁堡绞死了两个枢密大臣，一个大司祭；他们不少朋友都受了木柱洞腹的极刑。几小时以内，这桩可怕的事沸沸扬扬，传遍各地。邦葛罗斯，老实人，玛丁，回去的路上遇到一个和善的老人，在门外橘树荫下乘凉。邦葛罗斯好奇不亚于好辩，向老人打听那绞死的大司祭叫甚名字，老人回答：“我素来不知道大司祭等等姓甚名谁。你说的那件事，我根本不晓得。我认为顾问公家事情的人，有时会死于非命，这也是他们活该。我从来不打听君士坦丁堡的事；我不过把园子里种出来的果子送去卖。”他说着把这几个外乡人让进屋子：两个儿子和两个女儿端出好几种自制的果子露敬客。还有糖渍的佛手，橘子，柠檬，菠萝，花生，纯粹的莫加咖啡，不羼一点儿巴太维亚和中美洲群岛的坏咖啡的。回教徒的两个女儿又替老实人，邦葛罗斯，玛丁，胡子上喷了香水。

老实人问土耳其人：“想必你有一大块良田美产了?”土耳其

人回答："我只有二十阿尔邦地①；我亲自和孩子们耕种；工作可以使我们免除三大害处：烦闷，纵欲，饥寒。"

老实人回到自己田庄上，把土耳其人的话深思了一番，对邦葛罗斯和玛丁说道："那个慈祥的老头儿安排的生活，我觉得比和我们同席的六位国王好多了。"邦葛罗斯道："根据所有哲学家的说法，荣华富贵，权势地位，都是非常危险的；摩阿布的王埃格隆被阿奥特所杀；阿布萨隆被吊着头发缢死，身上还戳了三枪；泽罗菩阿姆的儿子内达布王，死于巴萨之手；伊拉王死于萨勃利之手；奥谷齐阿斯死于奚于；阿太里亚死于约伊阿达；约金，奚谷尼阿斯，赛台西阿斯诸王，都沦为奴隶②。至于克雷絮斯，阿斯蒂阿琪，大流士，西拉叩斯的特尼，彼拉斯，班尔赛，汉尼拔，朱革塔，阿利俄维斯塔，凯撒，庞培，尼罗，奥东，维德卢维阿斯，多密喜安③，英王理查二世，爱德华二世，亨利四世，理查三世，玛丽·斯丢阿德，查理一世，法国的三个亨利，罗马日耳曼皇帝亨利四世，他们怎样的结局，你是都知道的。你知道……"老实人说："是的，我还知道应当种我们的园地。"邦葛罗斯道："你说得很对：上帝把人放进伊甸园是叫他当工人，要他工作的；足见人天生不是能清闲度日的。"玛丁道："少废话，咱们工作罢；唯有工作，日子才好过。"

那小团体里的人一致赞成这个好主意，便各人拿出本领来。小小的土地出产很多。居内贡固然奇丑无比，但变了一个做糕饼的能手；巴该德管绣作；老婆子管内衣被褥。连奚罗弗莱也没有闲着，他变了一个很能干的木匠，做人也规矩了。有时邦葛罗斯对老实人说："在这个十全十美的世界上，所的事情都是互相关

---

① 一阿尔邦等于五十亩，每亩等于一百方呎。

② 以上均系古希伯来族的王，见《圣经》。

③ 以上均为自利提亚起至罗马帝国为的国王、将军及皇帝。

连的；你要不是为了爱居内贡小姐，被人踢着屁股从美丽的宫堡中赶出来，要不是受到异教裁判所的刑罚，要不是徒步跋涉美洲，要不是狠狠的刺了男爵一剑，要不是把美好的黄金国的绵羊一齐丢掉，你就不能在这儿吃花生和糖渍佛手。”老实人道：“说得很妙；可是种咱们的园地要紧。”